Engel im Abseits

Transfer Europa XXVIII

Zoran Ferić

Engel im Abseits

Neun Erzählungen

Aus dem Kroatischen von
Klaus Detlef Olof

Folio Verlag

Titel der Originalausgabe: Anđeo u ofsajdu

Mit freundlicher Unterstützung durch Kulturkontakt Wien.

Die Handzeichnungen auf dem Titelbild stammen von
Paul Thuile.

Lektorat: Eva-Maria Widmair

Graphische Gestaltung: Dall'O & Freunde
Druckvorbereitung: Graphic Line, Bozen
Druck: Dipdruck, Bruneck

ISBN 3-85256-143-4

[Inhalt]

[Forma amorfa]

Denn der Mensch liebt und ehrt den Menschen, solange er ihn nicht zu beurteilen vermag, und die Sehnsucht ist ein Erzeugnis mangelhafter Erkenntnis.

Thomas Mann, Der Tod in Venedig

1. Spiel des Widerscheins

Die Paranoia eines gewöhnlichen Menschen nennen wir Krankheit, die Paranoia eines Politikers oder Künstlers hingegen Geschichte. Von allem Anfang an war nicht klar, welche der beiden an jenem rötlichen und windigen Abend Anfang September 1996 über mich gekommen war, als ich mit dem Boot in Richtung Euphemiakloster ablegte, um mir noch einmal die Bilder von Ambrosius Testen anzusehen, der nun schon seit mehr als zehn Jahren tot war. Fra Marijan, dem die Aufgabe zugefallen war, sich um Testens Nachlaß zu kümmern, erwartete mich am Steintisch in der Laube, von wo aus sich ein Blick auf die ganze Bucht von Sankt Euphemia und die Reste des italienischen Konzentrationslagers bot. Vor sich hatte er eine Mappe mit Testens Gouachen.

– Fero – sagte er – ich habe hier etwas, das dich interessieren wird.

Während er vom göttlichen istrischen Travarica einschenkte und die Schachfiguren aufstellte, sah ich die ungeordneten Blätter mit den verschiedenfarbigen Tuscheflecken durch.

– Das verstehe ich nicht – sagte ich. – Testen malte figurativ. Dies sind die ersten abstrakten Bilder von ihm, die ich sehe.

– Auch mir kam das seltsam vor – sagte Fra Marijan. – Er malte Heiligenfiguren, biblische Szenen und Jesus. Ihm war darum zu tun, daß die Figuren erkennbar waren.

Die Sache war um so seltsamer, als sich auf allen Gouachen eine bestimmte Form in unterschiedlichen Variationen und Farben wiederholte.

– Wirklich interessant – sagte ich. Ein Pater, der sich von der Christusfigur verabschiedet hat. Was bedeutet das?

Fra Marijan reichte mir eine Monographie mit dem Titel *Venezianische Brandmarkungen*, Verlag Zora, Zagreb 1932. Hier sah ich auf Seite 154 zum ersten Mal die sensationelle *nuvola rossa*, eine *forma amorfa*. Diese Form hatte Testen mit seinen Tuschen variiert.

Die Brenneisen, mit denen die Galeerensträflinge in der Venezianischen Republik gebrandmarkt wurden, waren die Frucht einzigartiger künstlerischer Imagination gewesen. Alles in Venedig dient der Verzierung, und so barg auch das ins lebendige Fleisch gepreßte glühende Eisen die Kraft des Ästhetischen. Eines der bekanntesten Brandsiegel, das in unterschiedlichen Varianten schon zu Beginn des 13. Jahrhunderts auf den Schultern der in Ketten gelegten Sklaven auftaucht, zeigt zwei Halbkreise, deren Rücken sich berühren. Man nimmt an, daß sie eine Gondel und deren Widerschein auf dem Wasser darstellen. Nach dem 13. Jahrhundert finden wir ein ähnliches Brandsiegel auf dem Körper von Sklaven aus Dalmatien, ergänzt durch die Angabe des Baujahrs der Galeere oder die Nennung des heiligen Markus am Grunde der Halbkreise. Die Form hatte sich somit dahingehend entwickelt, daß der Symmetrie besondere Beachtung zukam. Der oberen halbkreisförmigen Inschrift war die untere entgegengesetzt, als handelte es sich auch hier um ein Spiel des Widerscheins.

Einer ähnlichen Entwicklung und einer mehr oder weniger klaren Deutung unterliegen auch die anderen Galeerenbrandsiegel: ein Salamander im Flammenkreis, erste Hälfte des 14. Jahrhunderts; die Vogelmaske eines Pestarztes von 1468; ein tanzender Harlekin vom Beginn des 15. Jahrhunderts. Im Verlauf des 16. Jahrhunderts kommt es zu einer qualitativen Veränderung: Die mythischen Figuren werden, als handelte es sich um eine Münze aus Fleisch, von Profilen militärischer Befehlshaber und Dogen abgelöst.

In der Mitte des 16. Jahrhunderts taucht auch die *nuvola rossa*, diese *forma amorfa*, das zweifellos schönste und geheimnisvollste venezianische Brandsiegel, zum ersten Mal auf. Man vermutet, daß das Siegel in der Werkstatt des Maestro Giuseppe Dandolo geschaffen wurde, Ende 1570, aber was die Deutung seines Motivs betrifft, gibt es selbst nach vier Jahrhunderten keinen Konsens. Experten für venezianisches Handwerk nehmen an, daß das Motiv eine Wolke darstellt, und nennen es deshalb *la nuvola rossa*, die rote Wolke, aber diese Theorie wird durch keinerlei historische Fakten gestützt. Nach einigen späteren Theorien ist die *forma amorfa* eine rote Koralle, durch trübes Wasser hindurch betrachtet; andere sehen in ihr aber auch zwei miteinander verflochtene Pinienzapfen. Das Geheimnis um die Deutung ist durch eine nicht minder wichtige Tatsache bedingt: Das Metallteil ist verlorengegangen. Im venezianischen Seefahrtsmuseum gibt es nur seine Prägung, und zwar auf einem Stück abgezogener und präparierter Haut des Oberarms eines ausgedienten Sklaven.

– Aber was noch interessanter ist – meldete sich Fra Marijan zu Wort – Kunstgeschichtler, die die Bedeutung zu enträtseln versuchten, wurden von Unglücken heimgesucht. Forscher werden auf seltsame Weise vom Pech begleitet, als würde der Fluch der Pharaonen auf ihnen lasten. Dann ist die Rede von einer geheimnisvollen Gruppe von Leuten, höchstwahrscheinlich Freimaurern, die seit Jahrhunderten hartnäckig verhindern, daß die Bedeutung der *nuvola rossa* geklärt wird. Einen der Gründe dafür sehen die Autoren der Monographie in dem Glauben, daß uns die *forma amorfa* niederschmetternde Dinge über die Welt und die Menschen in ihr verrät.

2. Corto Maltese

Nach Venedig kam ich Mitte September, als der Geruch des abgestandenen Wassers nicht mehr so intensiv war und die erblühten Bougainvilleen noch immer die Balustraden und kleinen Gärten längs dem Canal Grande schmückten. Ich sollte für die kroatische Ausgabe des *Playboy* eine Reportage über Hugo Pratt schreiben. In einem der alten Hotels am Lido stellte ich meinen Koffer ab und nahm nur eine schnelle Dusche, um am selben Nachmittag noch das Seefahrtsmuseum besuchen zu können.

Das Stück Haut, in das diese *forma amorfa* eingeprägt war, hatte etwas Unwirkliches. Es war schwer, in diesem bräunlichen Lappen so etwas wie Menschenhaut zu sehen. Das Motiv war von einem Kreis umringt und etwas dunkler als seine Umgebung. Mit einer Wolke konnte ich es nicht assoziieren. Wie im übrigen auch nicht mit dem Himmel. Und auch nicht mit dem Menschen, dem dieser Arm einmal gehört hatte. Ich mußte an Klumpen hausgemachter Butter denken, die die Marktfrauen bei uns zu Haus verkauft hatten, als ich klein gewesen war.

Der Kustos des Museums erklärte mir, daß über die *nuvola rossa* keine zuverlässigen Materialien existierten. Mitte der siebziger Jahre, als man zur Erkenntnis gekommen war, daß Venedig zweifelsohne sinken würde, wurden riesige Archivbestände in sicherere Räume ausgelagert. Dabei tauchten einige Dokumente über die *forma amorfa* auf, aber den, der sich damit beschäftigt hatte, hatte der Schlag getroffen, und so wurde die kaum angelaufene Untersuchung wieder eingestellt. Professor Agnelli, ansonsten ein liebenswürdiger Mann, den ich von früher kannte, zeigte keine Begeisterung über mein Interesse an dem Brandsiegel und wollte mir nicht mehr sagen.

Ich beschloß, die große Ausstellung anläßlich des Todestages von Hugo Pratt zu besuchen. Sie fand in einem der Paläste nahe der Kirche Santa Maria della Salute statt. Über die gesamte Vorderfront des Gebäudes spannte sich eine Leinwand mit dem Bild von Corto Maltese.

Ich war einer der wenigen Besucher, die sich kurz vor Schließung im Museum aufhielten. Ich fand hauptsächlich bereits Bekanntes über Hugo Pratt und seinen berühmten Helden vor: Zeitungsartikel, Originaltableaus der Comics, Fotografien aus dem Leben des großen Zeichners. Meine Aufmerksamkeit zogen jedoch vor allem Tableaus eines unvollendeten und unveröffentlichten Albums namens »Atlantis« auf sich, dessen Handlung in Venedig spielt. Ich betrachtete die Zeichnungen genauer und erschrak: Corto Maltese begegnet der *nuvola rossa* an der Wand einer obskuren Produktionsstätte von Tierprothesen, die von der fatalen Vivian betrieben wird. Die *forma amorfa* ist wie ein Wappen in den Türstock gemeißelt. Sie taucht in einigen aufeinanderfolgenden Szenen des Comics auf und verschwindet dann ohne jeglichen Kommentar. Die Sache war einigermaßen seltsam. Warum hatte Hugo Pratt als durchaus zu Mystifizierung und esoterischer Verklärung neigender Autor der *forma amorfa* nicht die entsprechende Aufmerksamkeit gewidmet?

Während ich, allein im Raum, die Szenenfolgen des Comics

studierte, lief plötzlich ein junges Mädchen durch den Saal. Ich war irritiert. Nach kurzer Zeit hörte ich Stimmen, die näher kamen. Zwei Männer in mittleren Jahren spähten in den Saal. Als sie sahen, daß niemand da war außer mir, setzten sie ihren Weg in die Richtung fort, in die das Mädchen gelaufen war. Eine Zeitlang war es ruhig, dann hörte ich, wie sie zurückkehrten. Einer von ihnen sprach in einem mir unverständlichen Dialekt. Es war ein graumelierter Herr in dunkelblauem Zweireiher. Wieder blickten sie kurz in den Saal. Dann herrschte Stille, bis ich auf den Ausgang zuging. Von irgendwoher auf der Seite tauchte plötzlich das Mädchen auf. Es hatte kurzes, dunkles Haar, trug an den Knien zerrissene Jeans, ein langärmeliges T-Shirt und schwarze Doc-Martens-Stiefel.

– Helfen Sie mir! – flüsterte sie. – Sie wollen mich umbringen!

3. Henriette

Seit meiner Kindheit war mir klar, daß ich im Schach nie etwas erreichen würde, weil ich mich gefühlsmäßig immer an die Königin klammerte. Ich schaffte es einfach nicht, sie zu opfern, selbst wenn ich dadurch die Partie gewonnen hätte.

– Sie ist nur eine Holzfigur – sagten die Kollegen aus dem Schachclub.

– Auch Pinocchio war eine Puppe aus Holz – gab ich zur Antwort.

Das Mädchen, das sich auf der Corto-Maltese-Ausstellung zu mir geflüchtet hatte, besaß etwas von der Schönheit einer Königin und dem schlampigen Charme einer Holzpuppe. Sie war nicht älter als achtzehn.

– Ich bin Henriette – sagte sie – ich gehe hier zur Schule, aber meine Eltern sind aus Zadar.

Ihr ehemaliger Freund, der im Museum als Kustos arbeite, versuche sie umzubringen.

Zwei Dinge indessen waren merkwürdig an dieser Geschichte: Erstens hatte keiner der beiden wie ein junger Freund ausgesehen. Zweitens war Henriette ein ungewöhnlicher Name für ein Mädchen aus meinen Landen.

– Was ist das für ein Name? – fragte ich.

– Aus Casanovas Memoiren – erklärte sie. – Mein Alter liebte die Frauen.

Für einen Augenblick war sie still, dann sagte sie: – Kannst du mich von hier wegbringen? Hier fühle ich mich nicht sicher.

– Solltest du nicht zur Polizei gehen?

– Das ist kein Fall für die Polizei, sondern fürs Irrenhaus – sagte sie. – Er hat die Wohnung, in der all meine Sachen sind, abgesperrt, und jetzt droht er mir.

Im Hotel Villa Parco auf dem Lido, wo ich mein Zimmer hatte, sah uns der Empfangschef argwöhnisch nach, als wir die Marmortreppe hinaufstiegen, die unter ihren Schuhen quietschte, als träten wir auf lebende Spatzen.

– Warum sieht uns der Affe von der Rezeption so komisch an?

– Dies ist ein Hotel mit Tradition – sagte ich. – Hier ist Thomas Mann abgestiegen.

– Das weiß ich, ich habe den Film gesehen – sagte sie. – Dieser Thomas war sicher ein Schwuletti, wenn er solche Sachen geschrieben hat.

Im Zimmer zog Henriette die Hose und ihre Ungetüme von Schuhen aus und spazierte nur im schwarzen T-Shirt mit langen Ärmeln und in ihrem Höschen umher. Sie wirkte locker, wie jemand, der daran gewöhnt ist, sich so vor Fremden zu zeigen. Erst jetzt, als ich ihre nackten Beine sah, begann ich sie als Frau zu betrachten. Sie hatte eine knabenhafte Frisur, einen hübsch geformten Kopf und ein schönes Gesicht. Diese Schönheit entsprang dem Ungewöhnlichen, es war, als entstammte sie einer Zeichnung von Hugo Pratt.

– Ich gehe duschen – sagte sie und verschwand ins Badezimmer, ohne das T-Shirt auszuziehen. Ich sah darin den sympathischen Rest einer Schamhaftigkeit, die sie offenbar nicht vollständig abgelegt hatte.

Im nächsten Moment klingelte das Telefon. Es war der Empfangschef.

– Ich komme gleich zu Ihnen hinauf – sagte er.

Als ich die Tür öffnete, brachte er Cocktails, die ich nicht bestellt hatte, und fragte: – Wo ist das Mädchen?

– Sie duscht.

Er kam sofort zur Sache.

– Lassen Sie sich nicht mit ihr ein – sagte er – das kann gefährlich werden.

Er stellte das Tablett mit den Cocktails ab und verschwand. Es war Zeit, daß ich meine Gedanken sammelte. Ich trat auf den Balkon hinaus, in den heiteren Abend des späten Sommers, und heftete meinen Blick auf die flimmernden Lichter Venedigs, während der Levante den Gestank der Lagune zu mir herübertrug.

4. Morgengrauen auf dem Lido

Für bestimmte Teile Venedigs steigt die Sonne morgens aus dem Meer. Für das Volk der Fischer und Seefahrer ist das sicher nicht ohne Symbolik. Die Strahlen dieser Morgensonne erhellten die Balustrade auf der Terrasse, während das Zimmer noch im bläulichen Dämmer ruhte. Ich hörte die Geräusche des erwachenden Hotels: das Quietschen eines Wasserhahns in der Wand, einsame Schritte auf dem Gang, das charakteristische Drehen eines Schlüssels im Schloß irgendwo in einem anderen Zimmer.

Henriette schlief auf dem Notbett, zusammengekauert wie ein Fötus. Sie war einer der seltenen Menschen, die schön aussehen, auch während sie schlafen. Ich hatte ihr nichts von dem Besuch des Mannes von der Rezeption gesagt, aber um so intensiver daran gedacht. Sie hatte mich gebeten, in meinem Zimmer übernachten zu dürfen, und so hatte ich ihr das Notbett gezeigt.

Da ich nicht wieder einschlafen konnte, nahm ich den Katalog der Hugo-Pratt-Ausstellung zur Hand, in dem ein Teil des unvollendeten Albums »Atlantis« abgedruckt war, und setzte mich auf einen Weidenstuhl, wie sie in Mestre von den Blinden geflochten werden, um von der Terrasse den Morgen zu betrachten. Mich interessierte die Begegnung von Corto Maltese mit der *nuvola rossa*.

Vielleicht ist sie mir nur nicht gleich in die Augen gefallen, dachte ich bei mir. Deshalb studierte ich aufmerksam die Szenen des Comics, in denen der aus Malta stammende Seemann gerade in dieser Lagune den legendären Pfefferschatz sucht, das Gold, das vom illegalen Pfefferhandel im 17. Jahrhundert herrührt. Und dann fand ich sie.

Die *forma amorfa* zeichnet sich ab im Spiegelbild eines Palastes auf dem Wasser des Canal Grande, während Corto Maltese und die fatale Gräfin Vivian am Vorabend des Totensonntags 1917 mit der Gondel am Markusplatz vorüberfahren. Vivian ist schön, eine Mischung aus schwarzer Königin und hölzerner Puppe, sie hält einen Dachshund im Arm, der hinten kleine Räder hat, weil ihm der Riemen eines Schiffsmotors die Hinterbeine abgetrennt hat. Dieser Hund kann den spezifischen Geruch alter Dokumente erschnüffeln. Die Fortsetzung des Comics und auch das eigentliche Ziel der Gräfin, zu dem die *nuvola rossa*, unauffällig eingelassen in das Gefüge der einzelnen Bildchen, sie führt, befindet sich im Museum. Dort also galt es zu suchen.

Als ich ins Zimmer trat, saß Henriette in Höschen und langärmligem T-Shirt am Tisch und las in dem Buch über die venezianischen Brandsiegel. Ihr Haar war struppig und ihre Augen vom Schlaf verklebt, und doch hatte sie etwas Besonderes an sich in diesem Morgenlicht. Ihre Ohrringe aus »Rostfrei« glitzerten.

– Sie haben die Menschen gebrandmarkt und das Brandzeichen auch noch verziert – sagte sie. – Das ist krank.

– Ein Glück, daß wir im zwanzigsten Jahrhundert leben – sagte ich – wo es das nicht mehr gibt.

Der Ausdruck in Henriettes Gesicht veränderte sich, ich glaubte um ihre Lippen eine Verkrampfung zu bemerken. Jedenfalls schien sie ihre Stärke rasch verlassen zu haben. Und was war das in ihren Augen? Sie stand auf, holte das Handtuch von der Terrasse und ging in Richtung Bad.

– Red keinen Blödsinn – sagte sie resigniert. – Weißt du, was man mit renitenten Huren macht?

Während ich auf der Terrasse mein Handtuch von der Leine nahm, wandte ich meine Aufmerksamkeit, wer weiß warum, dem kurzgeschorenen Typen im Park unter unserem Fenster zu. Er las Zeitung. Es war merkwürdig, daß er mir überhaupt aufgefallen war. Bald kam mir Henriette nach. Sie faßte mich mit der Hand um die Mitte und sagte: – Verzeih, daß ich grob war, aber so was macht mich wahnsinnig!

Und dann sah sie den geschorenen Typen. Sie fuhr zurück, als hätte sie in der Zeitung, die er las, ihre eigene Todesanzeige erblickt.

– Sie haben mich gefunden! – wich sie stotternd zurück. Ich ging ihr nach.

– Wer sind sie? – rief ich. – Du hast gesagt, dich verfolgt dein Freund. Ist es nun die Polizei?

Sie sah mich an wie von Sinnen, so, wie Paranoiker im Film dreinsehen.

– Laß es nicht zu, daß sie mich von hier wegbringen – sagte sie und umfaßte meine Hand.

– Hab keine Angst! – sagte ich und küßte sie aufs Haar. Wie ein Kind, das ich vor seinem selbsterfundenen Dämon beschützen wollte.

5. Karneval

Kaum hatten wir das Vaporetto verlassen, das uns vom Lido in die Stadt brachte, hastete Henriette in panischer Eile auf einen Stand mit Billigkleidung zu. Dabei drehte sie sich ständig um, um nachzusehen, ob uns jemand folgte.

– Hast du Geld? – fragte sie zutraulich, ihre Hand an meiner Wange. Diese Berührung machte es mir unmöglich, mich ihrer Aufforderung entgegenzustemmen, und ich griff nach meiner Geldbörse.

Sie kaufte sich einen schwarzen Strohhut, eine dunkle Brille und einen langen schwarzen Rock, den sie über die zerrissene Jeans zog.

– Was tust du da? – fragte ich, als sie die Hose unter dem Rock hinunterstreifte, so, wie sich alte Weiber am Strand unter dem Handtuch umziehen.

– Was glaubst du, was ich tue? – sagte sie. – Ich verkleide mich. Hier ist das ganze Jahr über Karneval.

Die Verwandlung war perfekt. Eine schwarze Dame, wie einem alternativen Modeheft entstiegen, hastete zur nächsten Bootsanlegestelle.

– Nehmen wir eine Gondel? – fragte sie. – Wir sind jetzt Touristen, und die fahren mit der Gondel.

Und so fuhren wir in einem dieser schlanken, schmalen Gefährte wie in einem schwarzen Halbmond zur Kirche Santa

Maria della Salute und zu dem Palast, in dem die Hugo-Pratt-Ausstellung stattfand. Der Tag war heiter, doch war es ziemlich kühl für diese Jahreszeit.

Plötzlich tauchte vor uns ein Trauerzug auf. In der Gondel an der Spitze fuhren der Sarg und der Priester, die weiße Spitzenborte des Schreins hob sich deutlich von dem schwarzen, golddurchwirkten Musselin ab. Im Kahn hinter der Gondel spielte eine Friedhofskapelle, der Klang ihrer Instrumente vermischte sich mit dem Tuckern der Schiffsmotore. Dahinter konnten wir eine lange Reihe von Booten mit Insassen erkennen, deren Trauerschwarz sich in der türkisfarbenen Meeresoberfläche spiegelte. Ich versuchte mir vorzustellen, wie Hugo Pratt das gezeichnet hätte. Unser Gondoliere hielt sein Boot an und blieb ruhig stehen, um dem Toten seine Ehre zu erweisen. Um uns herum hielten noch andere Gondeln an, in denen japanische Touristen saßen. Alle Gondolieri standen regungslos da, wie Galionsfiguren, und die Japaner fotografierten.

– Das bringt Unglück! – sagte Henriette. – Ich hasse Trauerzüge.

Als ich ihr sagte, ich würde wieder ins Museum gehen und sie für kurze Zeit allein lassen, geriet sie in Panik. Man sah es an ihren Bewegungen. Sie wußte nicht, wohin mit ihren Händen, und ich mußte ihr eine schwarze Leinentasche kaufen, damit sie sich beruhigte.

– Wonach suchst du eigentlich? – fragte sie.

– Nach einem Siegel, das ein Franziskaner auf Rab und der berühmte Comicautor unabhängig voneinander gezeichnet haben.

Bei seiner Suche nach dem Pfefferschatz war Corto Maltese, bewogen durch die änigmatische Darstellung der *forma amorfa*, mit der fatalen Gräfin Vivian an dem kleinen Pontile vor dem Arsenal ausgestiegen. Dies war gut erkennbar auf den großen

Fotokopien der Tableaus des unvollendeten Comics. Hier war also jenes Glied in der Kette, das mir im Hotel gefehlt hatte. Nachdem sie den Kustos bestochen hatten, gelangten sie zum berühmten Archiv des Marinemuseums, das mehrere zehntausend Dokumente – von der Gründung der Republik Venedig bis zum heutigen Tage – sein eigen nennt. Vivian ließ den Dachshund frei, dessen Rädchen einen Klang erzeugten, der bei Hugo Pratt lautmalerisch als unangenehmes »Zrrk, Zrrk« umschrieben ist. Der Hund führte die beiden von Urkunde zu Urkunde.

– Er kann Schriftstücke aus der ersten Hälfte des 17. Jahrhunderts erschnüffeln, aus der Zeit der großen Pest – sagte Vivian. – Am Pergament haftet der Geruch eines bestimmten Desinfektionsmittels. Dokumente aus anderen Epochen riechen nicht so.

Mit Hilfe des Dachshundes konnten sie also in dem ungeordneten Archiv eine Vorauswahl treffen und rasch jene Schrift mit der eingezeichneten Karte des Klosters von Murano herausfinden, wo der Pfefferschatz angeblich versteckt war. Ein Bild aus dem Comic zeigt Corto Maltese und Vivian, wie sie im spärlichen Mondlicht die lange gesuchte Karte studieren, während der Dachshund das Hinterrädchen zu heben versucht, um sein Wasser abzuschlagen. Und hier machte ich eine verblüffende Entdekkung: Außen auf der Karte war, umrahmt von einer Windrose und unauffällig gestaltet, die *forma amorfa* zu sehen. Jetzt war mir alles klar. Hugo Pratt hatte der *forma amorfa* durchaus seine Aufmerksamkeit geschenkt und sie in Form eines Änigmas im Comic dargestellt. Die Schlußfolgerung lag auf der Hand: So wie Corto Maltese den Weg zum Schatz findet, wird auch der aufmerksame Leser zu den schriftlichen Aufzeichnungen über die *nuvola rossa* vorstoßen, wenn er an der richtigen Stelle sucht, nämlich in der Expositur des Archivs des Seefahrtsmuseums, unter dem Stichwort »forma amorfa«, 17. Jahrhundert.

Auch später im Restaurant San Marino auf der Piazza Garibaldi, während Henriette einen Eisbecher verschlang und ich ihr zusah und an meinem ausgezeichneten istrischen Teran nippte, konnte ich nicht aufhören, an die *forma amorfa* zu denken. Und selbst als wir uns am späten Nachmittag ziemlich angetrunken in mein Hotelzimmer zurückzogen und der Sonnenuntergang alles orange färbte, hörte ich nicht auf, über dieses Phänomen nachzudenken. Ich dachte auch daran, als mich Henriette aufs Bett drängte und begann, mir mein Hemd aufzuknöpfen.

– Du warst so gut zu mir – sagte sie und knabberte an meinem Ohr – ich will, daß du es auch gut hast.

So trunken vom Sonnenuntergang und einem süßlichen Schlager, der aus einem anderen Zimmer drang, erlaubte ich dieser Frau mit dem knabenhaften Aussehen, mich völlig zu entkleiden. Und dann fiel der erste Kuß. Geschickt befreite sie sich von Schuh und Rock, als ich jedoch versuchte, ihr das T-Shirt über den Kopf zu streifen, stoppte sie mich.

– So ist es schöner für dich – sagte sie und legte meine Hände auf ihre Brüste.

Da ertastete ich, sie war schon sehr erregt, unter dem T-Shirt ihre hartgewordenen Brustwarzen. Ich ergriff das T-Shirt mit beiden Händen und riß es ihr mit einer heftigen Bewegung vom Leib. Sie starrte mich entsetzt an. Und dann sah ich es. Der obere Teil ihres Körpers war übersät mit runden, violetten Narben von der Größe einer 500-Lire-Münze.

– Was ist das? – fragte ich entsetzt.

– Verbrennungen – gab sie resigniert zur Antwort. – Von Zigarettenkippen. Sie verkuppeln mich an alte Kerle. Wenn ich nicht genug anschaffe, bearbeiten sie mich mit Zigarren und fotografieren dabei. Dies sind Brandmale von Havannas.

6. Die hölzerne Königin

Im Schlaf sah Henriette aus wie eine Königin. Da gab es ihn nicht, ihren bewußten Versuch, mit ungelenken Bewegungen und schroffem Benehmen ihre Schönheit zu kamuflieren. Die Tischlampe mit dem gelben Schirm drückte dem leichten Blau des Vorabends ein rundes Siegel gelblichen Lichtes auf, an dessen Rand ihr Profil friedlich ruhte. Sie schlief in der Mitte des riesigen Jugendstilbettes aus Kirsche, und ihr Körper mit den Brandnarben war vom seidenen Bettuch verhüllt.

Ich stellte mir vor, wie der Zimmerkellner, wenn er in ein paar Minuten ins Zimmer träte und eine Flasche Teran brächte, nur Henriettes rasierten Scheitel und einen Teil ihrer zerbrechlichen Schulter sehen würde. Vielleicht würde er denken, es handelte sich um einen Knaben. Und es war gerade diese hermaphroditische, aller Sexualität beraubte Schönheit, die so zerstörerisch wirkte. Jedes tiefe Verliebtsein war bei mir von dem Gefühl eines leichten Widerwillens gegen den Geschlechtsakt mit der betreffenden Person begleitet. Zugleich aber sonderte die Erregung der Sinnesorgane den Trieb in seiner reinen Form ab. Dann mußten Prostituierte herhalten. Keine von den vornehmen, nein, Straßendirnen. Jede meiner großen Lieben wurde von dem stürmischen Kontakt mit vielen Körpern begleitet. Und jetzt, hier, beschenkte mich Gott. Ich verliebte mich in eine Hure, und das war wahrlich etwas Besonderes.

Das Gesicht des Kellners im weißen Smoking war rissig, zerfurcht von Aknenarben. Ich mußte an meinen Schulkollegen Dubravko Kljaković denken, einen hübschen Burschen aus einer Arztfamilie, der in der Pubertät von Ekzemen verunstaltet wurde. Bis dahin an die Aufmerksamkeit der Mädchen gewöhnt, sah er sich plötzlich ihrem Ekel gegenüber. Sein Selbstbild zerfiel allerdings nicht mit derselben Geschwindigkeit. Noch immer konnte man ihn sehen, wie er sich hemmungslos und selbstbewußt präsentierte, wie der Bursche von einst, der ohne Aussatz. Kurz vor Ende des Gymnasiums sah ich ihn, sein Gesicht ekzematös, im Bahnhofsrestaurant, wie er sich gerade zum Ohr einer gealterten Prostituierten hinbeugte. Zur selben Zeit etwa wurde ich mir auch meiner eigenen Leidenschaft gegenüber dem Abstoßenden bewußt.

Der pockennarbige Kellner öffnete den Wein. Sein weißer Smoking, der nun bläuliche Töne annahm, paßte überhaupt nicht zu den narbigen Wangen. Das Stück Tuch wirkte festlicher als das menschliche Gesicht. Während er mit professionellen Bewegungen die Metallspirale in das Fleisch des Korkens bohrte, ruhte sein Blick auf dem Kopf der schlummernden Henriette. Endlich kam der Korken unter einer leisen Explosion heraus, ähnlich einem Schuß aus einem Revolver mit Schalldämpfer.

– Seien Sie vorsichtig mit der Kleinen – meinte er mit ernster Stimme, während er mir von der dunkelroten Flüssigkeit einschenkte, die aussah wie Blut, das nach einem Schuß sickert. Was er gesagt hatte, war auf jeden Fall bedenkenswert.

Das erste morgendliche Vogelgezwitscher erreichte mich über das Buch mit den Hautprägungen gebeugt. Henriette schlief noch. Ich trat hinaus auf den Balkon. Es wurde erst Tag, aber im kleinen Park mit den Palmen und den Bougainvilleen stand wieder dieser Kurzgeschorene, der gestern morgen dort Zeitung gelesen hatte. Was tut er hier um halb vier Uhr morgens unter unserem Balkon? Die Paranoia, die Henriette erfaßt hatte, ergriff allmählich auch von mir Besitz. Mir war, als würde mir der Typ da unten zurufen: »Willkommen in der Welt der Verfolgten!« Ich zwang mich, draußen zu bleiben, und sah dem Erwachen eines völlig ungewissen Tages zu, in dem Bewußtsein, daß ein rascher Rückzug verdächtig wirken würde. Er zeigte mir sein Profil und sah aufs Meer hinaus und hinüber nach Venedig im grauen Dunst. Auf einmal begann er zu pfeifen. Genaugenommen gar keine Melodie, sondern nur ein paar sich wiederholende Takte, wie eine Chiffre oder eine Aufforderung. Ich schlich so unauffällig wie möglich ins Zimmer, mir der Gefahr bewußt. Ich weckte Henriette, und sie zog sich rasch an, verhüllt durch das Bettuch, das ihre Brandmale verbarg. Sie war schon völlig angezogen, als sich das Pfeifen wiederholte. Hinter dem Schutz der Gardine standen wir an der Balkontür.

Auf den Pfiff indessen reagierte ein winziges langhaariges Malteserhündchen, das alle Augenblicke zu seinem Herrn gelaufen kam, um ihm einen Gegenstand vor die Füße zu legen, wahrscheinlich einen künstlichen Knochen.

– Das ist wahrscheinlich keiner von ihnen – sagte ich und beobachtete, wie der Typ mit dem weißen Hündchen spielte. – Das ist ein Tourist.

– Da sei dir nicht so sicher – sagte Henriette, doch sie wirkte ruhiger.

Wir kehrten ins Bett zurück, um noch ein wenig zu schlafen. Henriette legte sich angekleidet hin. Zufällig berührte ich ihr Knie, worauf sie ihr Bein heftig zurückzog. Seit ich die Zigarrenbrandmale entdeckt hatte, hatte sie sich mir nicht mehr genähert. Ihr Körper blieb mir verschlossen.

7. Giuseppe

Ein Klopfen an der Tür weckte mich aus einem unangenehmen Traum. Henriette, schon wach, saß im Bett und gab mir mit dem Finger das Zeichen, ich solle schweigen. Ich sah, wie sie vorsichtig ihre Sachen einsammelte und die Spuren ihrer Anwesenheit beseitigte. Sie war erschrocken, aber gefaßt. Wie jemand, der sich bewußt ist, daß er keine zweite Chance haben wird. Barfuß glitt sie auf die Terrasse, ihre mit den Schnürsenkeln zusammengebundenen Schuhe um den Hals gehängt. Von der Stelle aus, wo ich lag, konnte ich sehen, wie sie auf den Balkon des Nachbarzimmers hinüberhuschte. Mich packte die Panik, ich könnte sie verlieren. Das Klopfen an der Tür hörte nicht auf. Ich zog mich nervös an und mußte dabei an einen meiner ersten Besuche in einem Bordell in Novi Sad denken, wo Zigeunerinnen arbeiteten, und an ein kleines Mädchen, das dort für ein paar Münzen Glas aß. Ihre Lippen waren blutig, während sie kaute.

Das erste, was ich sah, als ich die Tür öffnete, war das rissige Gesicht des Kellners. Er wirkte erschrocken.

– Die Herren sind von der Polizei – sagte er und ließ mit einer liebenswürdigen Geste zwei mir bekannte Männer in mein Zimmer. Der eine von ihnen, der graumelierte Herr im dunkelblauen Jackett mit den Marineknöpfen, reichte mir herzlich die Hand.

– Giuseppe – sagte er.

Der andere, von gedrungener Gestalt, mit negroiden Gesichtszügen, setzte sich wortlos in den Sessel und ließ seinen Blick durch das Zimmer schweifen. Der Kellner schlüpfte nach einer Verbeugung rasch hinaus und schloß leise die Tür hinter sich. Übertrieben leise, für meinen Geschmack.

Der kleine Mann zeigte mir, so in sitzender Haltung, seine Polizeimarke.

– Der Herr sucht seine Tochter – sagte er. – Wir haben Grund zur Annahme, daß sie hier war.

Ich schwieg für einen Moment und versuchte mit einem Blick das Zimmer zu erfassen und Spuren von Henriettes Anwesenheit zu orten. Es gab keine.

– Ich weiß nicht, wovon Sie sprechen – sagte ich.

– Ich mache Sie darauf aufmerksam, daß ein Verhältnis mit einer Minderjährigen strafbar ist.

Sehr sanft brachte sich auch Herr Giuseppe in die Diskussion ein.

– Sie ist genaugenommen nicht meine Tochter – sagte er. – Meine Gattin und ich haben sie vor sechzehn Jahren adoptiert. Damals war sie noch nicht einmal zehn Monate alt.

– Möchten Sie ein Glas Rotwein? – fragte ich und nahm, ohne die Antwort abzuwarten, drei Gläser aus der Zimmerbar. Ich schenkte den Rest des Terans ein. Indessen fuhr Giuseppe fort: – Meine Frau und ich versuchten lange, ein Kind zu bekommen. Wir haben hier einen Souvenirladen, wir stehen uns gut, wie man so sagt. Zum vollkommenen Glück fehlte uns nur noch ein Kind, aber meine Frau konnte nicht schwanger werden. Zu meinem fünfzigsten Geburtstag machte sie mir ein seltsames Geschenk: eine Holzschachtel mit Teilen einer Puppe aus Buchenholz, die zusammenzufügen waren. Aber wie sie mir zusah, wie ich die Figur des Pinocchio zusammensetzte, brach sie plötzlich in Tränen aus. Als ich sie fragte, weshalb sie weine, sagte sie: »Weil die Puppe nie lebendig werden wird.« Da beschlossen wir, ein kleines Mädchen zu adoptieren. Meine Frau sagte, kleine Mädchen lügen weniger.

Der Polizist hatte sich in der Zwischenzeit aus dem Sessel erhoben und sah sich im Zimmer um. Plötzlich bückte er sich, um unter das Bett zu sehen. Mir fiel auf, daß er bei seiner Inspektion nichts anrührte. Nicht einmal das Glas, in das ich den Wein eingeschenkt hatte. Das war ein wichtiges Moment.

– Eine Verwandte meiner Frau aus Rijeka, eine Minderjährige, brachte ein kleines Mädchen zur Welt, und so fuhren wir hin, um es zu adoptieren. Es hieß Marina und war ein wunderschönes Kind. Wir lebten glücklich bis zu ihrer Pubertät.

Der gedrungene Polizist ging hinaus auf die Terrasse. Ich folgte ihm mit meinem Blick. Er sah in die Richtung, in die

Henriette geflohen war. Ich bemerkte, wie sich unter seinem Sakko die Pistolentasche hervorschob.

– Verdammte Pubertät – sagte Giuseppe. – Sie fing an, hemmungslos zu lügen. Erst ging es nur um Kleinigkeiten, dann um mehr. Jetzt sagt sie fast überhaupt nie mehr die Wahrheit, denkt sich Namen aus, Geschichten. Sie läuft von zu Haus weg.

Der Polizist beschnüffelte in der Zwischenzeit die Handtücher, die über die Terrassenbrüstung hingen. Er hatte etwas Hündisches an sich. Henriette hatte zum Glück nur mein Parfum benutzt.

– Als sie von zu Hause ausriß, das war vor zwei Jahren, brach meine Frau zusammen. Ihre Nerven hielten es nicht aus. Sie nahm das Holzschächtelchen, legte die kleine Pinocchio-Figur hinein und begrub sie im Garten. Sie dachte, wenn sie den Lügner begrub, würde Marina zu uns zurückkehren.

Ich mußte zugeben, daß die Geschichte rührend war, erklärte dem Herrn, der sich als Giuseppe vorgestellt hatte, jedoch, daß ich nicht wisse, weshalb er sie mir erzähle. Mir sei nämlich kein brünettes Mädchen bekannt, das Marina heiße. Ich schenkte noch ein wenig vom Teran ein.

– Haben Sie etwas dagegen, wenn ich rauche? – fragte er. – Rauchen Sie?

– Ich habe aufgehört – sagte ich.

– Das ist vernünftig. Das ist das Vernünftigste, was Sie machen konnten – sagte er und riß ein kleines Bändchen von einer größeren Zigarre herunter, die in der Mitte eine Banderole aus Goldpapier hatte. – Glauben Sie mir, ich verstehe mich auf das Herz. Und auf innere Organe überhaupt.

Er biß die Spitze der Zigarre ab und rauchte sie langsam an. Er brauchte ziemlich lange.

Der gedrungene Polizist, den ich für einen Augenblick aus den Augen verloren hatte, sagte, als er aus dem Badezimmer kam, etwas im venetischen Dialekt. Ich verstand kein Wort. Giuseppe trank den Rest des Terans aus und erhob sich aus dem Sessel.

– Wir werden Ihnen keine Unannehmlichkeiten mehr machen – sagte er und reichte mir die Hand. Sein Händedruck war herzlich. Der Mann, der sich als Polizist vorgestellt hatte, gab mir seine Karte.

– Hier ist meine Visitenkarte – sagte er.

– Wenn Sie etwas von Marina hören, melden Sie es uns – fügte Giuseppe hinzu.

Dann verschwanden sie. Zurück blieb der Geruch der Zigarre.

8. Das Arsenal

Welch Glück, dachte ich, daß Henriette mein Parfum benutzt hatte: Laura Biagotti, Roma uomo. Dieser männliche, aber keineswegs virile Geruch vermittelte mir in den melancholischen Stunden, die folgten, die Illusion, sie nicht völlig verloren zu haben. Als meine Besucher gegangen waren und auch noch, als sich alle Duftspuren des kubanischen Tabaks im Zimmer verflüchtigt hatten, wartete ich, hilflos auf dem riesigen Bett aus Kirschholz, auf meine gestrauchelte Königin mit der knabenhaften Figur. Irgendwo vor mir in der Weite aus grellen Farben, die vom Nordwind und von der Frische noch verstärkt wurden, ließ sich eine der merkwürdigsten Städte der Welt vernehmen: das Tuckern von Schiffsmotoren, manch einsamer Ruf, der den Lärm am Strand übertönte, das Geschrei der Möwen.

Gegen sechs weckte mich das Telefon. Der Redakteur der Zagreber Ausgabe des *Playboy* wollte wissen, wann er mit dem Bericht über Hugo Pratt rechnen könne. Vor allem interessiere ihn das im Lichte der Tatsache, daß mir das Magazin die Reisekosten bezahlt habe und ich mich schon drei Tage in Venedig aufhalte, aber noch keinen einzigen Buchstaben des versprochenen Textes geschickt hätte. Es galt also, die kurze Begegnung mit Henriette in den Traum zurückzuverweisen, aus dem sie gekommen war, und mich an die Arbeit zu machen. Mißmutig zog ich mich an, spritzte mir zweimal Parfum hinters Ohr, als setzte ich mir zwei Akupunkturnadeln, und machte mich auf zum Arsenal, wohin ich mich von Corto Maltese führen ließ.

Der Anblick des Markusplatzes vom Meer aus, im klaren Abendlicht, wenn der Dogenplatz sich im türkisfarbenen Wasser der Lagune spiegelt, ist ein besonderes Erlebnis. Als Kind hatte ich die Geschichte vom Dogenpalast am liebsten, und meine Mutter, die an Leukämie starb, als ich elf Jahre alt war, mußte sie ständig für mich wiederholen: »Einmal vor langer Zeit besah sich der Dogenpalast, diese imposante Schönheit, im klaren Wasser der Lagune und fragte das Meer: ›Liebes Meer, wer ist der Schönste auf dieser Welt?‹ Das Meer wurde ruhig, es glättete seine Wellen und antwortete: ›Du, Herrlichkeit, bist schön und in Spitzen gekleidet, aber schöner noch als du ist die Kirche des heiligen Donat in Zadar.‹ Da boten die Venezianer riesige Galeeren und ein ungeheures Heer auf und eroberten im Jahre 1202 in einer blutigen Schlacht, die zwei Monate und zweiundzwanzig Tage dauerte und von der uns zahlreiche Dokumente in lateinischer Sprache erhalten sind, die Stadt Zadar. ›Wie du siehst, mein Kind‹, sagte sie, ›weiß man oft nicht, wo das Märchen endet und wo die Geschichte beginnt.‹«

– Signore, Signore – hörte ich eine Stimme, und eine Hand legte sich sanft auf meine Schulter. – Wir sind da. Sie sind ja völlig in Gedanken versunken.

Und wirklich, ich stand an Deck des leeren Vaporettos, unmittelbar vor der ziselierten Fassade des gotischen Bauwerks. Das Bild des Palastes aus der Erzählung hatte irgendwie den Palast aus der Realität ersetzt. Mir war bewußt, daß mir das gewöhnlich in bezug auf das schöne Geschlecht passierte. »Das beste Kosmetikum ist die Erinnerung«, pflegte Pater Ambrosius Testen zu sagen, wenn ich Mädchen ins Kloster mitbrachte, damit er sie zeichnete, und sie sich vor dem riesigen Spiegel aus Muranoglas in der Bibliothek schminkten. Gerade deshalb war die Erinnerung an Henriette unerwartet schmerzlich. Mir half einzig das Parfum, das sie für Augenblikke real werden ließ.

Am Markusplatz nahm ich eine Gondel und ließ mich hinüberbringen zum Arsenal. Der Gondoliere, ein typischer serviler Betrüger in Seemannshemd und mit einer Art Baskenmütze auf dem Kopf, fuhr mich im großen Bogen an der Kirche Santa Maria della Salute vorüber.

– Tourist – sagte er. – Woher?

– Aus Zagreb. Kroatien. Wenn Sie wissen, wo das ist.

Sein Gesicht heiterte sich auf. Ich bin allerdings überzeugt, daß es sich auch aufgeheitert hätte, wenn ich ihm den Namen irgendeines anderen Landes gesagt hätte.

Neben uns fuhr ein Vaporetto voller Japaner vorbei.

– Das ist alles Geld von unseren Autos – sagte er – mit dem reisen sie dann. Auch ich fahre einen Mazda.

Und dann fügte er unerwartet hinzu: – Was wollen Sie jetzt im Arsenal?

Die Frage verwunderte mich.

– Ich suche das Pfefferlager, das ist angeblich der Name für das Archiv. Dort liegen Dokumente über die *nuvola rossa*.

Der Gesichtsausdruck des Gondoliere veränderte sich abrupt. Das kriecherische Weichheit verratende Gesicht zeigte auf einmal harte Linien, als würde er mir etwas übelnehmen. Den Rest der Fahrt schwiegen wir. Erst am kleinen Pontile vor dem Arsenal, als er die Fünfzigtausendernote entgegennahm, sagte er:

– Ich dachte, Sie wollten sich die Festung ansehen. Hätte ich gewußt, was Sie suchen, hätte ich Sie nicht gefahren.

Doch die Türme der uralten Festung ruhten nun vor mir. Es waren dieselben Türme, die Corto Maltese am Ende seiner Suche nach dem Pfefferschatz erblickt. Und hier endet der Comicstrip, obwohl der Seefahrer von Malta noch nicht gefunden hatte, wonach er sucht. Hugo Pratt hatte einen ausgezeichneten Grund, gerade hier aufzuhören: Er übersiedelte ins Jenseits. Im Comic war über einem der Nebeneingänge ein Wappen mit der Darstellung der *nuvola rossa* zu erkennen. Das tatsächliche Wappen zeigte dieses Motiv nicht, statt dessen fanden sich im oval gemeißelten Kranz zwei steinerne Vögel, die sich mit dem Schnabel berührten. Auf der Messingtafel neben der Eingangstür stand die amtliche Bezeichnung: »Esposizione dell'Archivio Marittimo«.

9. Die Dokumente

Vor dem Hintergrund des Sprichwortes, die Paranoia gewöhnlicher Menschen heiße Krankheit, die Paranoia der Herrschenden hingegen Geschichte, betrachtete ich auch die Verschwörung, die sich um die *forma amorfa* rankte. Ich war mir sicher, daß sich gerade in dieser Expositur des Archivs des Seefahrtsmuseums, in diesem Blinddarm für Vergilbtes, die Antwort auf die Frage, was das Motiv der *nuvola rossa* bedeutete, verbarg. Mir jedenfalls war nicht mehr klar, ob meine Besessenheit das Resultat einer Krankheit war, die mich langsam in Besitz genommen hatte, oder ob ich unmerklich in eine seltsame Erzählung über die Geschichte hineingerutscht war. Ich besaß keinen Dachshund mit Rädchen, der Dokumente aus dem 17. Jahrhundert erschnüffeln konnte, und so mußte ich meine Hoffnung auf den Direktor setzen. Der Archivdirektor hatte Ähnlichkeit mit einem bebrillten Windhund, was ich als gutes Zeichen auffaßte. Als wäre er mir auf irgendwelchen seltsamen Wegen von Hugo Pratt persönlich gesandt worden.

Als ich erklärte, was ich suchte, verwandelte sich der liebenswürdige Fünfzigjährige im grauen Anzug und mit grauem Gesicht in einen unwirschen Staatsbeamten, der sich hinter Statuten und Vorschriften zu verbergen suchte. Er erklärte mir, ich müsse, da ich ausländischer Staatsbürger sei, entsprechend den geltenden Vorschriften der Region Veneto über die offiziellen diplomatischen Kanäle um Einblick ins Archiv ansuchen. Das heiße, über das Konsulat in Triest.

– Und warum ist das in Ihrem Mutterinstitut nicht notwendig? – fragte ich. Zudem wußte ich, daß das Archiv des Seefahrtsmuseums absolut allen zugänglich war. Warum war das nicht auch bei dessen »Pfeffermagazin« genannter Expositur der Fall?

– Wir sind ein Sonderinstitut – sagte der bebrillte Windhund und drehte sich um wie zum Weggehen.

Jetzt mußte ich schnell sein.

– Ich kenne den Kultusminister Ihrer Region – sagte ich – und ich kann Ihnen Unannehmlichkeiten bereiten ...

Der Windhund blieb stehen, kam nahe an mein Ohr, als wollte er etwas Vertrauliches sagen, und flüsterte: – Dein Minister kann mich mal – und fuhr dann laut fort: – Wenden Sie sich also an Ihr Konsulat. Ich kann Ihnen nicht helfen.

Ein Mann, den ich bis dahin nicht bemerkt hatte und der einige Dokumente im engen Kreis einer Tischlampe studierte, begann plötzlich zu hüsteln.

– Signore – sagte er – er liebt die Dollars mehr als die Minister.

Mit dieser wertvollen Information eilte ich dem Windhund in Menschengestalt nach, holte ihn in einem kleineren Lesesaal ein, der mitten im ehemaligen Zeughaus eingerichtet war. In den Ecken befanden sich lackierte Kanonen und ganze Stapel von Kugeln.

– Verzeihen Sie, wenn ich Sie verletzt habe – sagte ich diskret und zeigte ihm eine Hundertdollarnote.

Der Windhund drehte sich zu mir um, als hätte er genau dieses Verhalten erwartet. Wortlos faltete er den Schein zusammen und ließ ihn in seiner Tasche verschwinden. Hartnäckig blieb er vor mir stehen, bis ich eine zweite herauszog, mit dem er auf dieselbe Weise verfuhr. In der Eleganz seiner Bewegung war etwas Gespenstisches. Seine Hand erinnerte mich an den Rüssel eines Elefanten, der dreißig Jahre zuvor im Zagreber Zoo hingeworfene Geldscheine aufgesammelt und sie dem Wärter im Austausch gegen Zuckerrübenschnitzel gegeben hatte.

– Das, was Sie interessiert, ist gefährlich – sagte er und sah sich um, als suchte er ringsum Spione – deshalb ist der Tarif höher.

Ich zog noch einen Schein heraus. Als er auch den zusammengefaltet hatte, führte er mich zu einem Raum mit einer Metalltür wie der eines kleinen Tresors.

– Dies ist unser Sicherheitsraum – sagte er – hier werden Inkunabeln und besonders wertvolle Bücher aufbewahrt. Tun Sie so, als sähen Sie sich um!

Wir traten ein. Die Wände waren mit Kork bedeckt, und an der Decke sah ich eine Alarmanlage, Kameras und eine Trokkensprinkleranlage. Ein paar Menschen betrachteten die uralten Manuskripte mit den üppigen Illuminationen. Als wir zu einem ganz unansehnlichen Buch kamen, dessen bräunliche Seiten voller dunkler Fettflecken waren, flüsterte der Windhund: – Dies ist Ihr Dokument. Kommen Sie morgen vor acht.

Das war alles. Dreihundert Dollar und ein unangenehmes Gespräch. Sollte in dieser Schwarte tatsächlich die Deutung des geheimnisvollen Siegels zu finden sein, wäre es viel zu einfach gewesen. Hugo Pratt hatte die Deutung, wie auch die übrigen Forscher vor ihm, offensichtlich genauso leicht gefunden wie ich.

Warum hatten sie darüber geschwiegen? Was verbarg sich so Schreckliches hinter dieser *forma amorfa*?

10. Einsamkeit ist am schwersten zu zweit

In jenem Frühling, als mich Carmen, mein erstes Mädchen, verlassen hatte, machte ich eine Reise nach Opatija. Ich glaubte, naiv, wie ich war, Reisen würde in solchen Fällen helfen. Als ich mich indessen allein im leeren Hotelzimmer im Erdgeschoß wiederfand und dicke Regentropfen auf das Lorbeerlaub vor dem Fenster prasselten, schleppte ich mich aufs Bett und begann zu weinen. Ich hatte geglaubt, wegen Carmen würde ich niemals weinen. Wie überrascht war ich. Da stürmten die Erinnerungen auf mich ein, und alle hatten sie irgendwie mit ihrem Körper zu tun. Unmerklich und ganz selbstverständlich, um mein Weinen zu beruhigen, begann ich, mich selbst zu befriedigen. Bald ging mir die Flüssigkeit in alle Richtungen ab, und durchs Fenster, im Park, sah ich ein kleines Mädchen. Auch sie ließ ihre Flüssigkeit ab, mit hochgehobenem Kleidchen, in der Hocke. Als würde sie auf meine Trauer pinkeln. Die Ironie dieser Szene hatte mich ein für allemal überzeugt, daß Trauer und leere Hotelzimmer nicht zusammengehen.

Deshalb winkte ich, in mein Hotel auf dem Lido zurückgekehrt, einer Bardame, die an der Theke in der Vorhalle saß. Sie hatte einen aufreizenden Körper.

Und so klopfte dieser Körper auch bald an die Tür meines Zimmers. Ich mußte konstatieren, daß er ziemlich großgewachsen war, mit gutbefestigten Brüsten, die sich vorreckten und dem Blick vorschriftsmäßig freigegeben waren. Dieses erste Bild sagte mir, daß dieser Körper seit gut dreißig Jahren auf der Erde weilte, vielleicht auch länger. Lippen und Augen waren dezent geschminkt, was in einem gewissen Mißverhältnis zum üppigen Aussehen des Rumpfes stand. Es war erleichternd, daß es sich nicht um ein Mädchen von knabenhaftem Äußeren, sondern um eine reife Frau handelte. Entsprechend benahm sie sich auch. Selbstbewußt trat sie ein und reichte mir die Hand.

Ich hatte Champagner eingekühlt, und die Sache ging rasch von statten. Nach kurzem Vorspiel in Form von Unterhaltung ging sie über zum Vorspiel in Form von Berührung. Routiniert legte sie ihre Hand auf meinen Schlitz. Ich beschäftigte mich währenddessen mit jener Armatur, die ihre Brüste hielt. Als ich diese endlich befreit hatte, war mir sofort klar, daß ich das nicht hätte tun sollen. Die niederschmetternde Wirkung der Schwerkraft zeigt sich am augenfälligsten an weiblichen Brüsten.

Sie bearbeitete mich ziemlich lange mit den Händen und dann auch mit dem Mund. Ich lag auf dem Rücken und ließ sie gewähren. Als sie aufritt, war ich schon bereit. Und wir begannen uns zu bewegen. Zuerst langsam, und dann immer schneller. Sie machte ihre Arbeit gut und hingebungsvoll. Ihre Rechnung war klar, wie die der meisten Huren: Je diensteifriger sie war, desto eher würde ich fertig sein.

Unmittelbar vor dem Höhepunkt beugte sie sich über mich und knabberte an meinem Ohr. Als ich mich ausgeschüttet hatte, preßte sie ihre Oberschenkel gegen meine Lenden, damit ich ihr nicht entkam, und flüsterte: – Schönen Gruß von Henriette! Sie läßt dir mitteilen, daß ihr euch morgen früh um neun auf dem Campo San Polo trefft, im Bistro Arlecchino.

Und sie knabberte weiter an meinem Ohr.

– Sie hören uns ab – flüsterte sie. – Bleib ruhig und sag nichts.

Plötzlich empfand ich, so eingezwängt, eine große Zärtlichkeit für diese Frau. Als hätte sie für einen Augenblick ihren verblühten, aber noch immer erregenden Körper Henriette geliehen. Und die Liebe zu dem Mädchen mit dem Aussehen eines

Knaben, das sich auf so ungewöhnliche Weise meldete, wuchs unaufhaltsam.

11. Marina

Schon um acht Uhr morgens ging ich in die Esposizione dell'Archivio Marittimo und nahm von dem Windhund in Menschengestalt mit Himmlerbrille eine Mappe mit Fotokopien entgegen, auf denen auch die Erklärung des Motivs der *forma amorfa* zu finden sein sollte. Vom Arsenal fuhr ich mit der Gondel zum Campo San Polo, wo mich Henriette erwarten wollte. Das Wetter war auch weiterhin klar, heiter und frisch. An den Farben der Gebäude, den Sonnenstrahlen und der Luftigkeit des Kanals sah ich, daß Venedig für schöne Tage gebaut ist. Ich hatte in der Zwischenzeit schon gelernt, daß jede Stadt für ein bestimmtes Wetter gebaut ist, das der Farbe und der Form seiner Bauwerke am besten entspricht.

Der Campo San Polo und das Bistro Arlecchino, dessen Erkennungsmarke unabweisbar dem gleichnamigen Galeotenbrandmal ähnelt, waren schon voller Touristen. Sprachen, Hautfarben und Kleider mischten und mengten sich, Japaner, Schwarze und Deutsche klickten mit ihren Fotoapparaten oder schwatzten durcheinander wie auf einem Benetton-Plakat. Erst hier wurde mir klar, warum Henriette diesen Platz gewählt hatte: Hier konnte sie sich leichter verbergen. Genau in dem Augenblick, als ich zu einem freien Tisch in der Ecke der Terrasse kam, umstellt von kleinen Zypressen, stürzte eine langhaarige Blondine mit dunkler Brille, Nike-Kappe und gelber Seglerjacke an denselben Tisch.

– Hier ist besetzt – sagte sie laut und ließ sich nieder. Ich machte Anstalten wegzugehen, als sie flüsterte: – Setz dich her und gib mir die Hand, als würden wir uns gerade kennenlernen.

Ich setzte mich und tat, wie sie mich geheißen hatte. Sie breitete einen Stadtplan auf dem Tisch aus und redete von Straßen.

– Woher die Perücke? – fragte ich und ließ meinen Finger auf der Karte kreisen, als wollte ich ihr etwas zeigen.

– Von einer Freundin – sagte Henriette. – Ich habe ihr gesagt, sie solle dich aufsuchen, und dann hast du sie selbst eingeladen. Ist dir jemand gefolgt?

– Ich weiß nicht – sagte ich. – Ich habe niemanden bemerkt.

Was ich indessen sehr wohl bemerkt hatte, war Henriettes Parfum. Es war nicht mehr meines, Roma uomo, sondern ein anderes, ebenfalls eins für Herren.

– Wo hast du geschlafen?

– Auf dem Bahnhof. Dort habe ich auch diese Sachen gefunden.

Ich fragte mich, ob sie diese Frauenkleider wohl zusammen mit dem Männerparfum gefunden hatte.

Später gingen wir aufs Geratewohl durch Venedig, über kleine Brücken und uns unbekannte Plätze, und sie erzählte, wie sie sich am vergangenen Abend am Gitter des Nachbarbalkons kaum habe festhalten können, eine Glastür zerschlagen habe und, an irgendwelchen erschrockenen Kindern vorbei, gerade in dem Moment den Gang erreicht habe, als diese Typen in mein Zimmer getreten seien.

– Der Ältere. Wer ist das? – fragte ich.

– Mein Zuhälter, Mario.

– Er sagt, er sei dein Vater.

– Dieser Drecksack! Das hätte er wohl gern.

– Er sagt, sie hätten dich als kleines Mädchen adoptiert, und jetzt würdest du ständig lügen und von zu Hause weglaufen.

Sie sah mich über den Rand ihrer Sonnenbrille anklagend an.

– Und? – sagte sie. – War er überzeugend?

– Er hat mir das Märchen von der Puppe in der Holzschachtel erzählt, die seine Frau in der Erde vergraben hat.

– Das sind Mafiosi – sagte sie – die drohen niemals offen. Drohen ist strafbar. Außerdem haben sie Angst, daß ihre Gespräche abgehört werden. Du kannst dir doch denken, was für eine Puppe und was für eine Schachtel das ist!

Sie war ziemlich erregt, während sie redete. Sie wirkte aufrichtig. Wir standen gerade auf einem kleinen Platz, neben einem kleinen, intimen Restaurant mit rosafarbenen Tischtüchern. Der Platz wirkte festlich, das Restaurant war zauberhaft, und was das Wichtigste war: Niemand war uns gefolgt. Ich schlug vor, uns zu setzen.

Während sie es sich auf einem der Stühle bequem machte, sagte ich: – Der Typ sagt, du heißt Marina?

– Er hat recht – sagte sie kühl. – Als sie mir den Paß wegnahmen, stand das dort drin. Aber jetzt weiß ich nicht mehr, wer ich bin.

Zärtlich legte sie ihre Hand an meine unrasierte Wange.

– So viel ist in diesen Jahren passiert, seit ich hier bin – sagte sie – du mußt mich verstehen.

Nach dem Essen lasen wir in den fotokopierten Seiten des Buches über das Leben der Galeoten. Ich mußte Henriette einzelne Passagen laut vorlesen. Es interessierte sie, wie den Galeoten die Beine gebrochen wurden, damit sie nicht fliehen konnten, wie man ihnen hölzerne Pfröpfe in den Mund preßte, damit sie nicht schrien, während sie geprügelt wurden, wie man ihnen zur Strafe Körperteile abschnitt, Ohren und Nase, wie sie ihre Notdurft gleich am Ruderplatz unter sich verrichten mußten und wie sie am Ende, tot, ins Meer geworfen wurden. In dem Buch stand, daß die Venezianer an unserer Küste manchmal Menschen wie Tiere jagten, sie brandmarkten und an die Galeeren schmiedeten. Häufiger jedoch kauften sie sie von Seeräubern und den Türken als Sklaven. Dementsprechend gab es auch die gesetzliche Regelung, daß man einen Menschen von der Galeere freikaufen konnte.

– Hast du gewußt, daß sich auch Huren freikaufen können? – sagte sie plötzlich. – Wenn sie Schulden haben.

Ich schwieg. Es ging um etwas sehr Wichtiges.

– Und wieviel würdest du zum Beispiel kosten? – fragte ich.

– Nicht mehr als fünf Millionen Lire. Ich bin nicht mehr frisch. Du hast gesehen, daß ich die Masern habe.

Und da kam mir plötzlich eine intrigante Idee.

12. Der Freikauf

Ich sagte Henriette, sie solle warten, und lief zum Banco d' Italia, um über Travellerschecks und Scheckkarten an eine größere Summe Bargeld zu kommen. Ich überzog den Rahmen auf allen drei Karten und leerte meine Zagreber Konten. Dem Bankbeamten hatte ich erklärt, ich sei in Schwierigkeiten, und nach ein paar Telefongesprächen war er mir entgegengekommen. Ich hob etwas mehr als fünf Millionen Lire ab. Ich konnte ihr nun vorschlagen zu fliehen, was den Paß betraf, würden wir schon einen Weg finden, ich konnte auch eine Freundin aus der »Casa di donne« anrufen, die in solchen Fällen half. Die Idee, ihre Schulden aufzukaufen, gefiel mir jedenfalls. Es lag etwas Romantisches, Gespenstisches und Grausames darin. Die Aktion entsprach wahrscheinlich der permanenten Vorstellung einer idealen Begegnung zwischen Mann und Frau. Solche Dinge hatte ich im Film gesehen.

Nachdem ich das Geld abgehoben hatte, nahm ich die Visitenkarte des Polizisten aus meiner Tasche und rief ihn von einer Telefonzelle in der Nähe des Restaurants an. Ich sagte, ich hätte das Geld und wolle Marina freikaufen. Er klang schockiert.

– Sind Sie verrückt, Mensch? – schrie er in den Hörer. – Wir suchen sie, wir verkaufen sie nicht. Sie gehören ja angezeigt. Kommen Sie mir bloß nicht mit solchen Ideen in mein Büro!

Als ich zurückkam und es Marina erzählte, machte sie ein Gesicht, als hätte sie den Geist ihres Vaters gesehen, wie er gerade ein fünfjähriges Mädchen vögelte.

– Du bist ein Irrer – schrie sie – ein verdammter abgefuckter Scheißirrer! Jetzt sind wir erst recht im Arsch!

Etwas in meinem Gesicht muß wie ein Fragezeichen gewirkt haben, denn sie fuhr schreiend fort: – Weißt du, daß die Telefone abgehört werden? Hier ist die Polizei der korrupteste Berufsstand. Jetzt können wir auf keinen Fall mehr fliehen. Dies hier ist eine Insel, und die Polizei kontrolliert Straßen, Eisenbahn und Schiffe.

– Es wird alles gut – sagte ich mehrmals, aber diese Worte spendeten keinen Trost.

Nach zehn Minuten, als sie sich ein wenig beruhigt hatte, sagte sie mit Resignation in der Stimme: – In der Zwischenzeit haben sie uns wahrscheinlich schon geortet.

Nach kurzer Zeit fragte sie: – Siehst du den da drüben?

Ich sah einen jungen Mann, der sich mit einem Fotoapparat um den Hals und einem Stadtplan in der Hand auf dem Platz durchdrängelte.

Henriette nahm Perücke und Sonnenbrille ab, wie jemand, der sich endgültig ergibt.

– Mir kommt er vor wie ein Tourist – sagte ich.

– Red keinen Scheiß! – sagte sie. – O. k., wir machen es so: Du gibst mir das Geld, und ich werde versuchen, mit Mario einig zu werden.

– Ich gehe hin – sagte ich – dich wird er massakrieren.

– Hör mir zu – sagte sie – die bringen mich sowieso um, wenn sie wollen. Aber so kann ich mich mit dem alten Schinder vielleicht noch einigen.

Ich ließ den Umschlag mit dem Geld in ihre Jackentasche gleiten.

– Warte im Hotel! – sagte sie. – Wenn ich bis sechs nicht da bin, kannst du die Carabinieri rufen, aber das wird dann für mich keine Bedeutung mehr haben.

Sie drehte mir den Rücken zu und ging mit festem Schritt los. Vielleicht war er ein wenig zu fest, wie bei Betrunkenen, wenn sie sich bemühen, sicher zu gehen. Plötzlich drehte sie sich um, und ich sah ihre Augen. Wenn ich mich nicht irre, waren sie feucht und trüb.

– Du bist wirklich süß! – Sie warf mir ein Kußhändchen zu und verschwand.

13. Forma amorfa

Am Markusplatz, vor den berüchtigten Verliesen i Piombi, den Bleikammern, bestieg ich das Vaporetto. Niemand begleitete mich. Ich sah zum Platz hinüber und war verwirrt und schrak irgendwie zurück, als er sich vor mir wie ein riesiges Benetton-Plakat ausbreitete, auf das die Japaner Tauben gedruckt hatten. Die ganze Zeit über mußte ich an Henriette denken, die Marina hieß, an die Brandnarben an ihren Armen, an den Zuhälter, der Pinocchios zusammenbaute, und an das rätselhafte Männerparfum.

Nachdem ich das Zimmer betreten hatte, das noch nach Henriette roch, aber nach der von gestern, ließ ich mich in den Flechtstuhl auf der Terrasse fallen und warf den Galeotentext zur Seite. In dieser Ungewißheit war ich nicht imstande zu lesen.

Von der Terrasse aus konnte ich die Südwestseite Venedigs sehen, die von der Kuppel der Kirche Santa Maria della Salute beherrscht wurde, und eine Reihe von Palästen an seiner Südseite. In das statische Bild schoben sich manchmal Schiffe, die eine Spur weißlichen Schaumes zurückließen, und würdevolle Gondeln wie schwarze Spinnen und Vögel. Das war alles an Bewegung an diesem bedeutungsvollen Nachmittag. Henriette konnte in verschiedenen Formen auftauchen, und ich wußte nicht, welche ich erwarten sollte, und so erwartete ich sie alle zugleich: ein fröhliches Klopfen an der Tür, das Läuten des Telefons, über das sie aus der Stadt meldet, alles sei in Ordnung, das Auftauchen ihrer winzigen Gestalt, die am Pontile unweit des Hotels dem Vaporetto entsteigt, einen parfümierten Brief, den der pickelige Kellner auf silbernem Tablett bringt, ein fröhliches Pfeifen unter dem Fenster ...

Das Paradoxon des Wartens liegt darin, daß die Zeit langsam verstreicht und am Ende rasch vergangen ist. So war es schon bald sechs Uhr, als die Sonne noch hoch stand und sich die Zeiger auf der Uhr in die Länge streckten wie ein Mensch auf der Bahre. Ich geriet in Panik. Ich sprang zum Telefon und wählte die Nummer der Rezeption. Der Empfangschef sagte, er habe keine Nachricht für mich. Ich ging ins Badezimmer, wusch mir grundlos die Hände und rief wieder an. Der Mann sagte mir wieder geduldig, er habe keinerlei Nachricht für mich. Jetzt beschloß ich, Henriette und dem Schicksal mehr Zeit zu lassen. Ich setzte mich wieder auf die Terrasse, um das Bild zu betrachten, das sich langsam veränderte. Da die Sonne jetzt niedriger stand, war das Wasser dunkler. Ich sah nicht mehr auf die Uhr. Mein Blick begleitete ein Vaporetto, das gerade auf dem Weg nach Venedig war. Ich wußte, es würde an die zehn Minuten brauchen, bis es in den Kanal zum Markusplatz einbiegen würde. Dann rief ich wieder an. Der Rezeptionist klang dieses Mal nervöser. Diese

Nervosität war aus seiner Stimme und der Betonung herauszuhören, nicht aus seinen Worten. Die waren noch immer liebenswürdig.

– Ich muß mit Ihnen sprechen – sagte ich. – Ich habe ein ernstes Problem.

– Warten Sie einen Augenblick – sagte er – ich komme hinauf.

In der Zwischenzeit ging ich wieder auf die Terrasse. Ein Vaporetto, aus Venedig kommend, dümpelte vor der Anlegestelle am Lido. Ich erwartete, daß sich, wenn die Leute Richtung Anlegebrücke gingen, auf wunderbare Weise auch Henriette zeigen würde. Oder jemand, der ihr glich, als ihre überzeugende Ankündigung. Denn bisher war es so gewesen: Wann immer ich jemanden erwartete, zeigte sich zuerst jemand Ähnlicher, wie eine Ankündigung oder ein Bote, der mir sagen sollte, daß jener, den ich erwartete, sicher kommen würde. Und da hörte ich ein Klopfen.

Es war der Rezeptionist. Leise, würdevoll und liebenswürdig bewegte er sich, als hätte er jemanden vor sich, dem ein Mensch gestorben war. Er sah mir tief in die Augen, verständnisvoll.

– Hat sie Ihnen viel genommen? – fragte er schließlich.

Ich erinnere mich nicht, ob Pinocchio seine Eselsohren und die lange Nase plötzlich bekommen hat oder ob sie ihm langsam gewachsen sind, wie ein Tumor. Ich jedenfalls hatte das Gefühl, daß sie mir schlagartig wuchsen. Es war sechs Uhr und fünfzehn Minuten, der 20. September 1996. Das Zimmer hatte etwas von der Atmosphäre im Laboratorium für Menschenversuche in Buchenwald.

Ich erzählte dem freundlichen Rezeptionisten von meinem Abenteuer mit Henriette, ihren Maskeraden, dem Besuch des geheimnisvollen Mannes im Marineblazer.

– Ich glaube nicht, daß es bei uns solche Mafiosi gibt – sagte er – die Kleine hat Ihnen Ihr Geld abgeluchst.

– Sie hatte am Körper Brandnarben von Zigarren!

– Eine Fixerin – schloß er. – Sie spritzen sich voll und drücken auf ihrer Haut Zigaretten aus, damit man die Einstiche nicht sieht. Und dann erfinden sie Geschichten.

Und über den Typen, der mich aufgesucht hatte, sagte er, er sei vielleicht tatsächlich ihr Vater gewesen, oder ein Zuhälter, oder ein am Betrug Beteiligter, oder das eine und das andere.

– Natürlich besteht noch die Möglichkeit – sagte er – daß sie eines Tages tatsächlich in irgendeinem Kanal auftaucht. Aber die Chance ist gering. Ich habe Sie gewarnt! – sagte er beim Hinausgehen und überließ es mir selbst, mit mir abzurechnen.

Wieder ging ich hinaus auf die Terrasse und setzte mich ruhig in den Flechtstuhl, wobei ich für einen Augenblick an den Blinden denken mußte, der ihn geflochten hatte. Eigentlich war es gar nicht so seltsam, daß der Ort dieses Geschehens unbestimmt, ungreifbar war, wie auch die *forma amorfa*, in die das Wort »Amor« so auffällig eingewebt war. Es war Zeit, daß ich mich wieder mit den Galeeren beschäftigte.

Der größere Teil des Textes handelte von Galeeren als Kriegsschiffen und der Basis der venezianischen Marine. Erst in einem Abschnitt kurz vor Ende des Buches, der dem ursprünglichen Text offensichtlich hinzugefügt worden war, wurden die Motive der Galeotenbrandmale erwähnt. Hier fand sich der Hinweis, daß die *forma amorfa* von Maestro Dandolo vor Weihnachten 1567 ausgearbeitet worden war. Das Dokument, das ich in der Hand hielt, war genaugenommen die Abschrift eines Kapitels aus dem Tagebuch des Maestro Dandolo, eines der bekanntesten Hersteller von Galeotenstempeln in der Venezianischen Republik. Dandolo beschreibt darin den Morgen, an dem er mit der Ausarbeitung des Motivs der *nuvola rossa* beschäftigt war. Der Maestro war schon in den Jahren, als er sich mit einem sehr jungen und schönen Mädchen aus dem Volk verheiratete. Diese seine Frau allerdings fiel einem Patrizier auf, einem Senator aus der berühmten Familie Amatti. Rasch wurde sie seine Geliebte. Sie trafen sich fast unter den Augen ihres Mannes. Im Morgengrauen hockte Maestro Dandolo am Ufer des Kanals vor seinem Haus und hörte das Knarren des Bettes in seinem Schlafzimmer. Die leidenschaftlichen Schreie seiner Frau mischten sich mit dem tierischen Brüllen eines ausgedienten Sklaven, eines ehemaligen Galeoten, auf dessen Rücken die Gehilfen des Maestros mit glühendem Eisen die neuen Versionen des Stempels ausprobierten. Ein paar Tage zuvor hatte der Maestro nämlich über Vermittlung von Senator Amatti einen Marineauftrag für einen neuen Stempel bekommen. Er hatte keine überzeugenden Einfälle mehr, und der Rücken des Sklaven war schon von den verschiedensten unverwendbaren Motiven übersät. Grübelnd starrte er auf das Wasser. Und plötzlich kam ihm wie ein Zeichen, wie ein Signum, ein Etwas entgegengeschwommen, das mit grünlichen Algen überwachsen war. Er sah sein Gesicht im Spiegel des Wassers und fragte sich: »Wer bin ich? Wer sind wir? Was ist Geschichte?« Statt einer Antwort schwamm die geheimnisvolle Form durch sein Spiegelbild. Rasch erkannte er in ihr das, was die Bewohner der Lagune nach einem üppigen Mahl in die Kanäle fallen lassen. Später fertigte er, so heißt es, einen Prägestempel mit dem Motiv menschlichen Auswurfs an, und dieser amorphe Pfropf wurde von nun an jahrhundertelang mit glühendem Eisen in menschliches Fleisch gepreßt.

[Die Insel in der Kupa]

Für Milorad Pavić, von dem das Hauptmotiv dieser Erzählung stammt, voll Grauen ...

1.

Die Front war über den Fluß gekommen, neben den Hügel, wo die Wochenendhäuser standen, in denen wir gewohnt hatten, und ganz bis zum Wald. Jetzt war es ruhig, und man konnte von ferne den gedämpften Donner schwerer Artillerie hören. Es klang, als würde jemand in einem leeren Raum Kartoffeln in eine Kiste werfen.

Auf dem Weg, den die Front genommen hatte, lagen zahlreiche Leichen. Der Feind hatte seine Toten nicht mitgenommen, und wir hatten keine Zeit, sie zu begraben, also schleppten unsere Sanitäter sie in die Ruine jenes Gebäudes, das früher die Post gewesen war. Dort überschütteten sie sie mit Kalk. Die meisten waren barfuß, weil wir ihnen die Stiefel abgenommen hatten. In diese Stiefel hatten sie mit wasserfesten Filzstiften ihren Namen geschrieben oder das Kreuz mit den vier Sicheln gezeichnet.

Auf der Innenseite der hohen Schäfte meiner Stiefel stand: ZIKA, KRALJEVO 1991. Keinerlei Symbole oder weitere Wörter waren zu sehen. Ich mochte diese Stiefel nicht, aber ich mußte sie behalten, denn ich war mitten im Sommer in Turnschuhen in den Krieg gekommen, und jetzt stand der Winter vor der Tür.

Es war so: Sie wußten, daß wir ihnen, wenn sie fielen, die Stiefel abnehmen würden. Einer hatte in seine Schäfte folgende Botschaft hineingeschrieben:

USTASCHA! GEBE GOTT, DASS SIE DIR DAS BEIN ABSCHNEIDEN, WENN DU DIESEN STIEFEL ANZIEHST.

Die Botschaften waren unangenehm, aber der Winter war es noch mehr. Ich hatte Glück: In meinen Schäften gab es keine Botschaft.

2.

Leo hatte ich Ende August kennengelernt, als uns seine Einheit zu Hilfe kam. Er war ein leidenschaftlicher Angler. Er hielt sich an die Theorie, daß Hechte und Welse am besten auf tote Tschetniks beißen. Bevor er hergekommen war, hatten sie die Front an einem anderen Fluß gehalten. Dort hatte er das gelernt. Er brachte zweihundert Meter Leine, Schwimmer, Bleigewichte und Haken mit, die Ruten mußten wir im Wald schneiden.

Es war Anfang November, um Allerseelen, windiges Wetter, und die Sonnenuntergänge waren die rötesten in diesem Jahr. Als wir, unter Umgehung von Minenfeldern, zum Fluß kamen, sagte Leo: – Ich gehe zur Post, Köder holen. Du bleibst hier. Wenn sich etwas rührt, schießt du. Dann wissen wir Bescheid.

Ich blieb allein zurück, starrte in das grünliche Wasser, auf dem trockene Blätter, Zweige und alle möglichen anderen Dinge schwammen. Es gab weder Käfer noch sonstige Zeichen von Leben. Ich dachte an die auf der anderen Seite. Zwischen mir und dem anderen Ufer, wo der Feind war, gab es eine kleine, mit

Sträuchern und Weiden bestandene Flußinsel, so daß ich die andere Seite nicht sehen konnte. Ich mußte daran denken, wie sie uns in der Schule beigebracht hatten, daß die Kupa die Grenze zum Balkan bildet. Von Inseln war überhaupt nicht die Rede gewesen. An solchen ruhigen Abenden, wenn sich die Armeen ausruhten, sah es so aus, als ob uns der Krieg nichts anging.

Nach einiger Zeit erschien Leo mit den Ködern. Aus einem schmutzigen Plastiksäckchen, auf dem ein schnurrbärtiger Mann im Safarianzug, der sich gerade eine Camel anzündet, abgebildet war, nahm er ein paar Fleischstücke und legte sie sorgfältig auf ein kleines Brett.

– Mir ist schlecht – sagte ich.

– Wenn du denkst, daß die auf der anderen Seite uns nicht als Köder nehmen, täuschst du dich. Was glaubst du, warum sie unsere Toten nicht zurückgeben?

– Genau deshalb kommt mir das Kotzen – sagte ich. Ich meinte es ernst. Etwas in meinem Magen wollte krampfhaft heraus. Etwas, das kein Teil von mir war. Wie in einem Horrorfilm. Unterdessen schnitt Leo das Fleisch mit einem Messer in kleine Stücke, die er auf die Haken steckte. Einige der Fleischstücke warf er ins Wasser, um die Fische anzulocken.

Als er die Köder endlich befestigt hatte, warfen wir die Haken aus. Die Wolken im Westen waren rosa, aber nichts von diesem abendlichen Leuchten drang zu uns durch. Wir saßen in der Stille, im Halbdunkel. So fühlten wir uns sicherer.

– Das habe ich von einem Typen aus der Fremdenlegion gelernt – sagte er. – Wir haben an der Krka geangelt, und die Köder sind uns ausgegangen. Da sagte der Typ aus der Legion: »Hier gibt es Igel, so viele du willst.« Genau so hat er sich ausgedrückt. Er stammte aus Dalmatien. Dann brachte er eine ganze menschliche Hand an. Ich weiß nicht, woher.

– Das erinnert mich an den Witz vom goldenen Fischlein –

sagte ich. – Wir sitzen da und angeln, und irgendwo im trüben Wasser wartet ein Fischlein, das dir deine Wünsche erfüllt.

– Psssssssst! – machte er. Irgend etwas stimmte nicht. Wir schwiegen. Von der anderen Seite, von der Insel, hörte man Geräusche, als würde jemand Steine ins Wasser werfen. Wir griffen nach den Gewehren und warteten. Die Zeit verstrich langsam, und wir konnten wegen der Dunkelheit und der Sträucher niemanden sehen. Wir warteten schon eine ganze Zeit so, als sich das Geräusch wiederholte. Jetzt hörten wir es einige Male hintereinander. Jetzt wurde Leo wieder ruhig und legte die Kalaschnikow neben sich auf die Erde.

– Da springt ein Fisch in der Abenddämmerung – sagte er.

– Im November? – sagte ich ungläubig.

Er nickte nachdrücklich, aber er überzeugte mich nicht. Jedenfalls gelang es ihm, uns die Furcht zu nehmen.

– Denk dir diesen Anfang – sagte er. – Ein Russe, ein Amerikaner und ein Dalmatiner angeln mit einem toten Tschetnik als Köder. Auf einmal fangen sie einen goldenen Fisch. Was sagt der Fisch als erstes?

– Ich denke, es wäre gut, wenn wir von hier verschwinden – sagte ich.

– Nun mach dir nicht ins Hemd – sagte Leo – dort ist nichts.

– Ich habe einen Schatten auf der Insel gesehen – sagte ich. Ich war todernst.

Und in diesem Moment biß einer an. Völlig unerwartet. Er schien sehr groß zu sein. Leos Angelrute bog sich so stark, daß sie zu brechen drohte. Wir mußten handeln. Ich packte die Rute und hielt sie mit einer Hand in der Mitte, damit sie nicht brach, und Leo packte die Leine, schnitt sie durch, löste sie von der Angelrute und band sie wieder an einer Spule fest, auf der rund zweihundert Meter Nylonschnur aufgewickelt waren. Wir hatten nämlich keine Rolle, und die Größe des Fisches erforderte ein Nachgeben, damit die Angelrute nicht brach. Wir waren auf einen langen, gnadenlosen Kampf vorbereitet, wie damals der alte Mann mit dem Schwertfisch. Jetzt hatte Leo den Fisch unter Kontrolle. Ich warf die Rute zur Seite und tanzte um Leo herum, ohne zu wissen, wie ich ihm helfen könnte. Er wickelte die Leine um die linke Faust, und ich konnte sehen, wie sie ihm ins Fleisch einschnitt und dünne Wülste hervortreten ließ, während er mit der rechten Hand den zerrenden Fisch zurückhielt.

Der Kampf dauerte bis zum Anbruch der Nacht. Es war schwer, im Dunkeln gegen den Fisch anzukommen. Dann war er für einige Augenblicke ruhig, und wir dachten schon, er sei am Ende, als er sich mit wildem Zerren zurückmeldete. Als wir ihn endlich herausgezogen hatten, sahen wir, daß er noch viel größer war, als wir zu hoffen gewagt hatten.

– Das ist ja wie bei Hemingway – sagte Leo. – Ich meine, der Fisch.

– Ich habe die irre Erzählung bei Hemingway gelesen – sagte ich. – Der alte Papa Hemingway kommt nach seinem Tod vor den Gerichtshof der Tiere. Tiere aus seinen Erzählungen. Sie sind alle von seinen Jägern und Fischern erlegt worden. Den Vorsitz haben der Schwertfisch, den der alte Mann gefangen, und der Löwe, den der unglückliche Francis Macomber geschossen hat.

– Über uns wird dieser Wels am Jüngsten Tag zu Gericht sitzen – sagte Leo.

Es war ein Riesenwaller. Er hatte mehr als fünfzehn Kilo. Wir wickelten seinen Kopf in einen Plastiksack, doch mit dem Schwanz schlug er noch immer wie wild auf das Gras. Es klang wie ein Schmatzen, wenn sein glitschiger Körper den Boden berührte. Er starb langsam.

Leo war gerade dabei, den Fisch zu schuppen, als auf der Insel ein Feuerschein sichtbar wurde.

– Ich habe dir doch gesagt, daß da jemand ist – sagte ich. Ich war ziemlich beunruhigt. Auf der Insel konnten nur SIE sein.

– Ich kapier' nicht, warum die ein Feuer machen – flüsterte Leo.

Vorsichtig legte er den Fisch in sicherer Entfernung vom Wasser ab. Wir griffen nach den Kalaschnikows und legten uns ins Gras.

– Ist denen denn nicht klar, daß wir sie sehen können? – sagte ich. – Unsere Leute könnten doch das Feuer eröffnen.

– Die sehen die nicht – sagte Leo. – Von der Anhöhe aus sieht man dieses untere Ufer der Insel nicht. Es wird vom Flußufer, das höher liegt, verdeckt. Unsere Leute in den Stellungen haben keinen blassen Schimmer, was hier vor sich geht.

– Glaubst du, die haben uns gehört, wie wir mit dem Fisch gekämpft haben?

– Bestimmt haben sie uns gehört – sagte Leo.

Der Fisch klatschte im Todeskampf noch immer auf das Gras. Mir kam der Gedanke, daß sie das Feuer angezündet hatten, um unsere Aufmerksamkeit darauf zu lenken und sich leichter anschleichen zu können. In diesem Fall würden sie den Fluß überqueren, aber wir hörten kein Rudern.

Da bemerkten wir, daß jemand hinter uns herumschlich.

3.

Ich war bereit. Das Gewehr hielt ich wie ein Kind, das ich mit meinem Körper vor irgend etwas schützte, bereit, mich jeden Augenblick umzudrehen und auf den zu feuern, der sich mir zeigen würde. Die Minuten verstrichen, und die unheilkündende Stille zog sich endlos hin. Aber dann hörten wir, wie jemand unsere Namen rief.

– Pssst! Leo, habt ihr was gefangen?

Leo drehte sich um und fluchte.

– Geh zum Teufel, Idiot, bald wärst du draufgegangen – sagte er. Wir erkannten die Stimme eines Burschen, der mit uns im Keller eines Wochenendhauses zwischen den Fässern schlief.

Er kam näher. In der einen Hand hatte er eine schwarze Plastiktüte, in der anderen seine Ingram mit Schalldämpfer. In der Tasche war eine Speckseite.

– Kommt mit – sagte er.

– Wohin? – fragte ich.

– Wo ihr sicher noch nie gewesen seid!

Vorsichtig stieg er das steile Ufer zum Fluß hinunter, wo er ein kleines Plastikboot aus dem Gebüsch zog. Dann nahm er die Ruder, die auf dem Bootboden gelegen hatten. Ich sah ihm im zitternden Widerschein des Feuers von der Insel auf der ruhigen Wasserfläche zu.

– Wohin fahren wir? – fragte ich – du bist ja wahnsinnig.

– Du kannst mir vertrauen – sagte er. Ich hoffte, daß er es ernst meinte. Wir stiegen ins Boot und stießen es ab. Leo hielt den Riesenfisch in der einen, das Gewehr in der anderen Hand.

Wir brauchten nur wenige Minuten, um das Ufer der kleinen Insel zu erreichen. Wir konnten Schatten von Menschen sehen, die um das Feuer herumgingen. Im nächsten Augenblick hörte ich das Repetieren eines Gewehrs.

– Wer da?

Der Mann stand im Dunkeln, und wir konnten ihn nicht erkennen, ebensowenig die, die das Feuer umkreisten.

– Stojan, ich bin's – sagte der Bursche, der uns hergebracht hatte. Wieder wollte etwas in meinem Magen heraus. Wir hörten vom Boot aus, wie Stojan denen beim Feuer ankündigte: – Da kommt der Ustascha, her mit dem Fusel!

– Burschen, ich bring' noch jemanden mit – sagte unser Führer.

Bei diesen Worten machte sich Panik breit. Wir sahen, wie die Typen beim Feuer nach ihren Gewehren griffen.

– Keine Sorge, sie sind vertrauenswürdig – sagte unser Führer unerschrocken.

– Sie sollen die Waffen im Boot lassen – sagte die Stimme, die Stojan gehörte. – Ich werde sie mit der Taschenlampe anleuchten, wenn sie aussteigen. Wenn einer ein Gewehr hat, seid ihr dran.

– Alles o. k. – sagte unser Führer und drehte sich zu uns um. – Burschen, laßt die Gewehre hier. Es ist alles in Ordnung. Das sind Leute aus der Gegend hier. Ein paar von ihnen haben Wochenendhäuser auf unserer Seite. Sie kommen her, um nachzusehen, ob sie noch ganz sind.

4.

Das erste, was ich dachte, als wir die Insel betraten, war: »Sieh einer an, jetzt bin ich auch einmal auf der anderen Seite.« Sie waren zu dritt. Alle waren älter als vierzig, sie waren unrasiert, und ihre Uniform sah aus, als sei sie aus alten Decken geschneidert. Ich kannte diese Montur: Das war die Arbeitsuniform der früheren Armee. Der Älteste von ihnen, Petar, trug keine Schuhe. Er hatte dicke weiße Wollsocken an, deren Sohlen vom Lehm schmutzig waren. Ich sah, daß feuchtes Laub an ihnen klebte.

– Warum ist er barfuß? – fragte ich Stojan, nur um etwas zu sagen.

– Seine Stiefel scheuern – sagte Stojan. – Hat einer von euch zu große Stiefel?

Wir schwiegen. Keinem wollte es einfallen, seine Stiefel auszuziehen. Petar hatte unterdessen unseren Wels übernommen. Er schnitt ihn in Stücke, gab diese in den Helm, der an einer Kette hing, und goß Wasser zu. Im Helm waren noch andere Fische. Er machte ihn an einem Ast fest, so daß er genau über dem Feuer hing. Es war offenkundig, daß der Mann in dem, was er tat, Routine hatte.

– Komm, nimm einen Schluck – sagte der, dessen Namen ich nicht kannte, und reichte mir eine Flasche Schnaps. Ich nahm einen kräftigen Zug. Er tat mir in diesem Moment gut.

– Das Fischpaprikasch ist in einer halben Stunde fertig – sagte Petar.

Bis dahin hatten wir die Flasche Schnaps geleert. Schon bei unserer Ankunft war mir aufgefallen, daß die drei angetrunken waren. Jetzt ging es erst richtig los.

– Versteh' nicht, wie ihr es geschafft habt, so einen Fisch zu fangen. Der ist sehr gut, und so kurz vor dem Winter läßt er sich eigentlich nicht mehr fangen.

– Wir sind eben Meister – sagte Leo.

Der Mann, dessen Namen wir nicht kannten, war ziemlich betrunken. Regungslos starrte er auf Leo. Dieser Blick war mir nicht sympathisch.

– Der Ustascha da gefällt mir nicht – sagte er endlich mit einer Stimme, die wie ein Gurgeln klang.

– Red keinen Scheiß, Milan – sagte Stojan.

– Ich kenne sie – sagte Milan. – Sag ihnen, sie sollen ihre Stiefel von innen zeigen!

– Wenn ich gewußt hätte, was du für ein Arschloch bist, hätten wir dich heute abend nicht mitgenommen – sagte Stojan.

– Ich kenne sie – murmelte Milan in seinen Bart, aber er beruhigte sich.

Als Petar mit der Fischsuppe, in der auch Speckstückchen schwammen, fertig war, teilten uns die Burschen unsere Rationen zu. Ich hatte keinen Löffel, also nahm ich die Hände und ein kleines Stück Brot, um den Saft aufzutunken. Ich war bereits betrunken genug, daß mir der Fisch schmeckte. Ich versuchte krampfhaft zu vergessen, womit er gefangen worden war. Der Saft war gut, nur ein bißchen zu scharf für meinen Geschmack.

Dann sah unser Führer auf seine Uhr. Er besaß eine wertvolle Taucheruhr, Marke Rolex. Ich sah, wie Milan darauf starrte. Das gefiel mir nicht.

– Wir müssen zurück – sagte unser Fährmann. – Wenn unsere Leute mitkriegen, daß wir nicht da sind, gibt's Ärger.

Während wir uns fertigmachten, vollführte der betrunkene Milan eine Reihe von Bewegungen, die ihn in stehende Position bringen sollten. Die Erdanziehung indessen siegte, und er stürzte in den Ufersand. Wir sahen, daß ihm etwas aus der Tasche gefallen war. Leo beugte sich unbemerkt vor und hob den Gegenstand auf. Wir verabschiedeten uns und stiegen ins Boot.

Als wir losfuhren, zeigte sich von irgendwoher der Mond. Es war hell, und das Flußwasser glänzte silbern. Wir ließen die Insel hinter uns und näherten uns dem dunklen Ufer und den Minenfeldern, denen wir auf dem Weg zu unseren Stellungen noch auszuweichen hatten.

– Das sind anständige Burschen – sagte unser Führer, während er ruderte – sie können nichts dafür, daß sie auf der anderen Seite stehen.

– Das würde ich nicht sagen – meldete sich Leo. Er hielt einen Gegenstand in der Hand. – Das hier ist diesem betrunkenen Idioten aus der Tasche gefallen. Seht her! Wißt ihr, was man damit macht?

Es sah aus wie ein Dosenöffner. Doch irgendwie merkwürdig. Es hatte einen roten, abgerundeten Holzgriff, oben eine Spitze und am Ende dieser Spitze eine kleine metallene Schaufel.

– Das ist ein Gerät zum Herausnehmen von Augen – sagte er. – Ich habe es schon unten in Dalmatien bei Gefallenen von Sonderkommandos gesehen. Mit der Spitze stechen sie in die

Pupille, und mit der kleinen Schaufel fassen sie den Augapfel und ziehen das ganze Auge wie eine gekochte Muschel heraus. Wenn einer geübt ist, kann er mit diesem Werkzeug über hundert Paar Augen in der Stunde ausstechen.

Wir blieben stumm. Hier gab es nichts mehr zu sagen. Und so kamen wir schweigend an unser Ufer. Doch schon nach ein paar Tagen war alles leichter. Einstein, unser Kommandant, ansonsten Mathematikprofessor, saß in der Feldküche auf einer Munitionskiste, hatte das Werkzeug in der Hand und sagte:

– Wenn einer, der geschickt ist, hiermit hundert Paar Augen pro Stunde ausstechen kann, wie viele Augen stechen dann drei geschickte Männer aus, wenn sie eine Woche lang zwölf Stunden pro Tag arbeiten und nur morgens, mittags und abends jeweils eine Stunde Pause machen?

Unter solchen Fragen verging der Winter, und die Bäume wurden grün. Aber dafür hatten wir lange keinen Blick.

[Der Rachen]

1. Der große Weiße

Eine »Kinderleiche« ist nicht der tote Körper eines Kindes, auch nicht der eines Zwerges, sondern eine Backspezialität. Eine Süßspeise, die wir oft aßen in jenem fernen Sommer, als wir die erste Klasse des Gymnasiums* beendet hatten und als im Inselkino zum ersten Mal Spielbergs Horrorfilm vom Weißen Hai gezeigt wurde. Diese »Kinderleichen«, diese Kuchen, waren in Wirklichkeit Kekse, deren Form mit ein wenig Phantasie an ein Kind ohne Arme und Beine erinnerte. In ihrem Inneren gab es kleine geröstete Haselnüsse.

In dieser Nacht hatte das Mondlicht die Meeresoberfläche in ein gekräuseltes Silbertuch verwandelt. Auf der Leinwand war zu sehen, wie ein Mädchen und ein Junge über den Sandstrand zum Meer laufen und ihre Kleidung abwerfen. Das Mädchen ist schon nackt, ihr langes helles Haar flattert beim Laufen und verströmt schließlich im Meeresschaum, als würde es aus ihm geboren und nicht in ihm versinken. Im Hintergrund ist, wie aus der Ferne, eine Mundharmonika zu hören.

* Im alten jugoslawischen Schulsystem gab es eine achtjährige Grundschule mit anschließendem vierjährigem Gymnasium.

Mit eleganten Zügen schwimmt sie hinaus, der Junge ist noch im Flachen und versucht, stockbetrunken, sich auszuziehen. Das Schwimmen des Mädchens gleicht eher dem Flug durch silbrige Nebelschwaden als dem nächtlichen Bade einer Betrunkenen.

In dem Moment bewegt sich im Wasser etwas Großes. Dramatische Musik setzt ein. Es scheint, als würde dieses Große das Mädchen, seine freien Glieder im Spiel mit dem Schaum, aus der Tiefe belauern, und die Musik wird immer lauter. Plötzlich ein Schrei! Das Grauen auf der Leinwand erreicht seinen Höhepunkt: Das Etwas aus der Tiefe packt das Mädchen und reißt es mit sich.

In diesem entscheidenden Moment ist aus der ersten Reihe ein lautes Knirschen zu hören: Muki, der Ortstrottel und Barkarole, verspeist seine Kinderleichen. Die Leute rufen dem Debilen zu, er solle gefälligst aufhören.

Wir alle, fast das ganze Städtchen, waren jetzt eins. Das aus der kollektiven Angst geborene Gemeinschaftsgefühl hielt nach der Vorstellung noch an. Die Leute gingen in Gruppen zur Stadt hinunter, entweder still oder unter diskreten Kommentaren von Ohr zu Ohr, als kämen sie von einem Begräbnis.

Und dann sagte Tomo: – So könnte Arna uns alle auffressen, sie brauchte nur ihre Wulstlippen aufzureißen!

Und alle lachten. Arna war ein häßliches Mädchen mit einem verführerischen Körper. Ihr Mund nahm gut die Hälfte ihres Gesichts ein. Hätte man sie zeichnen wollen, hätten einem keine Regeln der Symmetrie genützt. Ihr Portrait wäre fast schon eine Karikatur gewesen. Unter den Teenagern der Insel war ein Spiel verbreitet, das hieß »Arna zeichnen«. Dieses »Arna zeichnen« reduzierte sich genaugenommen auf das Zeichnen ihres Mundes. Dieser Mund war manchmal saftig und fleischig wie zwei gerollte Rindsschnitzel, manchmal klaffend und zahnig. Und wenn Arna die Zunge herausstreckte, dann sah er aus wie das Symbol der Rolling Stones.

Wir gingen alle zusammen die Treppe hinab, unsere Sommerrunde von der Insel: Tomo, Franka, Muki, Renata, Maskarin, Toni, Arna, Mungos und ich. Wir überquerten die Hauptstraße, und erst beim Restaurant Zur Sonnenuhr bemerkte ich, daß Arna weinte. Sie hatte den Kopf geneigt, und die Tränen flossen in der Stille. Ich wußte nicht, ob sie wegen der aufgefressenen Menschen aus dem Film weinte oder über sich, als hätte sie an diesem Abend in sich selbst etwas gefressen. Der debile Muki hatte in der Zwischenzeit in der Konoba seiner Alten eine Korbflasche Pager Roten und ein Fäßchen Salzsardellen stibitzt, und so machten wir uns auf zu dem kleinen Sandstrand gegenüber der kleinen Insel, die etwa eine viertel Meile entfernt war und zu der wir in schönen Nächten gern hinschwammen. Wir hatten auch Gitarren mitgenommen.

– Wir sollten Brot kaufen, damit der salzige Fisch richtig schmeckt – sagte Toni. Er kümmerte sich gern darum, daß alles funktionierte. Maskarin und ich drehten ab in Richtung Bäkkerei, und als wir ein Stück hinter der Gruppe waren, konnten wir sehen, wie Renata die verweinte Arna umarmte. In dieser Umarmung gab es Mitleid und Überlegenheit, wie in so vielen freundschaftlichen Umarmungen.

In Sharifs Bäckerei war es laut und warm. Die alten Weiblein kauften unter Tratsch und Klatsch den Brotlaib für das Abendessen der Touristen, und wenn sich eine bis zum Verkaufspult und zum kleinen, verschwitzten Albaner durchgedrängt hatte, rief sie, um die anderen zu übertönen: – Ala, einen großen Weißen!

Und das wiederholte sich: – Einen großen Weißen! Einen großen Weißen! Einen großen Weißen.

– Das ist Karma – preßte Maskarin mit ernster Stimme durch die Zähne – wenn es oft genug wiederholt wird, kommt er sicher.

– Was, wer zum Teufel kommt?

– Wie, was? – sagte er. Es sah aus, als wunderte er sich. – Na, der große Weiße. Dieser Hundling![*]

– Du Arsch, du bist ja verrückt, die Weiber ordern doch nur Brot.

– Wie auch immer – sagte er mit ernster Stimme – heute abend sollte man nicht schwimmen gehen.

2. Scirocco

Als Maskarin und ich, große Weißbrote unter den Armen, an den kleinen Strand kamen, saßen die anderen schon im Kreis und hatten ein Feuer angezündet, wie jeden Abend. Ihre von den flackernden, orangefarbenen Flammen beschienenen Gesichter waren gut erkennbar. Es waren Gesichter wie aus den Comics von Hugo Pratt, deutlich unterteilt in helle und dunkle Partien. Und dann bemerkte ich, daß Arna fehlte.

– Was war mit Arna? – fragte ich.

– Sie war beleidigt und ist gegangen – sagte Franka. Sie mochte Arna nicht und hielt sie für überspannt.

In der Zwischenzeit war die vom Mondlicht beschienene Meeresoberfläche gefährlich aufgerauht, das Feuer flackerte kräftiger, und Toni sagte: – Der Jugo wird stärker, es könnte ein Neverin[**] aufkommen.

Eine Wolke verdeckte ein Stück Mond.

– Das ist wie in einem Horrorfilm – sagte Franka. – Wir könnten jetzt die Sardellen essen, damit wir zumindest satt sterben.

* Kroat. *morski pas* (Meerhund) = Hai

** Küstensturm

– Scheiß drauf! – sagte Tomo. – Gehen wir schwimmen, fressen können wir später.

Ich sah, daß er schon ein paarmal einen ordentlichen Zug aus der Korbflasche gemacht hatte, als befände sich in dieser Flasche der Geist, der ihm helfen würde, etwas Bestimmtes in sich selbst zu besiegen. Und zwar etwas Großes, das ihn aus der eigenen Tiefe ansah.

– Ich würde jetzt nicht für eine Million Dollar da drin baden – sagte Renata. Man merkte, daß alle zögerten, niemand hatte Lust, ins Wasser zu gehen. Tomo, schon ein wenig angetrunken, sah uns an, als könne er es nicht glauben.

– *Jebote* – sagte er wie jemand anderer: »Isuse«.* – Nur wegen diesem Film. Alle habt ihr Schiß wegen diesem Hai. Sonst badet ihr ja auch jede Nacht hier. Ihr seid ein Haufen Idioten!

– Nicht wir sind die Idioten – sagte Renata, die immer mit »sehr gut« durchgekommen war und deren Kind später an Leukämie sterben sollte – sondern du bist das Schwein. Wie konntest du nur Arna vertreiben?

– Sie ist von selbst gegangen ... Und ihr seid Weicheier!

Wir konnten seinen Rumpf sehen, wie er sich in dem orangefarbenen Licht entkleidete, während die Glieder von der Dunkelheit verhüllt waren.

– Es ist nicht ratsam, jetzt baden zu gehen – sagte Maskarin. – Zu viele negative Schwingungen.

– Scheiß auf die negativen Schwingungen! – sagte ich. Ich wollte sehen, wie Tomo ins Wasser stieg. Und zwar wollte ich es vom Ufer aus sehen. – Nicht jedes Übel ist von Übel – erklärte ich.

– Das Karma ist heute nacht schlecht – blieb Maskarin hartnäckig.

* Vergleichbar etwa mit »Fuck you« beziehungsweise »Jesses«

Der Wind hatte in der Zwischenzeit zugenommen, und die Wellen begannen an den Strand zu schlagen, als käme starker Jugo auf.

– Kennt ihr die Geschichte vom Hundling und dem Messer? – fragte ich.

Auf einmal schwiegen alle. Tomo stand über uns, ganz nackt, wie ein griechischer Halbgott.

– Es ist im Süden Australiens passiert – sagte ich. – Der Kerl war Surflehrer oder so. Er war schon nahe am Ufer, als ein großer Weißer auf ihn losging. Als erstes zerschlug der Hundling das Brett, dann machte er einen Kreis und biß dem Mann ein Bein ab. Er aß es nicht auf, sondern biß es nur ab. Die Leute sagen, daß dem großen Weißen Menschenfleisch nicht schmeckt. Der Hundling hat es nur abgebissen und dann ausgespuckt. Gerettet wurde der Surfer von Leuten am Ufer. Er und sein Bein. Und als der Krankenwagen kam, nahmen sie das Bein mit, für alle Fälle, um es ihm im Krankenhaus vielleicht annähen zu können. Der Knochen war durchtrennt wie von einer Säge. Jedenfalls gelang es ihnen, dem Kerl das Leben zu retten, sie banden ihm die Arterie ab, damit er nicht verblutete, aber das Bein nähten sie ihm nicht wieder an. Als er aus der Narkose erwachte, verfiel er in eine Depression. Ein Dreieck von Rücken, muskulös, durchtrainiert, und dann ein Bein amputiert. Jetzt würde er nie mehr das Gleichgewicht auf dem Brett halten können. Es würde kein Surfen mehr geben, keine vollbusigen Schülerinnen, nur Spaziergänge auf Krücken am Ufer. Daran dachte er wahrscheinlich, als er sich aus dem Krankenhausfenster stürzte.

– Der Ärmste! – sagte Renata. – Er hat sich umgebracht.

Sie war schon ganz in der Geschichte drinnen. Sie hatte ein Faible für braungebrannte Surfer.

– Nein – sagte ich – ihm war zu spät aufgegangen, daß sich das Zimmer im Erdgeschoß befand. Er schlug sich nur ein wenig an, und man steckte ihn wieder ins Bett. Dann kam der Doktor. Er hielt Aufnahmen seines Beines in den Händen.

– Seien Sie nicht traurig – sagte er zu ihm – hier sind Aufnahmen Ihres Beines.

– Und was jetzt? – stieß der Surfer durch die Zähne. – Soll ich sie mir einrahmen und an die Wand hängen?

– Der Hai hat Ihnen das Leben gerettet!

Der Surfer schaute ihn an, als sähe er seine Mutter einen Hundeschwanz lutschen.

– Und zwar ... – sagte er, indem er ihm eine Aufnahme zeigte. Er hielt sie gegen das Licht, wie man das mit Röntgenbildern macht. – Sehen Sie den Fleck im vorderen Schienbeinbereich? Das ist ein Karzinom. Wir haben es mittels Biopsie überprüft. Zum Glück ist es in der Anfangsphase, und jetzt wird es wohl nicht mehr metastasieren. Es klingt seltsam, aber er hat Ihnen das Bein gerade rechtzeitig abgebissen. In ein paar Monaten hätte sich der Krebs wahrscheinlich auf die oberen Körperteile ausgebreitet, und dann hätte es keine Rettung mehr für Sie gegeben.

– Und dieser Doktor, das war sicher ein Engel – sagte Tomo. – Ich habe etwas Ähnliches in einem Film gesehen.

– Ein Hai im weißen Kittel – sagte Maskarin. – Das bedeutet ein gutes Karma.

– Sie hätten dem Ärmsten das Bein ohnehin abgeschnitten – sagte Renata mitleidig.

– Ich glaube, daß der Hai und der Doktor ein und dieselbe Person waren – erklärte Maskarin.

Dann stieg Toni in die Diskussion ein. Er wirkte ziemlich vernünftig.

– Ihr seid alle blöd – sagte er. – Kapiert ihr denn nicht, daß ihm der Doktor einfach etwas vorgelogen hat? Um ihm das Leben zu retten und ihm Hoffnung zu geben?

– Das heißt, er war doch ein Engel – sagte Tomo.

– Vielleicht hatte er wirklich Krebs – sagte Renata. – Die Welt ist seltsam.

– Besteht theoretisch die Möglichkeit, daß heute abend hier irgendwer von euch ins Meer geht? – fragte Tomo von seiner Höhe herab. Wir schwiegen.

– Hier gibt's Arschlöcher wie Heuschrecken – fuhr er fort. – Ich schwimm' rüber zur Insel.

– Das kannst du nicht – warnte Toni – es geht der Jugo, und die Strömung ist zu stark.

– Einen Scheiß kann ich nicht!

– Wie sollen wir wissen, daß du dort warst? – fragte ich. Ich wollte ihn auf jeden Fall draußen im Meer sehen.

– Ich bringe euch eine Miesmuschel mit.

Wir lagerten auf einem Sandstrand, und die nächsten Muschelkolonien der kleinen Insel befanden sich an der Westseite, die zum offenen Meer hin lag.

– Laß es besser sein – sagte Toni. – Du hast getrunken.

Aber Tomo war schon weg, und bald konnten wir nur noch einen dunklen Punkt, der sein Kopf war, auf der aufgerauhten silbrigen Oberfläche des Meeres sehen, wie einen kleinen Schatten auf einem riesigen Röntgenbild.

3. Angst

Der Wind nahm zu, und in der Ferne, auf der vom Mondlicht beschienenen Meeresfläche, bildeten sich Schaumkronen. Mit dem Wind reisten auch Klänge, die uns aus der Ferne erreichten und wieder verwehten: Frauenlachen, das Schlagen von Fensterläden, Rufe von Schiffern, die ihre Boote vertäuten, Hundegebell.

– Welch Glück – sagte Mungos – daß auch die Hundlinge im Meer bellen.

– Und daß sie Maulkörbe tragen – ergänzte ich.

Niemand fand das komisch. Renata und Franka nahmen wortlos die Salzsardellen aus dem Plastikfäßchen und legten sie auf das Holzbrett.

Während wir aßen, versuchte Toni das Lied vom gelben Unterseeboot zu spielen, aber der Wind trug die Klänge davon. Nichts von der Fröhlichkeit dieser Melodie drang zu uns.

– Ich habe Angst – sagte Renata plötzlich.

– Ich habe ihn gewarnt – sagte Maskarin. – Jetzt wird er sich am Schaum satt fressen.

An diesem Abend war es in unserer Runde merkwürdig ruhig. Während die Natur tobte, zog sich jeder von uns in sich selbst zurück. Tomo und Arna gingen uns ab. Die Stille zwischen uns mußte durchbrochen werden. Deshalb machte ich den Anfang.

– Habt ihr gehört, daß in den sechziger Jahren in Opatija ein Blauhai eine Deutsche angegriffen hat, die sich am Ufer sonnte? Er schnellte heraus und zog die Frau in die Tiefe. Nach zehn Minuten schwammen nur noch die Reste ihrer Organe auf.

– Hör auf! – sagte Renata. – Du siehst doch, daß wir essen.

Immer öfter hörten wir den Wind und seine Klänge, und immer seltener uns selbst. Als hätte sich der Dialog in einen Haufen kakophonischer Monologe verwandelt. Etwas wie Urangst, hervorgerufen durch die Elemente, senkte sich auf uns. Tomo konnten wir nicht mehr sehen, und Renata sah immer öfter auf die Uhr. Ich wußte, daß die Dauer der Zeit in solchen Situationen etwas Subjektives ist, wie der Kalender der Maja, bei denen weder die Monate noch die Stunden stets gleich lang waren. Trotzdem schien mir, daß Tomo schon bei dem Inselchen angekommen sein und umgedreht haben mußte. Wir brauchten dorthin nie länger als fünfzehn Minuten, und jetzt war mehr als eine halbe Stunde vergangen.

Mit der Zeit hörten wir ganz zu reden auf. Toni zupfte noch

auf seiner Gitarre herum, aber er brachte keine Melodie mehr zustande, sondern nur noch einzelne Akkorde, die sich am Wind festkrallten und verwehten. Wir waren besorgt, aber jeder machte seine Besorgtheit mit sich selbst aus.

Die Wolken zogen rasch vorüber und verdeckten für Augenblicke den Mond. Dann herrschte Finsternis.

– Seht da! – schrie jemand. Vor dem Ufer der kleinen Insel bemerkten wir etwas Schwarzes. Und dieses Etwas war viel größer als ein menschlicher Kopf.

– Eine Flosse! – sagte Mungos.

– Das sieht nicht nach Flosse aus – sagte Toni – aber es gefällt mir gar nicht.

– Ich habe ihn gewarnt – meldete sich Maskarin.

Und dann, als sich der Wind für einen Moment legte, hörten wir ein knirschendes Geräusch. Wie wenn der blinde Frane an einem Regentag auf eine Schnecke trat. Oder wenn bei jemandem die Knochen knacken.

– Muki, du Sadist! – rief Renata.

Der Barkarole, dessen Hirn nicht wie das unsere war, kaute wieder kleine Kinderleichen.

– Gib mir einen Leichnam – sagte ich. Wieder lachte niemand.

Diese Kekse backte meine Mutter oft vor wichtigen Tagen. Mit dem Gebäck war eine lehrreiche Geschichte verknüpft, die die Mütter ihren weiblichen Kindern gewöhnlich vor deren Pubertät erzählten. Sie handelte von der armen Tochter eines alten Fischers, einem geschickten, sparsamen und schönen Mädchen. Das Mädchen hatte einen hübschen jungen Mann liebgewonnen, in den viele Frauen auf der Insel verliebt waren. Als sich die Gelegenheit bot, schlief sie mit ihm. In ihrer mädchenhaften Naivität glaubte sie, daß er sie liebte. Als sie schwanger wurde und das dem jungen Mann sagte, begann er sie zu meiden. Und so blieb es mehr als zwei Monate lang.

Eines Nachmittags ging sie nach Lopar, wo auf dem großen Sandstrand die Männer der Insel Fußball spielten. Es war Altweibersommer, Ende September. Vom Touristenansturm waren, wie nach einer Flut, deutliche Spuren zurückgeblieben: Luftmatratzen ohne Luft, Container voller Abfall, Asche an Grillplätzen. Sie setzte sich hin und wartete, bis er fertig gespielt hatte.

Als der Schiedsrichter abpfiff, kam der Moment der Gegenüberstellung. Seine Mitspieler sammelten still ihre Sachen zusammen, und der Strand war plötzlich verödet. Mit vorsichtigem, aber entschlossenem Schritt trat sie auf ihn zu.

– Was passiert mit den Leichen abgetriebener Kinder? – fragte sie. – Werden sie begraben?

– Das weiß ich nicht – sagte er, nackt bis zum Gürtel, und wischte sich mit dem T-Shirt den Schweiß vom braungebrannten Körper. – Ich glaube, sie werden nicht begraben, denn das sind keine Menschen, sondern sie werden im Krematorium des Krankenhauses zusammen mit den amputierten Gliedern verbrannt.

– Daß du es weißt, ich werde nicht abtreiben – sagte sie.

Zuerst versuchte er es auf die sanfte Tour. Er erklärte ihr, sie seien zu jung für eine Familie, sie hätten ja erst maturiert. Er hatte Schiffbau in Rijeka inskribiert. Er sagte, er habe große Lebenspläne. Als sie hartnäckig blieb, ließen seine Nerven jedoch allmählich nach. Er sagte, es könne nicht sein Kind sein, denn er sei steril. Auch das verfing nicht. Er versuchte es anders. Mit leiser Stimme gestand er ihr, in seiner Familie sei es zu Störungen mit den Chromosomen gekommen, und es würden oft zurückgebliebene Kinder geboren. Als auch das nicht fruchtete, verlor er die Kontrolle. Die ganze Grobheit, von Angst genährt, brach auf einmal aus ihm heraus. Sie standen am Strand, neben einem Häufchen Asche, über dem, als es noch Kohle gewesen war, glücklichere Männer und Frauen Fische gebraten hatten.

Plötzlich zog er, ganz aufgeregt angesichts ihrer Hartnäkkigkeit, sein Ding heraus und näßte in die Asche.

– Da hast du deinen Bankert! – sagte er.

Und ging weg.

Sie kniete sich verzweifelt über diese Asche und weinte. Sie vermischte ihre Tränen mit seinem Urin und fing an, die feuchte Asche zu kneten, die sich unter ihren Händen in eine dichte, teigähnliche Masse verwandelte. Aus diesem Teig formte sie die Figur eines kleinen Knaben. Im Abfallcontainer neben dem Strand fand sie einen Schuhkarton, legte den Knaben hinein und trug ihn nach Hause. Dort nahm sie, während sie fast verrückt war vor Schmerz, kleine Haselnüsse, Johannisbrot, Zucker, Mehl, eine Muskatnuß und andere Gewürze. Davon machte sie einen Teig, formte daraus längliche Kekse, die Biskotten ähnelten, und schob sie in den Ofen. Als sie fertig waren, klingelte jemand. Es war der junge Mann, der gekommen war, um sich dafür zu entschuldigen, daß er so grob gewesen war. Ob ihn sein Gewissen plagte oder ob er befürchtete, sie könnte Schritte gegen ihn unternehmen, weiß man nicht.

Jedenfalls bot sie ihm von diesen Keksen an, die wie Kinder ohne Arme und Beine aussahen. Er nahm eines, sah es sich genau an und schob es in den Mund. Nach kurzer Zeit nahm er ein zweites, dann ein drittes. Bald merkte er, daß er nicht aufhören konnte, so gut waren sie. In dieser Nacht blieb er bei ihr. Der Morgen fand die beiden umarmt, im Ehebett der Eltern des Mädchens.

Als nach etwas mehr als sieben Monaten das Kind zur Welt kam, stellte sich bald heraus, daß es an Asthma litt. Der Knabe starb im ersten Lebensjahr an einem seiner Erstickungsanfälle. Nach dem Begräbnis besuchten sie das Haus ihrer Eltern. Plötzlich hielt sie über dem Schuhkarton inne, in dem noch immer die Figur aus Asche lag, und starrte auf den grauen Kartondeckel.

– Isuse, ich habe die Luftlöcher vergessen – sagte sie verzweifelt, und ihre künftigen Tage hatten sich bereits damals in Aschenkörner verwandelt.

Seit dieser Zeit nennen die Leute diese Kekse Kinderleichen.

Der Wind nahm wieder zu, aber das schwarze Etwas, das wir vor der Insel gesehen hatten, bewegte sich plötzlich in eine andere Richtung. Das konnte nichts Gutes bedeuten.

– Etwas ist passiert – sagte Toni. – Es ist mehr als eine Stunde vergangen.

Renata begann zu weinen.

– Vielleicht kann er wegen der Wellen nicht zurück – sagte ich. Ich fühlte mich schuldig, weil ich Tomo darin bestärkt hatte, zur Insel zu schwimmen.

– So kann man noch schwimmen – sagte Toni – aber er wird nüchtern geworden sein, und jetzt traut er sich wahrscheinlich nicht mehr. Wir müssen ihn holen.

Renata beschwor uns unter Tränen, nicht hinauszuschwimmen. Auch uns war nicht wohl.

– Heute abend ist ein schlechtes Karma – warnte Maskarin.

Toni übernahm die Führung.

– Los, zieht euch aus! – sagte er. – Wenn Muki seine Kinderleichen aufgefressen hat, schwimmen wir rüber zur Insel,

4. Der schwarze Engel

Wir stiegen ins Wasser, nackt, als wären wir gerade geboren. Toni, Mungos, Muki und ich, wir vier, wie die vier Evangelisten, und begannen zur Insel hinüberzuschwimmen. Maskarin blieb am Ufer, um uns Mut zuzurufen.

– Bleibt zusammen! – schrie er in den Wind. – Die Hundlinge greifen keine Gruppen an!

Das Meer war lau, die Luft wurde immer kälter. Jede kleine Schaumkrone platschte mir ins Gesicht. Ich starrte in die Finsternis unter mir, und die Bilder aus dem Film kehrten zurück. Bald konnte ich im Kopf auch die Musik hören, die einsetzt, wenn der Riesenhundling angreift. Grauen überkam mich bei dem Gefühl, daß etwas aus der Tiefe unsere Glieder beobachtete, wie sie nahe der Oberfläche strampelten.

– In solchen Nächten greift der Scirocco an – sagte Mungos. Wir hatten uns schon ziemlich weit vom Ufer entfernt.

– Kommt das vom englischen *shark?* – fragte ich. Etwas in mir drängte mich zu solchen Fragen.

– Das bedeutet Jugo, du Idiot – rief Muki. Er war der Dümmste, und so ließen wir ihn vorne schwimmen. Es tat ihm gut, wenn er zu jemandem »Idiot« sagen konnte.

– Unten in Dalmatien nennen sie ihn *angelo nero*, schwarzen Engel – sagte Mungos. – Ich habe von meinem Onkel, einem Seemann, gehört, daß er auftaucht, wenn der Jugo bläst, deshalb heißt er bei uns Scirocco.

– Was redest du nur für einen Scheiß! – sagte Muki. Jetzt war er zwischen uns, er schwamm nicht mehr unbekümmert voran.

– Er ist so etwas wie der gemeinsame Geist der Haie – sagte Mungos – ihre gemeinsame Seele. Er greift Schiffbrüchige an, die nachts im Meer schwimmen. Er sieht aus wie ein dunkler Schatten und geht nur durch den Menschen hindurch, und der fühlt ein Ameisenkribbeln am ganzen Körper. Und dann ist es, als hätte dieses Ungeheuer einen Teil von ihm gefressen. Obwohl er noch alle Arme und Beine hat, ist der Mensch nicht mehr derselbe.

– Du redest einen Scheiß! – sagte Toni. – Ich glaube dir kein Wort.

– Mir hat mein Onkel erzählt, daß sie eines Nachts an der Küste von Lošinj, als sie Sand für einen Wellenbrecher fuhren, einen Mann aus dem Meer zogen. Er hatte graues Haar, aber er war nicht alt. Bald merkten sie, daß er verrückt war. Am nächsten Morgen, als sie ihn an Land setzten, erfuhren sie, daß er ein Tourist war, dessen Segelboot gekentert war. Vor dem Schiffbruch war er völlig normal gewesen.

Jetzt schwammen wir, ohne zu reden. Ich hörte die Wellen, wie sie an den Kiesstrand der kleinen Insel schlugen. Wir waren schon knapp vor dem Ufer, da verdeckte eine vom Wind getriebene Wolke für einen Augenblick den Mond, und langsam glitt die Finsternis über uns hinweg. Die silbrige Oberfläche des Wassers verwandelte sich in einen riesigen finsteren Fleck, einem schwarzen Loch gleich. Obwohl ich wußte, daß das von der Wolke kam, erfaßte mich Entsetzen.

– Da ist er! – rief Mungos.

Und tatsächlich spürte ich das Ameisenkribbeln. Mein ganzer Körper fühlte sich an, als würden ihm plötzlich Stacheln wachsen. So betraten wir die Insel: alle vier nackt, vom Wind gegeißelt und von der Kälte gebeugt, als wären wir in der Mitte unseres Körpers abgeknickt.

– Hier ist er nicht – rief Mungos. – Vielleicht klaubt er die Miesmuscheln auf der anderen Seite?

– Dafür würde er nicht so lange brauchen – stieß Toni hervor. An seiner Stimme merkte man, daß er Angst hatte. Das erste Mal in dieser Nacht sah ich wahre Furcht in seinem Gesicht.

Wir gingen vorsichtig auf das Innere der Insel zu. Wir schwärmten aus wie die Treiber, jeweils in einer Entfernung von gut zehn Metern, und riefen. Der Wind ließ unsere Rufe verhallen. Es wurde immer kälter, und mit dem Wind kamen trockene Kiefernnadeln geflogen, die uns am ganzen Körper stachen. Von irgendwo in der Mitte der kleinen Insel, wo sich der Leuchtturm befand, konnte man sehen, wie riesige Wellen gegen die Uferpromenade vor dem Stadthafen brandeten.

– Das ist ein extremer Jugo – sagte Toni gepreßt. – Bald können wir nicht mehr zurück.

Und dann sahen wir es.

Auf dem Steinplateau an der Südseite des Leuchtturms, das Gesicht gespenstisch vom Mondlicht beschienen, hatte Arna Tomos steifes Glied im Mund. Sie kniete unter ihm und verschlang sein Ding stoßweise zur Gänze.

– Ich hätte Angst, daß sie ihn mir abbeißt – sagte ich.

Wir standen oberhalb von ihnen, wir vier Zeugen, als betrachteten wir eine heilige Szene. Der Jugo wird stärker, die Wellen branden gegen die Felsen, die mit Miesmuscheln wie mit schwarzen Perlen besetzt sind, und wir sind uns, wer weiß weshalb, bewußt, daß etwas Wichtiges geschieht und daß zumindest ein Leben von nun an einen anderen Verlauf nehmen wird. Das dunkle Rund eines aufgepumpten Traktorschlauchs war wie ein Kranz aus schwarzen Tulpen über einen spitzen Stein gehängt, damit ihn der Wind nicht davontrug.

– Damit ist sie hergeschwommen – schloß Toni. Tomo machte uns diskrete Zeichen mit der Hand.

Während wir uns in dieser Sturmnacht in ihrem Mund ablösten, kniete Arna unter uns, als betete sie. Wir konnten uns sicher sein, daß man sie in den Zeiten, die unweigerlich kamen, den großen Rachen nennen würde, daß sie den Teenagern der Insel noch jahrelang beim geschlechtlichen Reifen behilflich und daß keiner von uns jemals mehr derselbe sein würde. Befleckt von Samen, Erde und Kiefernnadeln schwammen wir zurück, Tagen voller Aschenkörner entgegen. Und kein Wasser konnte uns mehr reinwaschen.

[Blues für eine Dame mit roten Flecken]

1. Der Hypochonder

Im Wartezimmer der AIDS-Ambulanz, der Infektionsklinik Dr. Fran Mihajljević in der Mirogojska*, wo die HIV-Tests durchgeführt werden, findet sich unter den Patienten immer auch eine häßliche Frau. Sie stellt dann ganz sicher für alle in diesem Vorraum zur Hölle ein Mysterium dar, und die Art und Weise, auf die sie sich eventuell angesteckt hat, liegt für die Anwesenden in der Sphäre des Übernatürlichen.

– Wer vögelt denn so was? – fragt der Mann, der neben mir sitzt und eben auf eine solche abstoßende Figur deutet, als hätte ich eine Antwort auf diese metaphysische Frage.

Die Kleine mit der dicken Brille, wie sie Weitsichtige tragen, und der gebeugten Haltung gehört in die Kategorie weiblicher Wesen, bei denen übertrieben große Brüste direkt in die Wölbung des Bauches übergehen. Das ist nicht mehr häßlich, sondern grotesk. Als hätten sich die Gene zu einem Experiment entschlossen.

Ihre Kleidung kommt dem Ganzen entgegen. Täppisch, wie

* Straße zum Mirogoj, dem Zagreber Zentralfriedhof

sie sie kombiniert, unterstreicht sie die natürliche Häßlichkeit ihres Körpers: zerknautschter grauer Rock, grellweiße Tennisschuhe und statt einer Bluse das Oberteil eines Trainingsanzugs Marke Puma. Kein Zweifel, das ist nicht nur Häßlichkeit als Zufall, sondern Häßlichkeit als Entscheidung.

Und jetzt sehe ich, wie diese Häßlichkeit als Entscheidung dem ansehnlichen Geschäftsmann neben sich etwas erklärt. Ich höre nicht, was sie sagt, weil sie leise spricht, vermutlich erzählt sie ihm ihre sexuellen Abenteuer, um selbst leichter daran glauben zu können.

Außer häßlichen Frauen kann man im Warteraum eine ganze Reihe von Patientenkategorien antreffen. Zuerst sind da die Besorgten. Unterschiedlichen Alters, laufen sie auf und ab, setzen sich für einen Moment auf ihren Stuhl, und wieder treibt es sie, mit ihren Schritten den Warteraum zu durchmessen. Einige, die Besorgteren, berücksichtigen das Muster der Marmorfliesen auf dem Boden. Ich bemerke, daß sie die schwarzen Quadrate überspringen und nur auf die weißen treten, als spielten sie Himmel und Hölle. Dabei sind es erwachsene Menschen. Die zweiten, das sind die Homosexuellen. Sie unterhalten sich miteinander, tauschen Erfahrungen aus. Die dritten, das sind die Mageren. Die Intravenösen, die sind meistens die Ruhigsten. Und zum Schluß sind da jene, die sich ihres Namens entledigt haben. Die Klinikverwaltung ermöglicht den Patienten, sich für den Test unter einer Chiffre anzumelden. Und diese Chiffre wird über kurz oder lang zu ihrem Namen.

Die Straßenschwalbe neben mir heißt Letzten Sommer, und ihre Freundin Lili Marleen. Das habe ich mitbekommen, als sie sich anmeldeten. Letzten Sommer und Lili Marleen machen sich einen Spaß daraus, die Patienten zu kommentieren. Ständig schneiden sie jemandem Grimassen, auch mir, der ich große Schritte mache, um die schwarzen Fliesen zu überspringen, als bewegte ich mich durch ein Minenfeld. Das bringt sie wohl zum

Lachen. Letzen Sommer sieht mir direkt in die Augen, als ob sie sagen wollte: »Bärtchen, wenn dies vorbei ist, werde ich dir für zwanzig Märker einen blasen!« Lili trägt Schwarz. Eine intravenöse Darkerin, die sich in der Vorhalle des Todes wie in einem Kindergartenklo fühlt. Also frei und unbeschwert.

– Die würde ich schon vögeln! – sagt mein Nachbar und fixiert Dark Lili. Ich antworte, daß ich ihm das nicht empfehlen würde. Zumindest nicht hier. Ich rate ihm, ihren Gesichtsausdruck zu beobachten, und wenn die Kleine mit einem Lächeln aus der Ordination kommt, heißt das, daß sie negativ ist. In dem Moment ist sie am saubersten. Sie wird das sicher mit einem Schuß feiern wollen, und dann soll er ihr zwanzig Mark bieten für eine schnelle Runde im Park oberhalb der Klinik.

– Ich bin doch nicht verrückt – sagt er – da oben ist der Mirogoj. Ich mache das nie auf dem Friedhof.

Ich erkläre ihm, daß der Friedhof ein sehr geeigneter Ort ist, weil es keine Leute gibt, es herrscht relative Ruhe, und die dunklen Marmorplatten heizen sich in der Sonne so auf, daß sie auch im Frühling ganz angenehm sind. Er sagt, gegen diese Dinge habe er nichts, aber gegen den Friedhof einiges. Er arbeite nämlich in Algier, für die Firma Industrogradnja, und Afrika sei voll von diesem Teufelszeug. Er meint AIDS.

Plötzlich tritt Letzten Sommer zu uns und fragt nach Feuer. Mein Nachbar von Industrogradnja hält ihr sein Zipp hin. Beiden zittern die Hände, und Flamme und Zigarette brauchen ein paar Sekunden, bis sie sich treffen.

– Auch die ist nicht schlecht – sagt der Typ, als die Kleine rausgegangen ist, um ihre Zigarette zu rauchen. – Und warum bist du hier? – fragt er mich direkt. Am Akzent höre ich, daß er Bosnier ist, und denen verzeiht man allerhand. Ein Bauarbeiter bei seiner ersten Begegnung mit AIDS. Wie ihm erklären, daß für mich AIDS in erster Linie eine psychische Krankheit ist? Diese

Überzeugung wird jeder ernsthafte Hypochonder von Manila bis Brasilien bestätigen. Deshalb sage ich zu ihm, daß ich hier bin wegen einer kleinen Fixerin, Marina, die ich unvorsichtigerweise zur falschen Zeit berührt habe. Dabei ist etwas nicht klar: In meinem Leben habe ich mit vielen Huren geschlafen, warum fürchte ich mich jetzt gerade vor dieser einen, die ich geliebt habe?

– Ich habe sofort gewußt, daß du nicht schwul bist – sagt er mit Erleichterung, und der Weg zu einer Freundschaft ist offen. – Ich bin hier wegen meiner Zunge. Da, siehst du, meine Zunge ist weiß, und mein Doktor in der Stadt fragt, wo ich arbeite. Ich sage, in Afrika, und er schickt mich sofort nach Zagreb zum Test. Aber es ist nur die Zunge.

Dieses Symptom habe ich ja ganz vergessen, denke ich besorgt. Aus dem Augenwinkel beobachte ich Lili Marleen, die sich vor Lachen krümmt. Die Szene ist auch zu komisch. Der Betonierer streckt mir seine Zunge mit den weißen Flecken heraus, und ich rücke zurück, so weit ich kann. Vorsicht ist die Mutter ...

Die knarrende Stimme aus dem Lautsprecher fordert Letzten Sommer auf, ins Zimmer Nummer drei zu kommen. Die Leute schauen einander verunsichert an. Die, die zum ersten Mal hier sind, kennen das System der Chiffren und Syntagmen nicht, Letzten Sommer klingt für sie wie ein surrealistischer Witz. Die Stimme aus dem Lautsprecher wiederholt: »Letzten Sommer, Letzten Sommer ...«

Wieder bestimmt die häßliche Frau die Szene. Ich sehe, wie sie langsam auf einen anderen Stuhl hinüberrutscht und sich neben einen mageren jungen Mann in schwarzer Spitfire-Jacke setzt, der seine Schirmmütze tief in die Stirn gezogen hat, als störte ihn das starke Licht. Sie streckt ihm die Hand hin, und der junge Mann ergreift sie unwillig. Dann beginnt die Frau leise zu sprechen. Sie hat eine seltsame Art: Sie sieht ihren Gesprächspartner nicht an, sondern raunt ihm etwas ins Ohr, während sie die Leute im Wartesaal beobachtet. Vermutlich ihre nächsten Opfer. – Was will sie nur? frage ich mich, während sie ihre Brille putzt und ich ihre kleinen Äuglein beobachte, die waagrechten Knopflöchern gleichen.

Den Warteraum betreten plötzlich eine Mutter und ihre kleine Tochter. Zirka acht Jahre alt. Die Anwesenden sehen einander überrascht an. Handelt es sich um eine Transfusion oder um eine Übertragung von der Mutter auf das Kind? Die Mutter wirkt ganz ruhig, die Tochter ist fröhlich und macht einen gesunden Eindruck. Ich, der ich hier ein erfahrener Warter bin, weiß, daß es sich weder um das eine noch um das andere handelt, sondern um ein Visum für Amerika.

– Wen hat die denn gevögelt? – fragt wieder mein Nachbar, der Betonierer, mit Blick auf die gut gekleidete, außerordentlich schöne Frau. Als alter Hase erkläre ich ihm, daß man hier im Warteraum im Spätfrühling und zu Sommerbeginn ziemlich viele Leute mit Kindern antrifft und daß das keine sind, »bei denen das Blut nicht gerinnt«, also Hämophiliker, sondern solche, die in die Vereinigten Staaten reisen wollen.

Mir machen die Flecken auf der Zunge Sorgen. Das ist etwas, worauf ich bisher keine Aufmerksamkeit verwendet habe, und jetzt, da mir der afrikanische Betonierer die Augen geöffnet hat, beschäftige ich mich mit meiner Zunge. Unglücklicherweise gibt es nirgends einen Spiegel. Ich stehe auf, als wollte ich ein wenig herumlaufen, der Wurm im Arsch hat sich zu rühren begonnen, es ist dieser große, weiße Menschenfresserwurm, der sich unter Grabplatten mästet und der einer bestimmten Art von Leuten auch zu Lebzeiten im Arsch wühlt und ihnen, jahrelang so wühlend, genaugenommen nach dem Kopf trachtet. Ich konzentriere mich also auf die weißen Fliesen und spiele im Warteraum Himmel und Hölle, bemüht, den weißen Wurm zu vergessen. Und suche panisch nach einem Spiegel.

Letzten Sommer taucht endlich auf, in Begleitung der Schwester, die sie aufgerufen hat. Aus der Nase läßt sie noch den letzten Rauch entweichen, wie einen letzten Seufzer, und geht mit wackeligem Schritt auf das Zimmer zu mit der symbolträchtigen Zahl drei. Und ich bin, wie Alice, noch immer auf der Suche nach einem Spiegel. Endlich finde ich einen, Lili Marleen und der bosnische Betonierer beobachten mich mit unverhohlenem Interesse. Der Gedanke an die Zunge indessen besiegt die Scham. Was ich vor mir habe, ist genaugenommen gar kein richtiger Spiegel, sondern eine kleine, gedunkelte Fläche Glas am Anmeldeschalter. Das Licht bricht sich hier so, daß man sich auf der Glasfläche ganz gut besehen kann. Ich stehe also vor dem improvisierten Spiegel, drehe der besorgten Versammlung den Rücken zu und strecke die Zunge heraus. Ich bemühe mich, weiße Flecken zu entdecken. Doch das ist nicht so leicht. Die Konturen der Zunge sind zu sehen, nicht jedoch die Details. Ich strecke sie weiter heraus und bitte Gott um Details, um den richtigen Lichtwinkel, und doch ist es mir lieb, daß ich nichts sehe. Ich tröste mich: »Wenn ich diese verdammten Flecken nicht sehe, gibt es sie wahrscheinlich auch nicht.« Und plötzlich erkenne ich durch das Bild meiner Zunge hindurch statt der Flecken eine Brille. Den goldenen Rand einer Brille, und dann auch das Gesicht der Schwester, die zu dieser Brille gehört. Dieses Gesicht ist entsetzt. Denn es sieht einen Idioten mit Bart, der seine Zunge dem Anmeldeschalter herausstreckt. Ihre schwesterliche Hoheit ist verblüfft, schweigt aber noch immer. Ich entschuldige mich ungeschickt und erkläre, daß ich nicht ihr meine Zunge entgegengestreckt habe und sie schön bitte, mir diese züngelnde Unhöflichkeit zu verzeihen, aber ich würde einen Spiegel brauchen. Und ob sie nicht vielleicht einen Taschenspiegel habe, denn auf der Toilette gebe es, wie bekannt, keinen Spiegel ...

– Verzieh dich! – sagt sie, und zerknirscht entferne ich mich. Ich achte nicht einmal mehr auf die schwarzen Fliesen, zumindest gehe ich unachtsam, mit einer einzigen Angst im Herzen: Jetzt wird mich dieses Weibsstück bis zum Schluß warten lassen, bis alle anderen dran gewesen sind, damit ich auf kleiner Flamme schmore und in mir die Menschenfresserwürmer wimmeln. Bis zum Jüngsten Tag.

Mir bleibt lediglich, den Bosnier als Spiegel zu benutzen. Ich gehe zu ihm und bitte ihn, meine Zunge zu prüfen. Ich strecke sie heraus, bewege sie auf und ab, und der algerische Armierer beäugt sie fachmännisch. Ich kümmere mich überhaupt nicht mehr um Lili Marleen, die brüllend lacht. Wahrscheinlich ist sie angeturnt.

– Streck sie raus, los, weiter – sagt der Bosnier – ich kann es nicht richtig sehen. Da hinten ist etwas, wie etwas Weißes, aber es ist nicht nur weiß, sondern irgendwie auch rot ...

Rot? Ich überlege. Ist Rot gut oder schlecht?

Und dann sehen wir, wie Letzten Sommer aus dem Untersuchungszimmer herausgeflattert kommt. Schönheit des Geistes, von einem Ohr zum anderen. Das Lächeln teilt ihren Kopf geradezu in zwei Hälften, freudestrahlend glotzt sie auf ihre Befunde, endlich sicher, daß letzten Sommer nichts Gefährliches passiert ist und daß ein neuer Sommer kommt und vermutlich noch viele andere Sommer, weil sie ja gesund und jung und nach allen statistischen Gesetzmäßigkeiten für diese zukünftigen Sommer durchaus vorgemerkt ist. Und dann läßt sie ihren Blick über uns alle hier gleiten, die noch von Ungewißheit zerfressen werden, sieht uns mitleidig-überlegen an und geht zu der dunklen Marleen, um ihr die ausgedruckten guten Nachrichten zu zeigen.

Wie diese guten Nachrichten aussehen, weiß ich sehr wohl. Seit in diesem Lande AIDS aufgetreten ist, vom ersten erkrankten Hämophiliker an gehe ich zum Test und bin somit bereits ein alter Hase. Das Leben hält immer wieder angenehme Überraschungen bereit, deretwegen wir später Reue empfinden, und so war auch mein erster Befund bald gegenstandslos gewesen.

2. Seltsame Typen

Jetzt betreten zwei äußerst suspekte Gestalten den Warteraum. Einer der beiden Typen ist etwas kleiner, mit rasiertem Kopf, der andere hochgewachsen, unglaublich mager, und seine fettigen Haare fallen ihm wie Makkaroni über das buschig bewachsene Gesicht.

– Kannst mir die Eier abschneiden, wenn das nicht DIE sind – sagt der afrikanische Betonierer.

Auch das Benehmen der beiden ist sehr verdächtig. Der eine ist an der Eingangstür stehengeblieben, von wo aus er den gesamten Warteraum und den Eingang zum Untersuchungszimmer im Blick hat, der andere hat sich mit dem Rücken an die Scheibe des Anmeldeschalters gelehnt, so daß die Brillenschwester nicht sehen kann, was im Wartezimmer passiert.

Ich bemerke, daß die Frau, neben der ich stehe, auf ihrem Stuhl hin- und herzurutschen beginnt, das Raunen im Wartesaal ist erstorben. Die Homosexuellen, die traditionell Redseligsten, sind verstummt. Die gutgekleidete Frau, deren kleines Mädchen im Warteraum umhergelaufen ist und so etwas wie eine neue Verbindung mit dem Leben unter uns gebracht hat, hat ihr Kind mit strenger Stimme zu sich gerufen. Und das kleine Mädchen hat sein Spiel abgebrochen und ist zur Mutter geeilt. Es hält ihr Bein umfaßt und steht da und starrt auf den gefährlichen Typen mit dem geschorenen Kopf vor dem Anmeldeschalter. Erst jetzt fällt mir auf, daß er auch keine Augenbrauen hat. Oder sie sind so hell und dünn, daß man sie nicht sieht. Was sein Gesicht wirken läßt, als ob es aus dem Weltall käme.

Der zweite Typ, der bei der Tür, läßt, nachdem er sich überzeugt hat, daß nun alle schweigen, seinen Blick noch einmal durch den Warteraum wandern und wirft etwas Schwarzes auf den Boden. Mit einer sehr geschickten Bewegung, so daß das Ding noch ein Stück über die Marmorfliesen gleitet, bis es fast in der Mitte des Raumes liegenbleibt, gegenüber dem Anmeldeschalter. Ich bemerke, daß die Neuen im Wartezimmer jetzt auf dieses Ding starren, mit einer Mischung aus Verwunderung und leichter Wut. Die in den letzten Reihen stehen von ihren Stühlen auf, um zu sehen, was der Magere da hingeworfen hat. Einige, das sieht man ihnen an, sind zur Flucht bereit. Langsam wenden sie den Blick zum Fenster. Sie denken vermutlich an eine Bombe oder eine Höllenmaschine. Mein Blick bleibt an dem Gesicht der häßlichen Frau hängen. Sie ist ganz ruhig und lächelt.

– Was weiß sie, was wir nicht wissen? – frage ich mich, während ich sie betrachte, sie mit ihrem seligen Gesichtsausdruck wirkt, als könnte sie uns alle erlösen.

Da zieht der Typ beim Schalter etwas aus der Gesäßtasche.

– Jetzt sticht er uns ab wie die Karnickel! – sagt der Bosnier mit einem Kloß im Hals. Auch mir ist nicht mehr wohl zumute, aber ich sehe, was passieren wird, als Schicksalsfügung. Wenn ich negativ bin und der Glatzkopf aus dem Weltall mir ein Loch in den Schädel pustet, nennt man das Ironie, und es geht auf Gottes Rechnung. Der Glatzkopf setzt den Gegenstand an die Lippen. Vielleicht will er sich selbst den Kopf wegblasen, denke ich, und uns alle hier wird sein verseuchtes Blut bespritzen. Mit Erleichterung erkenne ich eine Mundharmonika. Nun schaue ich mir auch dieses schwarze Etwas auf dem Boden genauer an und sehe, daß es eine Art Kappe ist, ein abgewetztes Samtbarett, umgestülpt, voller grauer Staubflocken. Und wie der Glatzkopf eine traurige Melodie anstimmt, die an Kähne mit flachem Rumpf im Flußgebiet des Mississippi erinnert, stellt sich der Magere in die Mitte und beginnt sein Lied:

Blues für eine Dame mit roten Flecken

Karzinom, Sarkom und Melanom
sind die drei Gebrüder Om,
AIDS heißt ihre Schwester
voller roter Flecken.
Frauen und Männer,
Gesunde und Kranke,
seht die zwei Sänger,
geistesschwanger,
die Hosen zerrissen;
mitten im Lachen,
mitten im Weinen
will ihr Lied
den Willen stärken.
Zwei Sänger,
virusschwanger,
warten auf Beifall
und ein Stück Geld.

Im Warteraum herrscht Stille. Niemand greift nach seiner Geldbörse, alle starren nur schockiert die beiden an. Die Stille dauert mehr als eine Minute, bis sich der Magere nach seiner Kappe bückt und von einem zum anderen geht. Er schiebt jedem einzelnen sein Gesicht in den Blick, rotzt, spuckt und hüstelt. Sobald er an einen herantritt, läßt dieser einen Geldschein in die

Mütze fallen, nur um den Typen in angemessener Entfernung zu halten. Der Magere sieht, daß er den gewünschten Effekt erreicht hat, und legt die Mütze wieder auf den Boden. Die, die noch nichts gegeben haben, ergreifen die Gelegenheit und stehen von ihren Stühlen auf, kommen aus den entfernten Ecken des Warteraums und spenden. Damit er ihnen nicht zu nahe kommt.

Die Burschen unterdessen fahren fort:

Karzinom, Sarkom und Melanom
sind die drei Gebrüder Krebs,
ihre Großmama heißt AIDS,
und auch die ist kein Phantom.
Unser Lied
frommt dem Ohr,
es bewahre
euch davor
und vor allem Übel.
Für das Geld
danken eure
Brüder.

3. Die Toten

In meinem dreizehnten Lebensjahr, in dem Jahr, in dem Gott die größten Lebensversprechungen macht, begriff ich, daß ich einen kleinen Schwanz habe. Die Erkenntnis kam mir nicht plötzlich, wie ein Blitz oder eine Explosion, sondern allmählich, wie eine chronische Krankheit. Bei verschiedenen Gelegenheiten, während des Umziehens oder Badens, sah ich bei meinen Freunden aus der Klasse, daß ihr Pimmel sie überwachsen hatte. Wenn dein Pimmel dich überwächst, heißt das, daß er im steifen Zustand mehr Zentimeter zählt, als du Jahre. Nach der Länge des Pimmels hätten einige von ihnen schon in der ersten oder zweiten Klasse Gymnasium* sein können, während ich für immer in der siebenten Klasse Grundschule blieb. Damals wußte ich noch nicht, wie lebensgefährlich das sein kann.

Überhaupt war das die Zeit des Nichtwissens. Meine Mutter backte mir zum Geburtstag Kekse, die bei uns »Kinderleichen« heißen. Eine Art Knusperkeks mit Haselnüssen. Manchmal ordnete sie die Kinderleichen zu einer ganzen Torte an und bestrich diese mit Orangencreme. Das ist meine schönste Erinnerung aus der Kindheit. Je mehr Kerzen auf der Torte waren, glaubte ich, desto mehr Leben blieb mir. Und daß die Kerzen nie ganz herunterbrannten, hielt ich schon als Kind für ein gutes Zeichen.

Es bedurfte sechzehn langer Jahre, bis ich mich mit den Dimensionen meines Gliedes abfand. Und dieses Michabfinden ging unter vielen Flirts vonstatten und verschaffte mir einen gewissen Seelenfrieden, bis zum Jahre 1987, als die Pandemie AIDS den Sommerabenteuern ein Ende setzte. In der Luft, in den Steinen, im Sand war die Angst bereits zu spüren. Trotzdem versuchten wir auf unserer Insel weiterhin so zu leben, als gäbe es die Krankheit nicht. In diesem Sommer hatte ich auch meine letzte Deutsche. Jeden Morgen kam sie an unseren kleinen Strand. Sie hing der Theorie an, daß das Buch des Menschen bester Freund sei. Sie lag da und las, und ihre nackten Brüste streichelten mit den Warzen das Badetuch, oder sie sahen hinauf in das klare Himmelsblau. Ich saß mit Ben auf der Bank unter dem Feigenbaum.

– Wie willst du es machen? – fragte er.

– Auf meine Art – sagte ich. Das bedeutete, langsam und gentlemanlike. Aus dem Restaurant Fontana telefonierte ich in die Stadt, und die Sache nahm ihren Lauf.

* Vgl. Anmerkung auf S. 56

Der Strand lebte seinen gewöhnlichen Ende-August-Rhythmus. Leute gab es immer weniger, der Altersdurchschnitt wurde höher, und das übliche Kindergebrüll versiegte zu wenigen vereinzelten Rufen.

– Jetzt bin ich aber wirklich gespannt, was du dir ausgedacht hast – sagte er.

Der leichte Burin, der die Meeresoberfläche kräuselte, kündigte frischere Septembertage an.

Und dann ging es los. Auf dem Weg zwischen Bank und Strand hielt ein weißer Golf. Er wirbelte ziemlichen Staub auf. Die Leute am Strand sahen wütend zu ihm hinauf. Er paßte nicht in die friedliche Nachsaisonidylle. Eine Zeitlang stand der Wagen einfach dort, dann stieg der Fahrer aus, ein riesiges Rosenbukett in silbrigem Zellophan mit Schmuckbändchen auf dem Arm. Ein Bukett, das einer Operndiva nach der Premiere würdig gewesen wäre. Die Leute vom Strand sahen neugierig zu. Der Fahrer trat zu dem Mädchen, beugte sich vertraulich zu ihr und übergab ihr das Gebinde und einen kleinen Brief. Sie war völlig verblüfft. Das Bukett war größer als ihre obere Körperhälfte, und sie wußte nicht, was sie damit anfangen sollte. Auf ihrem Badetuch kniend, hielt sie es verwirrt, während sich der Fahrer zu seinem Golf entfernte und der Sand von ihren Brüsten rann.

– Du bist ein Kretin – zischte Ben – wieviel hat dich das gekostet?

– Sie ist die letzte – sagte ich. – Ben, dies ist ein Abschied.

Er starrte mich an und war sich der Dramatik der Situation nicht bewußt.

Karin hatte in der Zwischenzeit den Brief geöffnet und sah in Richtung Bank. Wir hatten starken Augenkontakt.

Die Blumen welkten relativ schnell, aber Karin blühte auf. Wir saßen in der Fontana und unterhielten uns bei Wein und salzigen Sardellen. Ich erfuhr, daß sie vierundzwanzig Jahre alt war, Friseuse, und daß sie vor ihrem Urlaub mit ihrem Freund Schluß gemacht hatte und deshalb allein da war. Allem zum Trotz. Sie gehörte nicht zu den Frauen, die allein reisen. Dann kamen lange Spaziergänge: Wir sammelten Pinienkerne im Stadtpark, besuchten das Kloster der heiligen Euphemia genau zu Mittag, in der stärksten Sonne, erwarteten das illuminierte Schnellboot auf der Mole, wenn das Zwielicht in den Abend hinüberglitt. Aber nicht ein einziges Mal während der ganzen Zeit küßte sie mich. Auf der Piaceta, vor der Kathedrale, sagte sie: – Do you know that I will not kiss you?

– Warum nicht? – fragte ich. Die Dinge waren außer Kontrolle geraten.

– Weil es schwere Zeiten sind – sagte sie – und ich nicht bereit bin.

Ich wußte zwei Dinge: daß sie Angst hatte und daß sie unendlich einsam war. Ich war überzeugt, daß der befreiende Augenblick der Gelöstheit kommen würde, wenn die Einsamkeit die Angst besiegt hätte. Und auf diesen Augenblick wartete ich. Auch ich hatte Angst, aber dies sollte meine letzte Deutsche sein. Der Angst zum Trotz, AIDS zum Trotz, den Kerzen, die langsam erloschen, und der uralten Leidenschaft für Kekse mit seltsamem Namen zum Trotz.

Ich kaufte ein Päckchen Präservative und steckte es in die Hemdtasche. Ben erklärte mir: – Ich habe viel gevögelt, aber nie in Rüstung. Ich kann das Ding nicht einmal überziehen.

Auch ich wußte nicht, wie man das macht. Ich war achtundzwanzig und hatte von Präservativen keine Ahnung.

Es war eines Abends an Bord der schwimmenden Pizzeria von Onkel Ico. Nach einem Liter Roten berührte sie mich mit dem nackten Fuß am Knie. Ein Träger rutschte von der zarten Schulter. Ich nahm von Ico eine Flasche Plavac mit, und wir gingen Richtung Camp.

Auf dem Weg dorthin versuchte ich ihr die Zunge herauszulocken. Jedesmal, wenn wir auf dem gewundenen *lungomare*, über den ich so lange Jahre sorglos spaziert war, in den Lichtkreis eines Kandelabers traten. Ich folgte den Anweisungen Erfahrenerer.

– Zuerst lockst du ihr die Zunge heraus – hatte Ben erklärt. – Etwa so: Ihr spielt mit eurer Zunge in der Luft, die Zungen sind draußen, und ihre Spitzen berühren sich. Und dann mußt du hinsehen. Observierung. Wenn sie weiß ist, sind das Candidae*. Dann gibst du Fersengeld. Wenn alles in Ordnung ist, gehst du weiter. Zum nächsten Test.

Es folgten die Untersuchungen in dieser Reihenfolge: der Halslymphdrüsen, der Unterachselregion, der Brustwarzen auf Veränderung, der Leber auf Verdickung, der Leisten auf Knötchen. Nach diesen Tests war Karin schon so erregt, daß es aus ihr herausrann wie aus einem Wasserkraftwerk. Jetzt war es Zeit für die Präservative. Den ersten biß ich beim Aufmachen halb durch, den zweiten öffnete ich vorsichtiger, aber er verhedderte sich, als ich ihn abrollen wollte, den dritten zog sie mir über. Zum ersten Mal sah ich, wie es gemacht wird. Sie legte ihn auf das kleine Köpfchen von der Größe einer besseren Haselnuß und rollte ihn einfach nach unten ab.

Und nun kam die böse Überraschung. Obwohl mein Freund vor Spannung fast platzte, hing dieser Sack von Präservativ so schlaff auf ihm wie ein mehrere Nummern zu großer Pullover. Da war nichts zu machen. Noch bevor ich an die Folgen denken konnte, war sie auf mich geklettert. Ich spürte, wie mir warmer Schleim über die Blase rann. Das war überhaupt nicht gut. So wurde ich in dieser Nacht und in diesem Mondlicht von Karin Brunner aus Braubach gevögelt, und ich lag ruhig da wie ein

* Candidae albicanis – Pilzbefall bei HIV positiv

Kuchen oder eine Torte zum Genießen. Eine Torte mit einer einzigen Kerze, wie bei einem einjährigen Kind.

Und ich war ziemlich verunsichert.

Danach, als wir beide einer neben dem anderen auf dem Rücken lagen und dumpf an den Zeltfirst starrten, wurde mir die Ironie bewußt. Ich hatte in meinem bisherigen Leben mit zahlreichen Frauen unterschiedlicher Nationalität, Religion und verschiedenster Gewichtsklassen geschlafen, und das mit einem kleinen Glied, dessen Köpfchen kaum größer als die Haselnüsse war, die meine Mutter, bevor sie an Leukämie erkrankte, immer in meinen Geburtstagskuchen steckte. Nun war ich wegen zweier Dinge besorgt. Erstens, ich hatte sie nicht gut genug getestet, und zweitens war mir während des Verkehrs der Präser heruntergerutscht, und so war die ganze Sache genaugenommen ohne Schutz vonstatten gegangen.

Ich hatte keine Angst vor dem Tod, das muß ich sagen. Ich hatte Angst vor einem einzigen Satz. Wenn ich erkranken und sterben würde, würde auf der Insel ein Spruch die Runde machen: »Er mußte sterben, weil sein Schwanz zu klein war, der Gummi ist ihm runtergerutscht, als er eine AIDSlerin vögelte!«

Wer mich als Leiche waschen müßte, würde vielleicht Mitleid empfinden, wenn er an meinem großen Leichnam diesen kleinen Leichnam erblickte. Doch die wenigen mir Fernstehenden würden vielleicht nicht wissen, daß dieser kleine Leichnam, tapfer wie Napoleon, viele unbekannte Räume erobert und daß er anständig gelebt hat, das Leben eines Großen. Wenn die Kerzen auf dem Geburtstagskuchen einmal endgültig erloschen sind, wenn Finsternis die Erde bedeckt, ist die Größe der Toten beruhigend relativ.

4. Schwanensee

Und plötzlich eröffnet sich dir im AIDS-Wartesaal der Blick auf einen krassen Gegensatz. Die häßliche Frau tritt zu der schönen, und jetzt stehen sie zusammen, auf komische Weise die Kontraste dieses schrecklichen Ortes steigernd. Ich sehe, wie die Häßliche etwas zur Schönen sagt und sich an deren Liebenswürdigkeit festklammert, um ihr etwas zu erzählen, was sie vermutlich allen erzählt. Der Bosnier schweigt, und auf einmal merke ich, daß ich die häßliche Frau beobachte und er die schöne. Der afrikanische Armierer hat sich auf dieses herrliche, gepflegte Geschöpf konzentriert, und ich sehe, wie er sie mit Röntgenaugen betrachtet: zuerst als Pulmologe und dann auch als Gynäkologe. Und sagt:
– Ich werd' verrückt, die hat Klasse ... Wie eine Ballerina!

Und dann spult er die Geschichte ab, wie es einem gewissen Zoka aus Sarajevo mit einer Ballerina ergangen ist. Es war im Frühjahr vierundneunzig, während eines der längeren Waffenstillstände, als die Internationale Gemeinschaft versuchte, die Serben um die Stadt herum dazu zu bringen, ihre Artilleriestellungen zu verlassen. Zoka kam von der ersten Linie in die Stadt ohne Strom und Wasser, mit verkohlten Fassaden und zerborstenen Fenstern. Aber es war doch eine Stadt. Die Menschen lebten und versuchten sich zu unterhalten. Im Hochhaus neben dem seinen hatte jemand die Gemeinschaftsräume, die früher Holzverschläge gewesen waren, in eine Bar verwandelt, die hauptsächlich von UNPROFOR-Leuten besucht wurde. Eine Zeitlang kehrte er auf dem Heimweg gern in diesem Lokal ein auf ein letztes Glas. Manchmal traf er hier auch seine Bekannten von der ersten Linie: Dragan, Arif, Crta und noch ein paar, die regelmäßig kamen.

Zoka hatte im dritten Jahr Literaturwissenschaft studiert, als die ersten Granaten auf Sarajevo fielen. In dieser Zeit hatte ihm eine Ballerina gefallen, die mit älteren und reicheren Freiern ausging. Sie war schlank, blond und hatte eine leicht schräge Nase, was ihrem sonst regelmäßigen Gesicht einen besonderen Reiz verlieh. In jenen Jahren vor dem Krieg hatte sie ihm unerreichbar geschienen, jetzt traf er sie eines Abends in dieser Bar. Sie war ziemlich häßlich geworden, seit er sie das letzte Mal gesehen hatte. Aber trotz mancher Furchen und der Augenringe war die alte Schönheit noch sichtbar. Sie saß allein am Tisch mit einem leeren Stuhl als Gegenüber und einem leeren Glas vor sich. Am anderen Tisch saß sein Freund Arif mit ein paar ihm nicht näher bekannten Burschen. Sie waren noch in Uniform, dreckig und angetrunken. Er trat auf die Ballerina zu, und sie zeigte sich liebenswürdig, als hätte sie die ganze Zeit auf jemanden gewartet, der die beiden Leeren vor ihr ausfüllen würde. Er bestellte Getränke, und das Gespräch begann.

Sie erinnerten sich an Zeiten und Menschen vor dem Krieg. Aber die Menschen in ihrer und die in seiner Erinnerung waren nicht dieselben, obwohl ihnen die Namen gleich klangen. Zuerst berührte er, wie zufällig, mit dem kleinen Finger ihren Unterarm. Sie reagierte nicht. Dann bestellte er die nächste Runde. Das gefiel ihr. Als er ihr, später, mit der offenen Hand übers Haar am linken Ohr strich, legte sie den Kopf in seine Hand, und Zoka kam der Gedanke, daß der Krieg auch gute Seiten habe. Bei der vierten Runde erlaubte sie ihm, ihr Ohr zu küssen.

– Bei mir ist die Wohnung voll von irgendwelchen Omas und Tanten – sagte sie zu ihm – aber wir könnten zu dir gehen.

Er zahlte, und sie gingen schnell hinaus. Als sie sich so fünfzig Meter entfernt hatten, hörten sie Arif, wie er hinter ihnen herrief: – Zoka, hast du zwanzig Mark bis morgen?

Arif stand am Eingang der Bar und winkte ihm mit der Hand. Zoka ging die fünfzig Meter zurück, denn Arif war ein guter Junge. Vielleicht drückten ihn ja die Stiefel. Als er bei ihm war, die Ballerina war in gebührender Entfernung geblieben, flüsterte Arif: – Jetzt tu so, als würdest du mir das Geld leihen!

Zoka zwängte die Hand in die Tasche und fingerte einen Zwanzigmarkschein heraus.

– Tu's nicht mit ihr – flüsterte Arif – sie hat AIDS. Sie hat es von den UNPROFORs.

– Wie weißt du das?

– Das hat mir dieser Latif von Grbavica gesagt. Sie hat einen Kleinen angesteckt, der vor einem Monat den Löffel abgegeben hat. Angeblich hat ihn ein Sniper* in der Titova erwischt.

– Willst du mich verarschen? – sagte er. Er hatte Angst, aber die Ballerina war ziemlich gut erhalten, sozusagen Vorkriegsware.

– Zoka, Menschenskind, laß sie sausen! Komm mit uns auf ein Bier!

– Ich bringe das auf meine Weise in Ordnung – sagte er nach kurzer Überlegung. – Keine Panik!

Arif nahm ihm den Zwanzigmarkschein aus der Hand.

– Ich gebe ihn dir morgen zurück – sagte er laut und ging wieder in die Bar.

Dann begannen die Qualen. Er legte seinen Arm um die Ballerina, und sie gingen in Richtung seiner Wohnung. Er wollte sie nicht an die Hand nehmen, um nicht ihre nackte Haut zu berühren. Die ganze Zeit quälte ihn die Frage, ob Arif die Wahrheit gesagt hatte. Die Burschen, mit denen er zusammen war, waren in der Mehrzahl Muslime. Auch während des Krieges zwischen Kroaten und Muslimen hatte er mit ihnen zusammen weiter die Stadt verteidigt. Erst vor kurzem hatte er bemerkt, daß sie ihn seltsam ansahen. Jetzt, wo er endlich an die Ballerina herangekommen war, die alle schon vor dem Krieg haben wollten, tauchte diese Geschichte auf. Sollten sie ihn aus Neid oder

* Scharfschütze

um ihm böse mitzuspielen angelogen haben? Jetzt gaben sie ihm vielleicht einen Rat, und morgen würden sie ihm, wenn er in der Bar auftauchte, unter Lachen zurufen: »Haben sie AIDS, die holden Nixen, mußt du ihn dir selber wichsen!«

Zudem wußte er, daß Arif ihm die zwanzig Mark nicht zurückgeben würde. Und übrigens, wie sollte er sie wohl zurückverlangen, wenn der ihm angeblich das Leben gerettet hätte? Die Sache war ziemlich kompliziert.

Als sie die Wohnung betraten, wurde ihm schlagartig klar: Mit Sex war nichts, denn jetzt würde er ihm sicher nicht stehen, und außerdem hatte er natürlich auch keine Präservative dabei ... An diesem Abend gab es zum Glück Strom, und die Ballerina konnte Musik hören. Sobald sie sich auf die Couch im Wohnzimmer gesetzt hatte, griff sie nach den CDs.

– Ich geh' in die Küche – sagte er – warte hier!

Dabei faßte er sie an der Schulter und drückte diese kräftig. Ihm war bewußt, daß er so die Schultern von Müttern und Vätern gefallener Freunde gedrückt hatte.

In der Küche holte er rasch die Flasche Stock heraus, auf deren Boden es noch zwei Fingerbreit von dem Getränk gab. Zum Glück gab es jetzt auch Wasser, und so füllte er welches in die Flasche und beobachtete, wie sich die Farbe des Getränks veränderte. Er hielt inne, als die Flasche halb voll war. Er setzte sich auf den Stuhl an der Fensteröffnung, die mit einer Plastikplane abgedichtet war, und trank den, so sehr verdünnt, eklig schmekkenden Kognak langsam, in kleinen Schlucken. Er hörte, wie die Ballerina im Wohnzimmer Azra und Dylan spielte. Musik ihrer Jugend. Er wartete ziemlich lange.

Erst als er ihre Absätze hörte, wie sie durch den Gang trippelten, der in die Küche führte, setzte er die Flasche richtig an. Sie trat in dem Moment ein, als er den halben Liter dessen, was wie Kognak aussah, ex getrunken hatte.

– Du trinkst? – sagte sie mit Traurigkeit in der Stimme und kehrte ins Wohnzimmer zurück. Dann schlief sie auf der Couch, und er auf dem Ehebett im Schlafzimmer. Genaugenommen schlief er überhaupt nicht. Die ganze Nacht mußte er an die Ballerina denken, an seinen Betrug mit dem Kognak und daran, wie er sich danach betrunken gestellt hatte. Vor dem Morgen öffnete er die angelehnte Tür und sah ins Wohnzimmer. Ihre Wange war auf der Lehne der Couch flachgedrückt und machte aus dem Gesicht eine monströse Grimasse. Als lebte sie in einem umgedrehten Märchen, in dem sich Schwäne in häßliche Enten verwandeln.

Drei volle Wochen in der vordersten Linie dachte er, während ihm die Granatsplitter um den Kopf tanzten, an die Ballerina und daran, was er vielleicht versäumt hatte. Als er wieder in die Stadt zurückkehrte, erzählte ihm Arif, die Ballerina habe sich aus dem elften Stock gestürzt. Niemand wußte angeblich, warum sie sich umgebracht hatte. An dem Nachmittag sei sie hier in der Bar gewesen. Sie habe vier Kognaks getrunken, sei in den letzten Stock hinaufgestiegen und gesprungen.

– Sie wurde für die Zeitung fotografiert – sagte Arif – und dann weggebracht. Auf dem Asphalt blieb eine Blutpfütze, wie ein kleiner See. Die haben sie nicht weggewaschen. Wer wäscht in dieser Stadt noch Blut von der Straße? Danach will jemand zwei Katzen gesehen haben, wie sie das verklumpte Blut aufleckten.

Arif fiel es nicht im Traum ein, ihm die zwanzig Mark zurückzugeben. Er war an diesem Abend betrunken, vermutlich hatte er sie vergessen.

5. Ukrainisches Märchen

An der Art, wie die schöne Frau der häßlichen zuhört, sehe ich, daß das, was diese erzählt, sie überhaupt nicht interessiert, so wie für Kinder, wenn sie ein bestimmtes Alter erreicht haben, Märchen aufhören, interessant zu sein. Und als sich die Geduld der Schönen dem Ende zuneigt, was man auf ihrem Gesicht deutlich sieht, zieht die Häßliche von irgendwo ein Bündel Fotos heraus. Der Ausdruck der schönen Frau verrät abwechselnd Langeweile, Verblüffung, Erregung und Schock. Mir entgeht nicht, daß sie nach den Fotografien greift und sie aufmerksam betrachtet, während ihre Hände zittern. Was ist auf den Fotos zu sehen? Und was erregt sie wohl so? Vielleicht sind die Bilder ein Beweis dafür, daß Wunder möglich sind und Märchen wahr? Denn aus Erfahrung weiß ich, daß es Menschen gibt, denen es eine bestimmte Situation möglich macht, Märchen zu akzeptieren. So ist es meinem Freund ergangen, der sich von Berufs wegen mit Ökologie beschäftigt. Auf dem letztjährigen Kongreß über globale Erwärmung in Kiew habe er sich mitten in seinem Vortrag plötzlich erinnert, daß dieser ja sein Geburtstag war. Die Erkenntnis sei niederschmetternd gewesen: Er habe seinen vierzigsten Geburtstag völlig allein, in einer fremden Stadt begangen, mit klaren Ideen, wie die Welt zu retten wäre, aber ohne jede Vision davon, wie er sich selbst retten könnte.

In dem Moment, erzählt er weiter, habe er einen starken Kinderwunsch verspürt. Er habe sich des russischen oder ukrainischen Märchens von dem Mann und der Frau erinnert, die hinter den sieben Bergen lange Zeit gehofft hatten, Gott würde ihnen ein Kind schenken. Die Jahre vergingen, aber das Kind kam nicht. Eines Winters fühlten sie sich einsamer als je zuvor. Es lag hoher Schnee, und die beiden, jetzt schon Greis und Greisin, verließen das Haus nur noch, um das Nötigste zu erledigen. So nahte Heiligabend. Sie räumten ihr bescheidenes Bauernhäuschen auf, schmückten eine Tanne, brieten einen Truthahn und setzten sich an den festlich gedeckten Tisch. Sie saßen da und sahen sich an. Und dann nahmen sie in der Stille ihr Mahl ein und legten sich zur Ruhe. Kurz nach Mitternacht stand der Alte auf, um der Alten ein Geschenk unter die Tanne zu legen. Als er dort die Alte antraf, wie sie gerade ein Geschenk für ihn neben die Krippe legte, mußten sie beide lachen, zündeten eine Kerze an und öffneten eine Flasche Wein, so dunkelrot wie Menschenblut. Sie lachten und wickelten aus, was der eine dem anderen geschenkt hatte. Sie bekam das Fell eines Goldmarders, und er eine neue Pfeife aus Kirschholz.

In dieser Nacht tranken sie mehr als sonst. Eine ganze Flasche. Ihr Blut erhitzte sich. Da sagte der Alte: – Mütterchen, laß uns hinausgehen und ein Kind aus Schnee machen!

Und sie gingen hinaus und begannen ein Kind aus Schnee zu machen. Dabei lachten sie wie nie zuvor im Leben. Statt der Haare steckten sie ihm Stroh an, die Augen waren zwei Kohlestückchen und die Nase ein bunter Kürbis. Die Alte ging lachend ins Haus und kehrte mit einem wunderschönen weißen Hut zurück.

– Das ist der Hut, den ich bei unserer Hochzeit getragen habe – sagte sie. – Es ist nur recht, daß ihn unsere Tochter bekommt.

Und setzte den Hut dem Schneemädchen auf den Kopf. Der Alte brachte ein Glas Wein und goß es aus, wie es der Brauch ist, Rotwein auf ein Leintuch zu gießen, wenn ein Mädchen geboren wird. Dann gingen sie wieder zu Bett.

Am nächsten Tag, am Weihnachtstag, als der Alte hinausging, um das Vieh zu füttern, fand er auf der Schwelle des Häuschens ein kleines Mädchen von gut fünf Jahren. Es zitterte vor Kälte am ganzen Leib, sein Haar war blond wie Weizen und seine

Augen schwarz wie Kohle. Es war eine Waise. Von dem Schneemädchen war nur ein Häufchen Schnee übriggeblieben, als hätte es im Laufe der Nacht jemand umgerissen.

Sie gaben dem Mädchen zu essen und kleideten es. Die Alte nähte ihm ein paar Hemdchen, weiß wie der Schnee, und der Alte kaufte in der Stadt wunderschöne Lackschühchen. Sie gewannen das Kind lieb, als wäre es ihre eigene Tochter.

Und dann kam der Frühling. Die Tage wurden schöner, zwischen dem Schnee lugten bereits Inseln grünen Grases hervor, und hier und da blühten auch schon die Kätzchen. Da begann das Mädchen zu hüsteln. Auch Fieberanfälle quälten es, und der Alte und die Alte fielen in Sorge. Mitte April kam das Kind nicht mehr aus dem Bett heraus und wurde immer magerer, als würde es dahinschmelzen. Ende April, als die Obstbäume erblühten und die Birken grünten, starb die Kleine. Sie begruben sie im Garten, an der Stelle, wo der Schneemann gestanden hatte.

– Wenn ich mich an das Märchen erinnere – sagte er – muß ich an den Treibhauseffekt denken. Globale Erwärmung. So werden wir eines Tages alle dahinschmelzen.

Jedenfalls sei er nach dem Vortrag in die Hotelbar gegangen, um mit sich selbst diesen runden Geburtstag zu feiern, wie einen traurigen Jahrestag. Über dem Tresen entdeckte er eine Flasche Babić aus Šibenik, und ihm war, als würde er einen lieben Landsmann wiedersehen. Erst nach dem zweiten Glas sah er sich im Raum um. Von seinen Ökologenkollegen war niemand da. In einem der Séparées saßen zwei Frauen. Eine ältere und eine jüngere. Die Jüngere konnte gut zwanzig sein und lächelte, wenn er sie ansah. Er wußte, daß die zwei Huren waren. Er nahm die Flasche und setzte sich neben die beiden. Die Ältere hieß Mina, die Jüngere Laura. Laura hatte helle Strähnen im Haar, trug ein silbernes Ringelchen in der Nase, enge graue Taj-Hosen und ein Top, das ihren Bauch frei ließ. Mina wandte sich zu ihm.

– Du kannst eine oder beide ... – sagte sie – aber du mußt wissen ... wir sind nicht billig.

– Gut – sagte er – wieviel?

– Hundert Mark – sagte Laura. Er war schockiert, daß das für sie viel Geld bedeutete.

– Zweihundert für beide – sagte Mina. Ihm fielen ihre schrumpfigen Hände auf. Diese Hände waren doppelt so alt wie ihr Gesicht. Schon vor langem hatte er an Prostituierten dieses unsymmetrische Altern bemerkt, als würde Gott sie nur an bestimmten Stellen strafen.

– Wenn du austrinkst, können wir hinaufgehen – sagte er zu Laura.

– Wenn du nur sie nimmst – sagte Mina – kannst du es nicht komplett machen, weil sie die Tage gekriegt hat.

– Ich muß nicht komplett ... – sagte er zu Laura und führte sie in sein Zimmer hinauf. Mina blieb allein zurück. Die Szene glich einer Karikatur aus dem *Playboy*, die eine gealterte, an den Mast einer Straßenlaterne gelehnte Prostituierte zeigt und eine Spinnwebe, die an ihr klebt. Ihm wurde bewußt, wie lustig das im Magazin und wie traurig es im Leben war.

Im Zimmer legte er sich auf den Rücken, völlig nackt, und sah zu, wie sich Laura auszog. Sie tat dies sorgfältig und legte ihre Kleider behutsam auf den Stuhl, als hätte sie Jahrzehnte Zeit. Sie zog sich aus bis auf das Höschen und preßte ihre Brüste auf seine Brust.

– Es tut mir leid, daß du nicht komplett kannst – sagte sie. – Aber du wirst es nicht bereuen. Ich mache es gut mit dem Mund.

Er fühlte die Wärme ihrer Brüste und sah die vollen roten Lippen, die an die eines Kindes erinnerten. In ihrem Mund indessen bemerkte er zwei goldene Eckzähne. Es war seltsam, ein so junges Mädchen mit Goldzähnen zu sehen. Sie standen einer neben dem anderen, wie traurige Zwillinge.

Er nutzte einen Augenblick der Unaufmerksamkeit Lauras und schob seine Hand in ihr Höschen. Sie trug keine Einlage. Er hatte gewußt, daß sie log, doch wollte er sich überzeugen. Er war ein genauer Typ und verließ sich nur auf Tatsachen. Sie rollte sich von ihm, lag auf dem Rücken und starrte wütend an die Decke. Wie ein bei einer Lüge ertapptes Kind.

Nach einiger Zeit fing sie doch an zu sprechen: – Ich habe Angst vor dieser Krankheit – sagte sie. – Ich habe schreckliche Angst. Ich habe jemanden, der nicht ohne mich sein kann.

Er mußte, so erzählte er weiter, sofort an den Alten und die Alte aus dem Märchen denken. Oder waren das ein anderer Alter und eine andere Alte? Jedenfalls stand sie auf und kehrte mit einem Champagnerglas voll Rotwein zurück. Sie legte sich auf den Bauch, setzte den Boden des Glases auf seine Brust und sagte: – Außerdem heiße ich Alesja, nicht Laura.

Dann begann sie ihn nach seinem Leben auszufragen. Es interessierte sie, wo er lebte und ob er verheiratet war. Er sagte, er sei nicht verheiratet, aber er lebe mit einem Mädchen zusammen in einem Haus am Meer, auf der Insel Cres. Er log. Wer weiß, was ihn dazu trieb? Und obwohl er alles mögliche hätte sagen können, gestand er, daß an dem Tag sein vierzigster Geburtstag war und daß er sich einsam fühlte. Das gefiel ihr. Sie erlaubte ihm, sie auf den Mund zu küssen. Sie interessierte sein Mädchen, und er mußte sich eine seiner Ehemaligen ins Gedächtnis zurückrufen. Er beschrieb ihr gemeinsames Leben auf der Insel, wie er mit seinem Plastikboot zum Fischen hinausfuhr und sie tagelang im Garten las und dabei die Beine über den Zaun hängen ließ. Er beschrieb sowohl Beine als auch Zaun, damit alles überzeugender wirkte.

Alesjas Interesse für Details aus seinem Leben war merkwürdig. Es schien, als wären seine Worte Viren, die in ihren Kopf eindrangen und dort ein Bild erzeugten, in dem sie versinken wollte. Es dauerte ziemlich lange, bis sich das Bild aus winzigen Teilchen zusammenfügte. Sie sah zwei Menschen, die im Park Pinienkerne sammeln, wenn die Sonne untergeht; Delphine, die markiert werden und die man adoptieren kann; eine Weißkopfgeierfamilie, die gefilmt wird. Plötzlich, vermutlich hatte sie sich erinnert, weshalb sie hier war, nahm sie sein Glied in den Mund. Sie saugte langsam und sanft, wie aus Freundschaft. Er erlaubte es ihr, sich der Tatsache bewußt, daß sie etwas abarbeiten mußte. Er stellte sie sich vor, wie sie am Morgen lächelnd und fröhlich ihren alten Eltern Kuchen brachte und wie die sie ungeduldig am großen Fenster des ältlichen Gebäudes erwarteten, dessen Fassade längst alle Farbe verloren hatte. Dieses Bild verursachte in seinem Inneren Schmerz, aber der Schmerz erregte ihn.

Später, als sie aus dem Badezimmer zurückkam, sah sie ganz anders aus. Das Wasser hatte ihr Make-up vom Gesicht gewaschen, sie trug ihr Haar offen und war jetzt wie ein kleines Mädchen. Sie konnte nicht mehr als siebzehn sein. Würde sie jetzt zerschmelzen, dachte er, blieben von ihr nur diese beiden traurigen goldenen Eckzähne.

Gegen Morgen, als sie sich anschickte wegzugehen, sagte sie:
– Entschuldige, daß ich gelogen habe! Ich lagunja, ich, die Lügnerin.

Er hielt ihr seine offene Geldbörse hin, und sie nahm sich einen Hundertmarkschein.

Er hielt einen Augenblick inne, erzählte er, und gab ihr alle Devisen, die er hatte. Mehr als fünfhundert Mark. Sie sah ihn verblüfft an, dann brach sie in Tränen aus. Sie stand dort vor ihm und hielt sich mit einer Hand den unteren Teil ihres Bauches und schluchzte. Er faßte sie an der Hand und zog sie aufs Bett. Sie weinte noch immer. Dann stand sie auf und ging langsam, als trete sie über zertrümmertes Glas, zum Badezimmer. Beim Hinausgehen, gewaschen, schmatzte sie mit den Lippen, als schickte sie ihm einen Kuß, und verschwand.

Ein Jahr später, am Vortag seines Geburtstages, klingelte das Telefon im Büro der Grünen Bewegung. Eine Frauenstimme aus dem Hörer sagte seinen Namen.

– Am Apparat – sagte er.

– Hier ist Alesja – hörte er von irgendwo aus der Ferne – ich rufe dich an, um dir zum Geburtstag zu gratulieren.

Es gelang ihm nicht herauszukriegen, von wo sie anrief. Sie sagte nur, sie habe die Nummer seines Büros vom Hotelportier bekommen, der die Adressen aller Kongreßteilnehmer gespeichert hatte.

– Ich hoffe, du bist mir nicht böse – sagte sie und legte den Hörer auf.

Etwas ganz Besonderes war geschehen. Die Welt besaß offensichtlich riesige und märchenhafte Vorräte an Unglaublichem. Ihm war, als herrschte plötzlich eine große Wärme, in der ein Mensch leicht zerschmelzen konnte.

6. Leukämie

In diesem Moment erscheint im Warteraum, in dem noch die Takte des didaktischen Blues nachhallen, ein bekanntes Gesicht. Mladen Šturlić, ein Freund aus dem Gymnasium. Er geht mit gesenktem Kopf und vermeidet jeden Blickkontakt. Wie eine Nonne auf dem Strich. Er schiebt sich auf den weißen Fliesen zum Anmeldeschalter und zum glatzköpfigen Musikus vor. Der AIDS-Troubadour rückt zur Seite, als er Šturlić so verwirrt sieht, und überläßt ihn der Brillenschwester, die sein Meldebüchlein entgegennimmt. Erst als er ihr seinen Gesundheitsausweis überlassen hat, scheint er sich tatsächlich anwesend zu fühlen und hebt den Blick. Und dieser Blick trifft mich. Und das, man sieht es, macht ihn total fertig.

– Štuka! – rufe ich – woher kommst du denn, Kumpel?

Er windet sich vor Unbehagen, ihn stört, daß er erkannt wurde, und doch freut er sich, jemand Bekannten getroffen zu haben. So, wie es mich freut. Ich werde von Mitgefühl gegenüber meinem HIV-verdächtigen Schulkollegen ergriffen und genieße zugleich seine Qualen. Und so wiederhole ich laut seinen Nachnamen: – Mensch, Šturlić – sage ich – was machst du denn hier?

Und Šturlić, verwirrt wie er ist, setzt sich zwischen mich und den Betonierer, gibt mir aber nicht die Hand. Er scheut das Händeschütteln an solchen Orten, auch wenn es sich um einen alten Freund handelt.

– Ich will meine Ehe retten – sagt er und läßt seinen Blick wieder durch den Warteraum gleiten. Vermutlich, um festzustellen, ob es weitere Bekannte gibt, als wären wir auf einer Maturafeier, und dann fährt er halblaut fort: – Ich habe eine Kleine vernascht, nichts Gefährliches, aber ich kann nicht aufhören, an sie zu denken. Es geht mir andauernd, kapierst du, in meinem Schädel herum, wie es war, wer auf wem geritten ist, wie lange es gedauert hat und wie unglaublich feucht sie war. Und je mehr ich daran denke, desto wahnsinniger kommt mir das Ganze vor.

– Und wie lange geht das schon, Freund? – fragt der bosnische Armierer fachmännisch, wie ein Psychiater, und nicht wie ein Betonfachmann.

– Was heißt, wie lange?

– Dieses Denken – sagt der Betonierer mit einer gewissen Anerkennung in der Stimme.

– Schon zwei Jahre – platzt Šturlić heraus. – Und in diesen zwei Jahren habe ich es kein einziges Mal mit meiner Frau gemacht. Ich habe Angst, sie anzustecken.

Der Bosnier ist total konsterniert. Er sitzt auf seinem Stuhl, aber sein Blick ist irgendwo in unbekannte Sphären abgeirrt.

– Du hast sie tatsächlich zwei Jahre nicht ...? – frage ich mit ernster Stimme und hoffe auf eine Bestätigung. Das hieße ja, wir sind zu mehreren, frohlocke ich im stillen.

– Ich glaube, daß ich verflucht bin – sagt Šturlić verzweifelt. – Und verflucht hat mich diese Nutte Lea Barač, damals noch im Gymnasium. Erinnerst du dich an die Barač?

Lea war so ein Haschgirl, wie es Anfang der Achtziger viele gab. Hübsch, unbesorgt und gutmütig. Šturlić hatte sich in sie wie ein kleines Hündchen verliebt, überallhin lief er ihr nach. Er wußte, der arme Kerl, daß er keine Chance hatte. Sie ging mit älteren Typen, die mit Gitarre und Joints vor die Schule kamen. Mit Šturlić unterhielt sie eine freundschaftliche Beziehung. Manchmal gingen sie zusammen ins Kino oder zur Džamija* und diskutierten über Grundsatzfragen. Einmal erzählte ihr Šturlić, er habe sich in ein Mädchen verliebt, das nichts von ihm wissen wolle.

– Es ist schrecklich, aber ich kann nichts dagegen tun – hatte er ihr in etwa gesagt.

– Natürlich kannst du nichts tun – hatte Lea ihm geantwortet – denn Liebe ist Chemie. Du mußt warten, bis die Verbindungen wieder zerfallen.

Aber Šturlićs Verbindungen wollten nicht zerfallen. So wurde es schließlich Mai, bis ihm diese rettende Gleichung einfiel:

Lea + Chemie = Leukämie

Am ersten Samstag im Mai, irgendwo beim Freilichtkino auf dem Tuškanac, sagte er aus Jux zu Lea, er habe Leukämie. Er dachte,

* In der Zwischenkriegszeit als Museum konzipierter Meštrović-Rundbau in Zagreb, der in der NDH-Zeit unter Pavelić als Moschee und nach dem 2. Weltkrieg als Museum für den antifaschistischen Widerstand diente. Hier konzentrierte sich in den 60er und 70er Jahren eine starke Subkultur (»Haschomania«). Heute wieder Galerie.

er könnte ihr auf diese Weise seine Liebe gestehen. Lea indessen war schockiert.

– Deshalb bist du so bleich – sagte sie – und ißt nichts.

Sie wühlte den Kopf in seinen Schoß, und er konnte, so erzählt er, spüren, wie ihre Schultern vor Weinen zitterten. Er atmete den Duft ihres Haares und spürte das Beben ihres zerbrechlichen Körpers. Es gab kein Zurück mehr. Etwas überkam ihn, und er begann ihr Haar zu küssen.

– Wie schrecklich – flüsterte er – nun muß ich verrecken und habe doch noch nie mit einem Mädchen geschlafen.

Ohne jedes Wort, so verweint, wie sie war, nahm sie ihn an der Hand und führte ihn auf die Tribüne des verlassenen Kinos.

Später vertraute er dieses Geheimnis einigen von uns aus der Klasse an, und einer trompetete die Geschichte in der ganzen Schule herum. In den nächsten Tagen mußten wir hören, wie sich die Kretins hinter Leas Rücken zuriefen: »Leukämie! Blas mir einen, ich fühl' mich so schlecht!«

Als wir uns ein paar Tage später allein auf dem Gang trafen, wir vier aus derselben Klasse, sagte sie: – Verflucht sollen eure Weiber sein, solange ihr lebt, ihr Schweine!

Und wir konnten sehen, wie sich in ihren Mundwinkeln der Schaum sammelte. Das war Anfang der Achtziger. Bald begannen in der Zeitung Artikel über eine neue Krankheit zu erscheinen, die von Fotos magerer und verunstalteter menschlicher Körper begleitet waren. Die Krankheit war genaugenommen schon unter uns.

7. Himmelskörper

– Guck dir den an! – sagt der afrikanische Armierer, und da sehe ich die zwergwüchsige Gestalt mit Knollennase, die nervösen Schrittes zwischen den Stühlen umhergeht. Ihr Körper fällt in den Bewegungen irgendwie auseinander, jeder Teil scheint sich autonom zu bewegen: Kopf, Arme, linkes Bein, rechtes Bein. Nervenstörungen, geht es mir durch den Kopf, und ich muß plötzlich daran denken, wie drastisch diese Krankheit zeigt, wie viel Körper es im Menschen gibt. Dieser hier indessen ist anscheinend mehr ein Himmelskörper. Der Planetenmensch durchzieht auf seiner Umlaufbahn den Warteraum am Rande des eigenen Orbits und kommt in regelmäßigen Abständen an uns vorbei. Da ist er schon wieder, beugt sich vertraulich vor und sagt: – Nach zwei Bieren verfliegt die Angst vor dem Tod.

Wir: schockiert und fassungslos. Aber er wirft es uns nur zu im Vorüberfliegen und tritt wieder ein in seinen Orbit, und wir bleiben verwirrt zurück mit drei großen Fragezeichen über den Köpfen und sechs kleinen in den Augen. Denn, Gott sei Dank, alle drei haben wir noch beide Augen.

– Scheiß auf Eis, der ist ja total durchgeknallt! – kommentiert der Betonfachmann, während Šturlić dem knollennasigen Planeten mit seinem Blick folgt und abwartet, wie sich die Situation entwickelt. Inzwischen kommt der Knollennasige wieder näher und sagt: – Doch wenn ich mich nicht fürchte ... ist der Tod am nächsten. Nicht als Skelettkopf, überhaupt nicht als Skelett, sondern als gute Fotze.

Und wieder tritt er in seinen Orbit ein, und die Beschleunigung zwingt ihn in einen Kreis, wie ihn die Erde um die Sonne zieht.

– Wenn der so weiterredet – sage ich – braucht er Stunden, um etwas zu erzählen.

Šturlić und der Bosnier brechen in Lachen aus, und das reicht, um die Aufmerksamkeit der häßlichen Frau zu wecken. Sie hat ihren Blick auf uns geheftet und hält ihn lange so, als studierte sie uns. Noch immer redet sie mit ihrem gleichgeschlechtlichen Gegenüber, aber im Visier hat sie uns. Im Visier und im Kopf. Und den Knollennasigen aus dem Orbit, der wieder vorbeizieht, betrachtet sie mit Sympathie und Mitleid.

– Offenes Gesicht, langes Haar, blond – fährt der knollennasige Körper fort – ich meine die Fotze. Nach oben und unten offen, wie geschaffen zur Ordensschwester. Und wir, wir vier, unausgelebte Vierziger: Komm, Ordensschwester. Sie bewegt sich, sobald sie jemand besteigt, die Obernutte, wie ein Schlange, sie kriecht und schlängelt sich. Auf dem Arsch hat sie eine tätowierte Springnatter, und beim Anblick dieser Springnatter steht er uns allen.

Der Planet ist auf seiner Umlaufbahn stehengeblieben und erzählt seine Geschichte, als hielte er einen Vortrag: – Und sowie einer abgespritzt hat, dieses Schwein, flüstert sie ihm etwas ins Ohr, was den Jeweiligen erschrecken läßt, daß er zusammensackt und deprimiert ist. Und so sitzen da schon zwei Deprimierte, der dritte ist auf ihr, aber die beiden schweigen. Sie verraten nicht, was sie zu ihnen gesagt hat.

Hier macht der Planet eine Kunstpause, und wir zerfressen uns vor Neugierde.

– Und? – meldet sich der afrikanische Betonierer – hat sie es zu dir auch gesagt?

– Den Teufel hat sie! Als die Reihe an mich kommt, wälze ich mich auf sie, befummle sie, genieße, und die drei Beflüsterten hocken in der Ecke, die drei Finsterlinge. Und wie ich fertig bin und sie es auch mir zuflüstern will, Luftalarm. Die Affen beschießen Zagreb mit ihrer Artillerie. Was sollen wir machen? Wir ziehen uns an, und alle ab in den Bunker. Ich frage, was sie zu ihnen gesagt hat, aber sie schweigen. Auch untereinander reden sie kein Wort.

Jetzt meldet sich wieder der Bosnier, nervös geworden: – Laß die aus dem Spiel, die soll der Teufel holen. Aber hat sie es dir anschließend gesagt?

– Einen Scheiß hat sie mir gesagt. Sie ist nach Kanada geflohen. Aber auch die drei wollen es mir nicht sagen, sie hüten das Geheimnis. Ich sehe sie oft in der Stadt, verloren, depressiv, zwei von ihnen haben sich von ihrer Frau getrennt, der dritte trinkt. Und da ist mir ein Licht aufgegangen, was sie zu ihnen gesagt hat ...

– Und deshalb bist du zum Test gekommen – trifft Šturlić ins Schwarze. – Nur, du hast lange gebraucht. Der Krieg ist schon vier Jahre vorbei. Warum hast du so lange gewartet?

– Wer sagt, daß ich gewartet habe? – erwidert der knollennasige Planet. – Ich bin sofort danach zum Test gegangen.

– Und?

– Negativ!

– Und was machst du jetzt hier? – fragt Šturlić. Etwas hat er offenbar nicht mitgekriegt.

– Den Test.

– Wegen derselben?

– Ja – antwortet der Nasige, als verstände sich das von selbst. – Ich habe insgesamt neun Tests gemacht. Alle negativ.

Wieder glotzen wir mit Fragezeichen über dem Kopf und in den Augen, und der knollennasige Planet, der kein Planet mehr ist, weil er seine elliptische Umlaufbahn wieder verlassen hat, beugt sich vor und deutet uns mit der Hand, daß wir näherkommen sollen, weil er uns etwas Vertrauliches sagen will.

– Diese Tests sind einen nackten Schwanz wert – sagt er leise, aber würdevoll, vertraulich – ich beobachte das hier jeden Tag. Und alle kommen lächelnd aus der Ordination wieder heraus, alle negativ. Diese Resultate, die Diagnose, das ist eine Garantie für gar nichts. Der Staat ist arm, und die Therapie teuer. Die

Sozialversicherung hat kein Geld. Deshalb gibt sie allen negativ. Weil es billiger ist. Bei uns brauchst du dicke Beziehungen, damit sie dich für positiv erklären. Ich leiere gerade eine solche Beziehung an.

In dem Augenblick, als der Knollennasige in seine Umlaufbahn zurückkehrt und Šturlić mit seinem Finger andeutet, daß der Planet in seinem Kopf nicht ganz richtig sei, nehme ich die metaphysischen Bewegungen der häßlichen Frau wahr. Offensichtlich ist sie in Hörkontakt mit dem Planeten, denn sie wechseln bedeutungsvolle Blicke. Jetzt kommt sie auf uns zu. Mit langsamem Schritt, auf O-Beinen, die an einen Kreis, eine Null und ein Omega erinnern, nähert sie sich uns drei Verfluchten. Sie zieht einen freien Stuhl heran und setzt sich als vierte zwischen uns.

– Jesus ist gut! – sagt sie halblaut.

– Ich bin Muslime – sagt der afrikanische Armierer ganz unprätentiös, einfach um das klarzustellen.

– Es gibt nur einen Gott – sagt die Häßliche. – Jesus liebt auch die Muslime.

Dann rezitiert sie einen Reklameslogan der Zeugen Jehovas und weist uns Fotzensünder auf den rechten Weg: – Denkt an das Jüngste Gericht, bekennt eure Sünden! – sagt sie, um die vermutlich wegen ihrer Häßlichkeit die Sünde selbst einen Bogen macht.

– Obwohl ich nicht wer weiß was für Sünden auf mich geladen habe – sage ich – wäre es mir sehr recht, wenn dieses Gericht in meiner Abwesenheit über mich urteilte.

– Jetzt seht einmal her! – sagt die Häßliche und zieht endlich die Fotos aus der Tasche ihres Trainingsanzugs. Ich nehme sie in die Hand, einen ganzen Stapel, und schaue. Es sind Fotografien von Städten, Kirchen, Parks und Friedhöfen. Auf einigen sieht man, daß sie sehr alt sind, sie haben zerfranste, zerfledderte

Ränder, einige zeigen auch gelbe Ringe, wie sie Kaffeetassen hinterlassen, was wie Stempel auf großen schwarzweißen Briefmarken wirkt. Ich drehe sie wie Landkarten, langsam, unschlüssig. Und dann bleibt mein Blick auf dem Bild eines Gebäudes hängen, das mir bekannt vorkommt.

– Gut hinsehen! – sagt in diesem Augenblick die häßliche Freundin. – Kommt euch etwas bekannt vor?

Alle drei starren wir mit Unverständnis auf das Bild, und sie beäugt uns übermächtig, aus der Position der Stärkeren heraus, wie eine dicke afrikanische Gottheit.

– Dreh es um! – befiehlt sie souverän, und ich drehe das Foto langsam um. Auf der Rückseite steht in gut leserlicher Handschrift:

Dies ist eine Aufnahme der Infektionsklinik aus dem Jahre 1923, als sie erbaut wurde. Damals gab es Sie noch nicht. Weil Sie noch nicht geboren waren. Empfinden Sie Schmerz oder Angst, wenn Sie die Zeit und den Ort ihrer Nichtexistenz sehen? Der Tod ist nicht das Schlimmste, was Ihnen widerfahren kann!

Darauf Schweigen.

Die Frühlingssonne, die die Farben eigentlich intensiver wirken läßt, die bunten Gewänder der Menschen, die blühenden Sträucher im Park der Klinik, die Baumreihe in der Straße, die zum Mirogoj führt, das alles erscheint plötzlich in Schwarzweiß auf den Bildern, ähnlich der Vergangenheit im Film ...

Und dann sagt die Stimme aus dem Lautsprecher, dieser Deus ex machina, endlich meinen Namen und schickt mich zu Zimmer Nummer drei. Ich bewege mich, deutlich ermutigt, über das schwarzweiße Schachbrett des Fußbodens, um mir die Resultate meines siebenten Tests abzuholen. Denn: Sollten sich die Dinge auch zum Schlimmsten wenden, bleibt mir immer noch Gott. Endlich begreife ich: Ich bin ein Atheist, der darauf hofft, nicht recht zu haben. Während ich nach der kühlen Klinke des verfluchten Untersuchungszimmers greife, höre ich aus dem Warteraum die Mundharmonika und die letzten Takte des Präventivblues:

Ob im Arsch
ob in der Möse
in deiner Liebsten
hockt der Böse.

[Hölzerne Reiher]

1.

Von der Steilwand, von der man das Meer sehen kann, schauten wir den Aasgeiern beim Fressen zu. Die Sonne ging unter, und sie hackten ihre blutigen Schnäbel in ein Wollknäuel, das einmal ein Schaf gewesen war, und rissen Stücke von Innereien heraus.

– Nimm das auf! – flüsterte Toni. Wir sprachen leise, wegen der Weißkopfgeier, die in kleinen Gruppen heranflogen, um den Kadaver zu fressen.

– Diese Welt ist Scheiße – sagte ich und linste durch den Sucher der Videokamera, wobei ich mich bemühte, einen gekrümmten knöchernen Höcker zu zoomen, der an etwas kaute, was einer Schafsleber ähnelte. – Ihr schlachtet Schafe, um die Aasgeier zu retten.

Toni sagte nichts. Er beherrschte, was er machte. Er war im übrigen überzeugt, daß das, was er tat, gut sei und daß die Bewahrung des natürlichen Gleichgewichts die Welt vor dem Chaos erretten könne. Das half ihm, vom Alkohol loszukommen. Seinerzeit hatte er bei einer Kampagne mitgewirkt, bei der es um die Vermittlung von Patenschaften für Delphine ging. Er hatte mich sogar überredet, einen zu adoptieren.

– Du kannst ihn Moby Dick nennen, wenn du willst – sagte er.

Von da an bekam ich vierteljährlich einen Bericht über die Wanderungen meines Delphins, sein Paaren, die Jungen. Dafür hatte ich fünfzig Mark monatlich zu zahlen.

Ich sah Toni zu, wie er sich eine Zigarette ansteckte und die rot-weiße Schachtel in die Tasche seines Trapperhemdes steckte. So unrasiert und braungebrannt erinnerte er an den Typen vom Marlboroplakat, der später Lungenkrebs gekriegt hat.

– Franka kommt! – sagte ich.

Das beunruhigte ihn. Franka war sechsunddreißig und noch Jungfrau. Man erzählte, bei ihr ziehe sich unten etwas zusammen, sobald sie einen Schwanz sehe.

– Mich quält ein Gedanke – sagte er und starrte durch das Fernglas zu den Geiern. – Stell dir vor, wie traurig es wäre, wenn sie bei einem Verkehrsunfall umkäme und als Jungfrau auf dem Obduktionstisch landete. Und der Pathologe, dieser Arsch, macht ihr mit dem Finger ein Loch in dieses Häutchen und läßt dazu eine blöde Bemerkung los. Um die Studenten zum Lachen zu bringen. Das würde ich nicht ertragen.

– Dann tu etwas – sagte ich.

Franka war schon seit Jahren vergeblich in ihn verliebt und manchmal, gewöhnlich sonntags nachmittags, überkam sie das Heulen.

Toni hatte, nachdem er dem Verein zur Erforschung und Erhaltung der Weißkopfgeier beigetreten war, auf Cres ein altes Steinhaus gemietet. Er erzählte gern, daß sich in diesem Haus gegen Ende des Zweiten Weltkriegs der alte italienische Pfarrer erhängt hat, weil er seiner Haushälterin ein Kind gemacht hatte. Hier kamen wir jeden Sommer für eine Woche zusammen und soffen bis zum Gehtnichtmehr.

– In Wirklichkeit möchte sie heiraten – sagte Toni, während

wir die Filmausrüstung einpackten. Es klang irgendwie anklagend.

Ich kannte Franka noch aus dem Gymnasium. Dort wurde sie »Chinesin« genannt, weil sie leicht schräge Augen hatte, aber keiner sagte es vor ihr. Sie verliebte sich stets in Männer, die sie nicht haben konnte.

Seit damals waren fast achtzehn Jahre vergangen, eine ganze Volljährigkeit, und sie hatte nie eine normale Beziehung gehabt. Nachdem Toni von seiner ehemaligen Frau, einem Mannequin, geschieden war, half sie ihm manchmal, sich zu übergeben. So waren sie Freunde geworden.

– Ich hoffe, sie macht kein Theater – sagte er. – Morgen kommt eine Freundin von mir.

– Es würde ihr helfen, wenn sie wenigstens eine reale Erfahrung hätte – sagte ich.

– Ich mag nicht aus Mitleid vögeln!

– Du mußt nicht aus Mitleid – sagte ich. – Vögle, wenn er dir steht!

Die Sonne war schon ganz aufs Meer gesunken, und die Aasgeier verwandelten sich in eine Reihe unruhiger Schatten. Bald konnten wir sie nur noch hören. Ein Flügelflattern, als würde sich an einzelnen Stellen die Luft verdichten und wieder verdünnen.

2.

Als wir zurückkehrten, machte Mac den Grill fertig. Er legte blutige Koteletts auf den glühenden Rost und ließ sie brutzeln. Frankas Auto war bereits unter dem Ölbaum geparkt, und aus der Küche war ihr perlendes Lachen zu hören.

– Željko erzählt ihr Witze, er ist schon betrunken – sagte Mac.

Toni ließ sich müde auf die Steinmauer der Terrasse nieder, als wollte er sich auf das Betreten der Küche vorbereiten.

– Fero, dreh uns einen! – sagte er.

Während ich drehte, kam Franka auf die Terrasse heraus. Hinter ihr, im Haus, brannte die Lampe, und ich konnte den Lichtkreis sehen, der ihren Kopf umgab wie eine Aureole. Das bewog mich, Überlegungen über ihr Hymen anzustellen.

– Ihr seid ein Dreckshaufen! – sagte sie mütterlich. – Wie lange habt ihr das Geschirr nicht abgewaschen?

Als ich fertig gedreht hatte, machte sie ein paar Züge und ging in die Küche zurück. Dann konnten wir wieder hören, wie Željko Witze erzählte und Franka lachte. Toni machte ein paar lange Züge.

– Heute abend werde ich sie vögeln! – sagte er schließlich. Das war ein wichtiger Satz.

– Gut, daß wir das endlich erleben – sagte Mac und wendete das Fleisch auf dem Rost. – Obwohl ich nicht weiß, ob das vernünftig ist.

– Es ist vernünftig – sagte ich.

Mac hatte inzwischen ein Kotelett heruntergenommen, es auf ein Stück Brot gelegt und hineingebissen. Ich konnte sehen, daß das Fleisch noch zäh war, denn er kaute schwer.

– Und was machst du morgen mit ihr? – sagte er. – Willst du, daß sie vor Schmerz vergeht?

– Sie wird nicht vergehen – sagte ich. – Sie ist stark.

Plötzlich kam Željko aus der Küche gerannt, mit einer Schürze umgebunden. Er hatte Tränen in den Augen.

– Diese Scheißzwiebeln! – zischte er.

Er setzte sich und übernahm den Joint. Wir konnten hören, wie Franka in der Küche mit dem Geschirr abrechnete.

– Žile – flüsterte Mac – Toni wird sie heute abend vögeln.

Željko machte eine seltsame Grimasse und bekreuzigte sich.

Etwas hatte ihn plötzlich fromm werden lassen. Er stand auf, machte ein Arschgesicht und ging zurück in die Küche.

– Kennst du die Ähnlichkeit zwischen einer Jungfrau und einem Aasgeier ...? – hörten wir ihn drinnen sprechen.

– Das wissen nur die Ökologen – flüsterte Mac.

3.

Nach dem Essen nahm Toni die Zeitung und erklärte feierlich: – Ich gehe scheißen!

Es lag eine seltsame Sanftheit in diesem Satz. Željko, der kurz zuvor in seinen Teller gereihert hatte, lag auf dem warmen Terrassenstein und schnarchte laut. Wir drei spielten Karten.

Als ich an der Reihe war, Trumpf auszurufen, hielt auf dem freien Platz vor Tonis Haus ein Kombi.

– Wer kann das sein? – sagte Franka. Wir warteten. Ich dachte, Tonis neue Liebe sei irrtümlicherweise einen Tag früher gekommen. Doch es stieg niemand aus. Im Kombi ging Licht an, wir sahen Silhouetten, die sich bewegten, und dann ging das Licht wieder aus.

– Was gaffst du so? – sagte Mac. – Spiel weiter!

Im Kombi geschahen inzwischen seltsame Dinge. Das Licht ging wieder an, einige Zeit gab es ein Gewühle, und dann kam ein Mann in weißem Trainingsanzug, der einem Pyjama glich, zur Hecktür heraus. Er entfernte sich einige Meter vom Fahrzeug und schlug sein Wasser ab. Wir konnten hören, wie der Strahl auf das Laub prasselte. Als er wieder beim Wagen war, sahen wir, daß er dunkelhäutig war und einen schwarzen Schnurrbart hatte.

– Zigeuner! – sagte ich.

– Ruf sie her, daß sie uns weissagen – sagte Franka. Sie wirkte fröhlich.

In der Zwischenzeit war Toni mit einer Flasche Teran zurückgekommen. Geschickt zog er den Korken heraus und schenkte uns von der dunkelroten Flüssigkeit ein. Er war ziemlich betrunken, man sah es ihm aber nicht an.

– Hast du dir die Hände gewaschen? – fragte ich ihn.

– Ja – sagte er. – In der Muschel!

– Wer sind diese Leute im Kombi? – fragte Franka.

Toni schüttete sich mit geübter Bewegung ein Glas Teran in die Kehle, als wäre es ein kleiner Kognak, und ging zum Zaun hinüber.

– Ich weiß es auch nicht. Sie kommen jeden Sommer hierher und verbringen eine Nacht vor dem Haus. Wenn ich dann morgens aufwache, sind sie weg.

– Sind sie echt? – fragte ich.

– Laß mich raten – sagte Mac. – Sie stehlen Kinder und machen aus ihnen Bettler. Manchmal stechen sie ihnen die Augen aus, damit sie Mitleid erwecken.

– Du bist krank – sagte Franka.

Im Kombi blitzte wieder das Licht auf. Wir saßen da wie versteinert. Die Sache wurde interessant.

Jetzt stieg eine dicke Frau durch die Hecktür aus. Sie hatte ein hellgrünes Hauskleid mit Blütenmuster an und nahm von uns überhaupt keine Notiz. Sie hielt irgendeinen Stoffetzen in der Hand und zündete ihn an. Gierig sog sie den Rauch ein. Als der Lappen verbrannt war, verschwand sie wieder im Kombi und machte das Licht aus.

– Alle Achtung – sagte Mac. – Die hat sich ordentlich angetörnt!

– Ich glaube, so kann sie in die Zukunft sehen – sagte Franka. – Wir sollten sie herrufen und uns weissagen lassen.

– Ich werde euch sagen, was sie machen – war ich mir sicher – sie halten hier und machen ein Kind. Einen kleinen Zigeuner, aber jedes Jahr wird es ein Mädchen. Mit dem brennenden Lappen wollte sie sehen, ob es ein Junge oder ein Mädchen wird. Ob Suad oder Suada!

Ich sah, wie Toni Franka um die Hüfte faßte und seinen Kopf an ihre Schulter lehnte. Auch Mac war dies nicht entgangen.

– Das hätt' ich auch gern – flüsterte er – eine Schulter zum Ausweinen ... und dann noch Titten.

Dann ging das Licht im Kombi zum dritten Mal an. Wieder stieg der Schnurrbärtige aus, doch jetzt kam er mit einem länglichen Gegenstand in der Hand auf uns zu.

– Vielleicht will er uns jetzt abschlachten – sagte Toni – und uns die Schuhe ausziehen und sie morgen auf Lošinj verkaufen.

– Red keinen Scheiß! – sagte ich. – Doch, der trägt tatsächlich etwas in der Hand. Vielleicht eine Mauser oder eine MP?

Der Zigeuner war schon an der Treppe, die zur Terrasse heraufführte. Ich war ziemlich angetörnt, aber klar im Kopf. Ich hielt die leere Flasche am Hals und wartete.

4.

Als er bei uns auf der Terrasse war, sahen wir, daß er recht klein war. Er hatte einen hölzernen Reiher in der Hand, ein Kitschsouvenir, von denen in der Saison unsere Küste voll ist, und sagte ängstlich:

– Chef, wenn du vielleicht eine Tablette für die Frau hast. Ihr tut der Zahn weh.

Wir erfuhren, daß bei Zahnschmerzen der Rauch eines brennenden Baumwollappens hilft. Doch nur, wenn es sich um die Oberzähne handelt. Ihr tat aber der Eckzahn unten rechts weh.

So ließ uns der Zigo einen hölzernen Reiher da im Tausch gegen eine Folie Bayer-Aspirin.

– Wenn ich mir diesen Vogel anschaue, frage ich mich, warum ihr so was als Kitsch bezeichnet – sagte Franka. – Der sieht doch ganz gut aus.

– Das ist Kitsch, weil vielleicht gerade zweihunderttausend Leute genau so einen Vogel ansehen – sagte Mac. – Die werden maschinell produziert, und sie verkaufen sie dann als Handarbeit.

– Mich beunruhigt nicht der Kitsch, sondern der großmütige Zigeuner. Irgend etwas stimmt nicht mit denen. Wo habt ihr jemals einen Zigo gesehen, der nicht bettelt, sondern dir noch etwas schenkt.

Ich meinte ernst, was ich sagte.

– Dieser Reiher – witzelte Toni – ist in Wirklichkeit ein Trojanisches Pferd. Innen drin ist sein Sperma, mit dem er uns befruchtet, wenn wir eingeschlafen sind. Dann werden wir alle Zigeuner. So vermehren die sich.

Er war ziemlich betrunken, als er das sagte. Ich beobachtete, wie sein Gesicht in Frankas Haar verschwand. Vermutlich suchte er ihr Ohr, um seine Zunge hineinzuschieben. Ihr war das unangenehm. Sie stand auf, stützte ihn mit ihrem Körper, und so gingen sie, schwankend, ins Zimmer.

– Dreh uns noch einen, dann gehen wir auch ratzen – sagte Mac.

Während ich drehte, konnten wir wieder Frankas perlendes Lachen hören. Es lag jetzt etwas Großes darin. Es war ein Lachen, das sich, wie der Rauch der Zigarette, die der Delinquent vor dem Erschießen raucht, irgendwo in höheren Sphären verliert, als sei es drauf und dran, nach den Sternen zu greifen. Einige Zeit schwiegen wir, vertieft in die Horoskopzeichen am Himmel, und dann sagte Mac: – Würde ich mich jetzt mit Heptanon vollfressen, könnte ich dir die Ähnlichkeit aufzeichnen zwischen Jungfrau und Aasgeier, zwischen Nonne und Aasgeier, zwischen Aasgeier und Aasgeier ...

Das Lachen im Zimmer wurde immer stiller. Ich konnte mir Toni vorstellen, wie er ihr etwas ins Ohr sagte und wie der Luftstrom aus seinem Mund die Kanälchen ihrer Ohrmuschel kitzelte.

– Horch! – riß sich Mac auf einmal los.

Ich drückte meine Zigarette aus. Wir schwiegen.

– Hörst du?

Wir konnten das Schlagen von Flügeln hören. Als würde sich die Luft an einzelnen Stellen verdichten und wieder verdünnen. Lange schwiegen wir und lauschten dem stillen Flug. Der leichte Burin trug für Momente den Geruch von Lorbeer und gestocktem Schafsblut heran.

– Das sind die Zigeuner – sagte ich. – Sie lassen sie fliegen.

– Wen?

– Die hölzernen Reiher – sagte ich. – Jetzt fliegen sie, und morgen früh kehren sie in ihre hölzernen Körper zurück und werden wieder zum Kitsch an den Stränden von Cres, Lošinj oder Rab.

Noch einige Zeit lauschten wir diesem Flattern, und dann trat Stille ein. Auch das Lachen aus dem Zimmer war nicht mehr zu hören.

[Trauriges Märchen von Clara Schumann und den Gebrüdern Grimm]

1. Ich erzähle dir das Leben

Anfang Juni, wenn die Linden zu duften beginnen, zeigte Python gern seinen Schwanz. Er tat das nahe der Bühne des sommerlichen Discoclubs in der Varšavska. Er öffnete seinen Schlitz und erlaubte *ihm*, in dem diskreten Halbdunkel zärtlich an seinem Schenkel herabzuhängen wie ein lieber Freund. Sein Ding war lang und erinnerte an einen Gartenschlauch. Wir hielten uns in sicherer Entfernung und bogen uns vor Lachen. Er stand dort mit einem Tuborg in der Hand, quatschte die Mädchen an und lud sie zum Gespräch ein. Er sah gut aus, und gewöhnlich willigten sie ein. Ich, der ich als einziger damals eine Stoppuhr hatte, maß die Zeit vom Beginn des Gesprächs bis zu dem Augenblick, in dem das Mädchen Pythons Schlange erblickte und entsetzt davonlief. Wir wunderten uns immer wieder, wie lange das dauerte.

– Das ist, weil dir die Frauen zuerst in die Augen sehen – erklärte er. – Ich erzähle ihnen einen ganzen Roman, bevor ihnen der Freund von da unten zuzwinkert.

– Ich verstehe nur nicht, daß sie den Gestank nicht bemerken – warf Željko ein, der später einer der jüngsten Manager der Chanelvertretung für Kroatien werden sollte.

Tief im Innern jedoch war Python ein romantischer Mensch. Ihn faszinierte die bekannte Liebesgeschichte zwischen dem Komponisten Robert Schumann und dessen Frau Clara, einer hervorragenden Pianistin, der Tochter seines Klavierlehrers. Diese Verbindung zwischen einem, der schafft, und einer, die das Geschaffene in Realität verwandelt, hatte ihn völlig in den Bann geschlagen. So stellte er sich im Grunde die ideale Verbindung vor. Aber das verbarg er sorgsam.

– Komm, Kleine! – machte er sich wichtig, das Bier in der Hand, während sie Schnulzen spielten. – Laß dir sagen, wie unsere Zukunft aussehen wird.

Und sobald das Mädchen bei ihm stand, spulte er seinen Roman ab: – Wir lernen uns in der Varšavska kennen, Liebe auf dem Gymnasium, dann gemeinsam auf die Uni, gemeinsames Lernen, Streit mit den Alten, Skiurlaub in Österreich, eine Abtreibung, mehrere Trennungen, immer weniger als einen Monat, dann Diplom und Heirat. Dann eine Mietwohnung in Dubrava*, die Winter beim stinkigen Ölofen, das Kind kommt mit Kaiserschnitt zur Welt, deine Thrombose und meine Geliebte, die kleine Brünette aus dem Büro. Dann der Schlaganfall deines Alten und unser Umzug in seine Wohnung, das tägliche Wechseln der Windeln von Opa und Enkel, bei Musik von Jacques Brel.

Und wir hinter der Balustrade machten uns naß vor Lachen. Das Mädchen begriff, daß etwas nicht stimmte, aber ihr Mund lächelte noch immer. Originell ist dieser Knabe, dachte die Ärmste, und auch hübsch.

Sie hörte ihm zu, und sie war sich sicher, daß ihr Leben nicht so aussehen würde, daß alles schöner sein würde, für sie war alles noch Komödie. Python fuhr fort.

– Und dann kommt dieses verdammte Unglück: Unser Söhn-

* Zagreber Vorstadt

chen, unser Engel, wird vom Postboten auf dem Moped zusammengefahren. Vielleicht hat er irgendwem ein Telegramm mit guten Nachrichten gebracht. So stirbt unser Kind an inneren Blutungen, und der Methusalem scheißt weiter in die Windeln. Er hat auch einen guten Appetit. Am Tag, an dem unser Söhnchen stirbt, gehen wir ins Krankenhaus, um seinen kleinen Körper zu übernehmen. Wie wir wieder aus der Klinik herauskommen, stellen wir fest, daß unser Auto gestohlen wurde. Ein Golf auf Kredit.

Das Mädchen stand da mit aufgerissenen Augen und sah ihn erschrocken an wie einen Kranken. Der Autodiebstahl hatte sie offensichtlich beeindruckt.

– Und dann fange ich an zu weinen – röhrt Python – und auf dem Parkplatz des Kinderkrankenhauses hole ich mein Ding heraus und brülle: »Das Leben ist ein Schwanz!!!«

In dem Moment senkt Python den Blick auf sein Ding, und das Mädchen begreift, daß es die ganze Zeit über draußen gewesen ist. Daß sie schwanger geworden ist, daß sie mit Python ihr Leben verlebt hat, aber daß sie den Schwanz nicht gesehen hat. Sie verschwindet stolpernd auf hohen Absätzen, als wäre sie im Schlangenauge sich selbst im Alter begegnet.

2. Clara Schumann

Bei Klara war es anders. Als sie am Schluß der Geschichte, zwischen dem Tod des zweijährigen Töchterchens und dem Diebstahl des gebrauchten Škoda, Pythons entblößtes Ding bemerkte, sagte sie tapfer: – Ich habe schon Größere gesehen.

Damit hatte sie ihn an der Angel. Denn er glaubte ihr nicht. Und als sie dann noch zu ihm sagte, sie heiße Klara, war es ganz aus mit ihm.

– Ich liebe den Namen Klara – gurrte er – er erinnert mich an Clara Schumann.

Das war gegen Ende der dritten Klasse Gymnasium*, und von da an sahen wir Python nicht mehr so häufig. Manchmal kam er noch gegen Mitternacht in die Varšavska, wenn er Klara nach Hause gebracht und ihr nicht seinen Schwanz gezeigt hatte. Jetzt gehörte er nicht mehr nur ihm, und deshalb hielt er ihn unter Verschluß. Später gab es an den Orten, wo wir zusammenkamen, nur noch Nachrichten von Python. Gleich nach der Matura war er zum Militär gegangen und hatte rasch geheiratet. Auf den Fotos von der Hochzeit sah man Python, bleich und abgemagert im schwarzen Anzug, wie er irgendwohin in die Zukunft schaute, und Klara, bei der auch das barocke Hochzeitskleid nicht die große Rundung ihres Bauches verhüllen konnte.

Wir hörten, daß er ein Geschäft mit Fahrradteilen eröffnet habe. Sein Alter, der ziemlich begütert war, habe für ihn eine Kooperation mit der slowenischen Firma Rog arrangiert, und man erzählte, er habe in kurzer Zeit ein ziemliches Kapital erworben. Als sein Töchterchen Lena geboren wurde, fingen sie mit dem Hausbau auf dem Goljak an. In den folgenden Jahren trafen wir ihn nur zufällig, an Ampeln und Tankstellen, und dann erzählte er im Telegrammstil, er arbeite zwölf Stunden täglich, habe sein Haus fertig, besitze eine ganze kleine Fabrik für Metallteile, weite sein Tätigkeitsgebiet auf die Gastronomie aus, habe ein Appartement auf Rab gekauft, Lena und Klara gehe es gut.

Zu Anfang des Krieges erreichte uns im Bistro Dinara, wo wir uns damals regelmäßig trafen, die Nachricht, daß Python unvorsichtigerweise eine überschuldete Fabrik für Holzverarbeitung gekauft und daß ihn die Bank völlig vernichtet habe. Wieder kamen die Nachrichten eine nach der anderen, bei Kognak und

* S. Anm. S. 56

Darts. Zuerst erfuhren wir, daß er die Fabrik verloren habe, und später auch das übrige: In der *Arena* waren Fotos von ihm erschienen, wie er die Delogierungsequipe mit der Pistole bedrohte. Daraufhin landete er im Gefängnis, und Haus und Werkstatt wurden versteigert.

– Jetzt zeigt er seinen Zebedäus nicht mehr – kommentierte ich.

– Die Pistole ist ja auch ein Phallussymbol – erklärte Ivan, dessen Bruder, ein Bestattungsunternehmer, unlängst tödlich verunglückt war. Alle mußten lachen. Aber es war ein bitteres Lachen.

Die Zeit, in der die Stadt voller fremder Soldaten war, verbrachte Python im Gefängnis, und seine Frau und sein Töchterchen waren ohne Geld. Einmal kam Željko mit einer Neuigkeit ins Dinara.

– Ich habe Klara vor dem Esplanade* gesehen – sagte er. – Sie trug ein enges T-Shirt und einen Minirock bis knapp unter dem Hintern, und als ich sie grüßte, tat sie, als sähe sie mich nicht.

Wir waren erschüttert. Im Laufe dieses Jahres kamen uns Geschichten zu Ohren, in denen Klara aufreizend angezogen in gute Automobile mit ausländischen Kennzeichen stieg oder einfach an irgendeiner Ecke auf ein Taxi wartete. Und dann, eines Nachmittags im Mai, kam statt der Geschichten Python. Er war mager und wirkte abwesend, wie auf dem alten Bild von der Hochzeit. Er war gerade aus dem Gefängnis gekommen, und noch während seiner Strafverbüßung war das Scheidungsverfahren durchgeführt worden.

– Einen Bitter! – rief er dem Schankbeamten zu, und innerhalb der nächsten Stunde kippte er zehn Pelinkovac hinunter. Er war ziemlich betrunken, als er sagte: – Ich habe den Namen Klara geliebt, denn er erinnerte mich an Clara Schumann ...

* Hotel in Zagreb

– Aber dann hast du ihr Bild auf dem Hundertmarkschein gesehen – warf Željko ein.

– Ja – gurgelte er.

Und man sah, daß die Scham in ihm stärker war als die Wut.

3. Die Wette

Am letzten Dienstag im Mai, als nach kurzem und schwerem Todeskampf eine weitere Staatsbank zusammengebrochen war, kam Python wütend ins Bistro Dinara gerannt und bot den Anwesenden an, für tausend Mark der Frau des Regierungspräsidenten seinen Schwanz zu zeigen.

– Du kehrst also zu deinem alten Hobby zurück – kommentierte ich.

– Und das kriege ich schriftlich! – krächzte er.

– Ja. Im Polizeiprotokoll – sagte ich.

– Und wie willst du das machen? – fragte Željko. – Ich kann wetten, ich will aber nicht mit ansehen, wie dir die Geheimpolizei eine Zystoskopie mit dem Elektroknüppel macht.

– Hat hier jemand so viel Saft im Sack, darauf zu wetten? – schrie Python. – Ich hab den Schwanz, seid ihr jetzt keine Weicheier!

– Und was kriegen wir, wenn sie dich umbringen? – fragte ich, so sanft ich konnte.

– Dann kriegt ihr diesen Lappen hier. Das ist das einzige, was mir geblieben ist.

Er zog einen Tausendmarkschein mit dem Bild der Gebrüder Grimm heraus. Ich mußte an meine Kindheit denken.

– Dies ist mein letztes Märchen – erklärte er.

– Und wir werden ihn hier am Tresen deponieren, bei Ibi – sagte ich. – Für den Fall, daß du es dir überlegst.

– Okay. Aber ihr werdet euren Einsatz auch hier deponieren. Ihr seid zu fünft, jeder dreihundert, das macht anderthalbtausend. Die Sache ist doch wohl anderthalbtausend wert.

– Durchaus – sagte Željko fröhlich. Offenbar hatte er befürchtet, Python würde von jedem von uns einen vollen Tausender verlangen. Wir verabredeten, daß wir am nächsten Tag das Geld bringen würden und daß Python vom Dinara aus direkt in Aktion treten sollte. Ihm auf diese Weise aus seiner Notlage zu helfen, schien uns akzeptabel. Ich bestellte eine Runde, damit wir die Sache begießen konnten.

Später, als er sich in sein persönliches irdisches Jammertal zurückgezogen hatte, begannen wir mit der Analyse.

– Wahrscheinlich wird er es auf irgendeiner Wohltätigkeitsveranstaltung oder so tun. Das wäre am gefährlichsten, denn da wimmelt es immer von Scharfschützen. Die werden ihn abschießen, bevor er dazu kommt, seinen Mantel aufzuknöpfen, geschweige denn, daß er noch an seinem Schlitz herumfummeln kann.

– Ich glaube nicht, daß er den Mantel aufknöpfen wird – sagte ich. – Er ist nicht dumm. Er muß dort schon nackt auftauchen, sie müssen sehen, daß er unbewaffnet ist. Ich glaube, daß er nackt auftreten wird, egal, wo, alle werden schockiert sein, und in den paar Sekunden, wo die Wächter noch gar nicht kapiert haben, was los ist, wird er vor der Frau stehen und ihn ihr zeigen.

– In diesem Fall müßte er ihn in die Hand nehmen, damit man sieht, wie er ihn ihr zeigt. Und dann kann ihn auch ein Journalist fotografieren.

– Ich glaube, er rechnet mit dem Fernsehen – sagte Željko.

Am nächsten Morgen um zehn erschien Python am Eingang zum Dinara in dunkelblauem Festanzug mit weißem Hemd und bordeauxfarbener Krawatte.

– Hast du gesehen, wie der aussieht? – sagte Ivan. – Wie ein Parlamentsabgeordneter.

Seit dem frühen Morgen hingen wir im Dinara unter dem Dartsautomaten herum.

– Oder, als wollte er zu einer Beerdigung – fügte Željko hinzu. – Ich würde mich auch gern in so einem Anzug einäschern lassen.

– Jetzt werde ich ihn ihr zeigen – verkündete Python und bestellte einen doppelten Wodka. Ich konnte ihn verstehen. Er brauchte so etwas wie Mut.

Doch da tat er etwas Seltsames. Er hob das Glas vom Tresen, nahm das Eis heraus und sah sich um, wie jemand, der eine Schweinerei im Schilde führt. Dann knöpfte er sorgfältig seinen Schlitz auf und holte ihn zärtlich heraus. Wir starrten auf sein Werkzeug, schockiert. Uns wehte der Duft von Blütenseife entgegen, Veilchen oder Jasmin. Und dann tauchte er ihn, gewaschen und parfümiert, in den Wodka. Er mußte das Glas schräg halten, damit das ganze Köpfchen bedeckt war.

– Sagt mir, wenn er violett wird – stieß er mit geschlossenen Augen und zusammengepreßten Lippen hervor. Offensichtlich brannte es ihm.

– Er will, daß er ihm noch ein bißchen anschwillt – flüsterte Željko.

Jetzt schwiegen wir, sahen aufmerksam auf das Köpfchen und warteten, daß sich die Farbe zeigen sollte. Wir standen im Halbkreis und starrten auf das Glas und das riesige Köpfchen. Als würde er uns von da drinnen etwas sagen. Etwas, was wir bis dahin nicht gewußt hatten.

– Und jetzt auf in den Kampf! – rief er nach einiger Zeit und verstaute ihn in der Hose. Wir hielten ihm natürlich die Daumen, ungeachtet der Wette.

– Viel Glück! – sagten wir.

4. Madame Butterfly

Wir hatten den ganzen Tag über keinerlei Nachrichten von ihm erhalten; kurz vor sieben kam Python ins Dinara. Wir arbeiteten gerade unsere Frühabendschicht vor dem Dartsautomaten ab. Er marschierte herein wie ein Triumphator, die Hände in den Taschen des Abgeordnetenanzugs und irgendein Magazin unter die Achsel geklemmt.

– Erledigt – sagte er geheimnisvoll. Ehrlich gesagt, hatten wir ihn erst in ein paar Tagen erwartet, wenn er aus dem Gefängnis kommen würde. Ich suchte nach blauen Flecken und Spuren von Gummiknüppeln, aber es war nichts zu sehen. Er schien unversehrt zu sein.

– Erzähl schon! – sagte Ivan ungeduldig.

– Zuerst muß ich was trinken – antwortete er. – Interessiert euch denn so sehr, wie ihr die Kohle verloren habt?

– Uns interessiert, was passiert ist – sagte ich – und wie du uns beweisen kannst, daß wir verloren haben.

In der Zwischenzeit hatte Ibi ein großes Bier eingeschenkt und es vor Python hingestellt.

– Ich weiß nicht, wo ich anfangen soll – sagte er und sah uns an.

– Fang ganz vorne an – warf ihm Ivan zu. – Und erzähl uns keinen Scheiß.

– Es hat auf der Toilette begonnen. Als das mit der Bank passierte, hab' ich blutigen Durchfall gekriegt. Ich habe die ganze Nacht geschissen. Alles, wofür ich gearbeitet hatte, war auf einmal zunichte. Und Klara hatte im Klo alte Zeitungen liegenlassen. Dort fand ich auch dieses *Cosmopolitan.*

Er warf das Magazin auf den Tresen. Alle starrten wir auf das Gesicht der Schauspielerin auf der Titelseite. – Hier drin haben sie Frauen von Politikern interviewt, sie gefragt, womit sie sich beschäftigen, was sie kochen, wo sie ihre Kleider kaufen, was für Musik sie hören. Da habe ich gelesen, daß unsere erste Dame eine moderne Frau ist, die trotz der hohen Stellung ihres Mannes ihre Arbeit beibehalten hat.

Python hielt inne und nippte an seinem Bier. Und wir, um ihn herum, warteten fiebrig. Er trank, und wir standen da, starrten auf seinen Mund und warteten.

– Was soll denn das jetzt wieder? – wurde Željko ungeduldig. – Pause für die Werbung?

– Und? – sagte ich – was macht die gnädige Frau?

– Die Dame ist Fachärztin für Haut- und Geschlechtskrankheiten!!!

– Was? – sagte Ivan.

– Das heißt, sie heilt Schwänze – sagte Python und warf die Diagnose mit Stempel und Unterschrift auf den Tresen. Vorname und Familienname stimmten, aber die Unterschrift war unleserlich. Eine richtige Doktorenschrift.

Wir waren sprachlos. Als hätte er uns eine Bestätigung mit der Unterschrift von Madonna gezeigt.

– Und noch etwas ... – sagte er stolz – sie hat ihn in den Händen gehalten.

– Ist er dir hochgekommen? – fragte ich. Ich wollte die ganze Wahrheit.

– Deshalb habe ich ihn ja auch eingetaucht, dann hat er nämlich keine Lust hochzukommen, und er sieht krank aus.

Wieder schwiegen wir. Eine würdevolle Stille breitete sich im Lokal aus. Doch dann, nach einiger Zeit, ergriff Ivan das Wort.

– Ibi – sagte er feierlich – zück die Kohle und zahl den Helden aus! Und uns gib noch eine Runde!

– Ein kleiner Mann, aber ein großer Schwanz – fügte jemand voller Bewunderung hinzu.

Ibi schüttete einen Haufen Scheine auf den Tresen, und

Python machte sich genüßlich daran, sie zu ordnen. Hunderter auf Hunderter, Fünfziger auf Fünfziger und so weiter. Dann griff er nach seinen Gebrüdern Grimm und begann sie auf dem Tresen zu bügeln. Als wäre sein Märchen zerknittert, aber in Wirklichkeit wollte er uns nur verarschen.

– Ibi, stell mal den Tele lauter – sagte Željko – die Tagesschau beginnt.

Jetzt starrten wir alle auf den Bildschirm, nur Python betrachtete sein buntes Häufchen. Zuerst kam eine Reportage über einen Streik der Landwirtschaftstreibenden. Man sah Traktoren, die seitlich an leeren Straßen geparkt waren, und dann sprach ein älterer Mann mit einer Tito-Mütze auf dem Kopf über die Probleme der Bauern und deren Forderungen an den Premier.

Dann erschien der Premier. Wir fingen alle an zu pfeifen, einstimmig, mit gerecktem Mittelfinger. Als würden wir auf Gott deuten. Der Premier erzählte etwas.

– Seid still, damit wir hören, was er sagt – rief Željko. Das Gesicht des Regierungschefs glich einer Totenmaske. Es war, als wüßte er, daß Python seiner Frau seinen Schwanz gezeigt hatte. Doch der Premier gab gerade seinen Rücktritt bekannt. Wir waren totenstill. Hätte es Fliegen um uns herum gegeben, wir hätten sie gehört. Er sagte, er habe schon früh am Morgen, gegen acht, dem Staatspräsidenten sein Kuvert mit dem Rücktrittsgesuch überreicht, und der Präsident habe angenommen. Er erklärte, daß er wegen einer Reihe von Umständen sein Wirtschaftsprogramm nicht habe durchführen können und deshalb zurückgetreten sei. Beim Wörtchen »zurückgetreten« hob Python instinktiv den Blick von dem Berg Kohle. Wir starrten alle wie hypnotisiert auf den Bildschirm, wo verschiedene Leute den Rücktritt des Premiers und die Folgen interpretierten.

– Wenn der Kerl schon um acht zurückgetreten ist – sagte

Python mit rauher Stimme – dann war sie um zehn nicht mehr die Frau des Premiers.

– Das ist doch egal – tröstete ihn Ivan. Wir wollten ihm alle dabei helfen, diesen schrecklichen Augenblick zu überstehen.

In gewisser Weise hatten wir alle eine Niederlage erlitten, aber verzweifelt war nur Python. Wütend starrte er auf die Haufen geordneter Geldscheine auf dem Tresen.

– Alles, was ich im Leben in die Hand nehme – gurgelte er – wird zum Schwanz.

– Menschenskind, du hast eine große Sache gemacht – sagte ich. – Davon wird man in Zagreb noch jahrelang sprechen.

Python indessen holte in seiner Verzweiflung mit der Hand aus und fegte alles vom Tresen. Gläser und Flaschen und natürlich auch die Geldscheine. Der Haufen Hunderter fiel in die Spüle voller Lauge zum Gläserwaschen. Nach dem ersten Schock stürzten wir hinzu. Wir fischten die nassen Geldscheine heraus und legten sie auf den Rand der Spüle. Sie waren glitschig, schlaff und klebten an der glänzenden Unterlage aus rostfreiem Stahl. Wie getränkte Schmetterlingsflügel.

[Symmetrie eines Wunders]

I. Die sechste Station

Vor vielen, vielen Jahren, als sie noch eine Familie waren, spazierten Ivan und seine Eltern eines Wintersonntags um den zugefrorenen See im Maksimir-Park. Es war die Zeit vor Weihnachten, und der Park, die Spaziergänger, selbst die Bäume wirkten irgendwie feierlich. Doch dann erblickten sie am Ufer eine Gruppe von Menschen und einen Typen, der auf ein größeres Loch im Eis deutete. Sie sahen das stahlfarbene Wasser, zerbrochene Stücke Eis und neben dem Loch eine umgestülpte Schirmmütze und eine mit regelmäßigen roten Buchstaben beschriebene Papptafel:

Eis ist ein Aggregatzustand, der dem gewöhnlichen Menschen ermöglicht, Christus zu sein!

Neben der Tafel stand ein Eimer mit Farbe, über den ein Pinsel gelegt war. Niemand befand sich auf dem Eis, und die Oberfläche des Wassers im Loch war gespenstisch ruhig.

Das war für alle ein schockierendes Erlebnis. Später kamen Leute mit Kameras und filmten die Gesichter der Umstehenden. Es stellte sich heraus, daß es sich um eine Art künstlerisches

Projekt handelte, um das Happening eines Malers, der in diesen Jahren mit seinen provokativen Auftritten die Menschen darauf hinweisen wollte, daß das Leben aus wohlbekannten Paradoxien bestehe, die sich hartnäckig wiederholten.

Genau fünf Jahre später starb Ivans Mutter. Es lag eine Art perfekter Sinnlosigkeit in dieser runden Ziffer. Nach dem Begräbnis schickten sie ihn weg, damit er die Winterfeiertage bei seinem Vater in Frankfurt am Main verbringe. Als die Mutter in Agonie gelegen hatte, war der Vater nicht bei ihr gewesen. Sie waren schon seit ein paar Jahren geschieden, und er hatte keinen Jahresurlaub gekriegt, um mit ansehen zu dürfen, wie seine ehemalige Frau starb. Der Brustkrebs war in die Lunge metastasiert, und alles war relativ schnell vorbei: Es ging von Oktober bis Dezember.

Der Dezember war in jenem Jahr feucht und sehr warm. Der Nieselregen, der ihnen an diesem Abend ins Gesicht sprühte, machte den Winter zum Vorfrühling. Sie standen vor dem Eingang und sahen zu, wie die letzten Käufer das Warenhaus verließen, vorbei an den Verbeugungen des Wächters. Obwohl es erst neun Uhr war und Vorweihnachtszeit, waren die Straßen verlassen.

– Jetzt sind wir an der Reihe – sagte Ivans Vater.

Sie traten näher und klopften ans Glas. Es verging mehr als eine Minute, bevor ein Mann in grüner Uniform die Tür aufsperrte.

– Da seid ihr ja – sagte er und gab dem Vater die Hand, und dann auch Ivan.

– Was machen wir hier? – fragte Ivan. Das war alles ziemlich seltsam.

– Weiß der Kleine noch nicht Bescheid? – fragte der Wächter.

– Das wird er bald. Wir müssen dem Knaben doch beibringen, wie man sich amüsiert, nicht wahr? – sagte Ivans Vater und reichte dem Wächter einen Hundertmarkschein.

Beide lachten. Ivan bemerkte, daß der in eine viel zu enge Jacke gezwängte Bauch des Wächters beim Lachen hüpfte. Auch der Gurt mit dem Revolver hob und senkte sich.

– Es ist alles arrangiert – sagte der Mann.

Ivan und sein Vater gingen nach oben. Die Rolltreppen waren abgeschaltet, und so stiegen sie langsam hinauf, zu Fuß. Wie bei einer Wallfahrt. Der Vater erklärte, welche Abteilungen sich in den einzelnen Stockwerken befanden, die sie passierten. Er las es von den großen Hinweistafeln ab, die jetzt nicht erleuchtet waren: Sport und Waffen, Ledergalanterie, Spielzeug, Herrenkonfektion.

– Kleiner, jetzt ist es Zeit, daß ich dir etwas zeige, was du bisher bestimmt noch nicht gesehen hast – sagte der Vater.

– Wollen wir uns etwas nehmen?

– Versuch es nur – sagte der Alte. – Deshalb sind wir aber nicht hier.

Sie gelangten in den vierten Stock, der vollgestellt war mit Möbeln. Hier standen Küchen, Schlafzimmer, komplett eingerichtete Salons mit Büchern und Bildern, wie in richtigen Wohnungen. Einige der Zimmerlampen waren eingeschaltet, was eine anheimelnde Atmosphäre schuf. Der Vater wählte eine Ledercouch, original Chesterfield, und sie setzten sich.

– Was machen wir jetzt?

– Wir sitzen – sagte der Vater. – Wir sitzen und warten.

Sie warteten schweigend. Ivan ließ seinen Blick durch die schwach erleuchteten »Zimmer« schweifen, während der Vater sich mit den Knöpfen auf der Chesterfield beschäftigte. Er zupfte an ihnen und drehte sie, als würde er Mäusen den Hals abreißen. Es war ein merkwürdiger Anblick, wie er da auf der Chesterfield saß, er, ein einfacher Mann, und irgend etwas mit diesen Lederknöpfen zu machen versuchte.

Und dann hörten sie ein Geräusch. Als rutschte ein feuchtes

Tuch über einen Marmorboden. Neben einer Eßzimmergarnitur wurde zuerst ein blauer Kittel sichtbar und dann auch die Person, die den Boden wischte. Das Licht war schwach, das Gesicht war nicht gut zu sehen. Dann hörte das Geräusch auf, die Person verschwand irgendwo hinter einer Schrankreihe, und kurz darauf hörten sie jemanden sprechen. Das Gesicht des Vaters war ausdruckslos. Er wartete einfach.

Jetzt sahen sie zwei Frauen in blauen Kitteln näherkommen. Eine hatte große Brüste. Die mit den großen Brüsten war die Ältere. Ihre Lippen waren schmal und nach unten gezogen. Die zweite Frau war ganz jung, sie hatte gebleichtes Haar, das am Scheitel dunkelbraun war. Um die Augen hatte sie blaue Ringe. Unter dem Kittel trugen beide einen kurzen Rock und offene Schuhe mit Absätzen.

Der Vater begrüßte sie, und sie setzten sich neben die beiden.

– Welche willst du? – fragte der Vater.

Ivan schwieg, verwirrt. Alles ging so schnell.

– Wollt ihr Mädchen einmal aufstehen? – sagte der Vater. – Damit euch der Kleine besser sieht.

– Ist es für ihn das erste Mal? – fragte die Ältere. Ihr Akzent war bosnisch, ihre Stimme rauh, ihr Mini spannte sich über ihrem Hintern. Er war aus einem Stoff, der am Körper anliegt.

– Kleiner, ich weiß, daß es für dich das erste Mal ist – sprach sie ihn an. – Ich sehe es dir an der Nase an!

– Kleiner, sieh hin – sagte der Vater. – Dies ist deine Nacht.

Die Alte hob das Röckchen und zeigte ihm ihren Hintern.

– Hör auf – sagte die junge Frau – sonst ist er ja vom Hinschauen schon fertig. Nimm den Kleinen mit, wir bleiben hier.

Die Alte ging in den Teil, wo sich die durch Schränke abgeteilten Schlafzimmer befanden.

– Such dir einen Platz aus! – sagte sie zu ihm. Die Namen der

Schlafzimmer waren auf Preisschildchen geschrieben, die an den Betten oder Nachttischen angebracht waren: Gaby, Imelda, Ozana, Ulrike. Er blieb bei Ozana stehen. Ein französisches Bett aus Teak war mit Ranken geschmückt, die Blüten oder Efeuzweige darstellen sollten. Mit solchen Efeuzweigen war auch der Spiegel am Schrank geziert. Die Alte breitete ein Leintuch über das Bett, wie eine richtige Hausfrau.

– Mach es dir bequem – sagte sie und begann ihre Bluse aufzuknöpfen. Sie zogen sich in aller Stille aus. Er war als erster fertig. Er stand dort in Schuhen und Strümpfen, sonst völlig nackt, und sein Ding war steif. Sie ging zu ihm und knetete ein wenig seine Eier. Mit der linken Hand nahm sie ein Präservativ, während sich ihre rechte noch mit seinen Eiern beschäftigte. Sie biß den Rand der Verpackung ab, fingerte das Präservativ geschickt heraus und blies in das Käppchen an der Spitze. Dann setzte sie es ihm rasch auf. Mit der Hand schob sie ein paarmal in Richtung Bauch, damit sich das Gummi völlig anlegte.

– Jetzt bist du soweit – sagte sie und klatschte ihm auf den Bauch. – Jetzt kannst du vögeln.

Es war tatsächlich sein erstes Mal. Er konnte sich überhaupt nicht konzentrieren. Ihm fielen die unmöglichsten Dinge ein. Ein dicker Mann etwa, der auf das Dach seines VW Passats kletterte und auf die Haube pinkelte. Oder eine Alte ohne Hände, die kleine Schildkröten auf dem Boden eines umgestülpten gelben Trogs verkaufte. Während er sie vögelte, bemerkte er, daß die Frau den Kopf herumwarf, als versuchte sie, seinem Atem zu entkommen. Er sah in ihr Gesicht, auf dem sich Schweißtropfen zeigten.

– Wenn du ficken gehst – sagte sie plötzlich – darfst du vorher keine Zwiebeln essen!

Und dann begann diese seltsame Idee von ihm Besitz zu ergreifen, ein Gedanke, von dem er sich nicht mehr befreien konnte. Er stellte sich diese Frau in Schwarz vor, wie sie, stockbetrunken, schwankend einen Wagen mit einem kleinen Kind schiebt. Woher kam ihm bloß dieses Bild? Für einen Augenblick blieb sie stehen, hielt sich am Wagen fest, als wäre er das einzige Feste, an das sie sich in diesem Moment klammern konnte. Auf diese Weise, dachte er, hatten sich die Bilder den biblischen Propheten gezeigt, und die hatten sie dann gedeutet. Ein paarmal fiel er ihm heraus, und sie schob ihn immer geduldig in sich zurück, aber die Sache bewegte sich nicht auf ihren logischen Abschluß zu. Immer, wenn er sich dem Höhepunkt näherte, tauchte dieses Bild mit der Frau in Schwarz auf, und die Farbe ihres Kleides hob sich vom Hintergrund, dem hellen Blau des imaginären Himmels, ab. Sie unter ihm schwitzte immer mehr, und auf einmal sagte sie: – Dort in der Tasche des Kittels sind Papiertaschentücher. Greif mal hinein!

Er streckte sich nach dem Kittel, den sie über das Nachtschränkchen geworfen hatte, und fingerte aus einer der Taschen ein Päckchen Taschentücher heraus. Sie reckte sich gemeinsam mit ihm, so daß er ihn überhaupt nicht herausziehen mußte. In der Hand hielt er jetzt dieses Zellophanpäckchen, nachdem er eines der Taschentücher mit Kieferndruft herausgezogen hatte.

– Wisch mich ab – sagte sie, noch immer mit ihrem Becken kreisend, wie eine Frau, die ihr Geschäft versteht.

Ein paarmal fuhr er mit dem Taschentuch über ihr Gesicht, um den Schweiß aufzunehmen, der sich dort angesammelt hatte. Das poröse Papier saugte mit dem Schweiß auch die Farben ihres Make-ups auf, die jetzt unregelmäßige bunte Flecken auf dem Tisch bildeten. Nach und nach wurde es Ivan bewußt, daß sich auf dem Taschentuch ein abstraktes Bild formte, das, wer weiß, wieso, einen vollendeten Gesichtsabdruck der Frau ergab.

Als er endlich fertig war, war ihm klar, daß ein Wunder immer dort eintritt, wo wir es am wenigsten erwarten.

Davon galt es Zeugnis abzulegen.

II. Seelenlandschaft von Max Jacob

Der erwachende sonnige, aber kühle Tag des Spätsommers traf sie im Auto an, als sie sich dem Gipfel des Berges näherten. Die Straße war schmal und kurvenreich, und von Zeit zu Zeit streifte der Wagen die Zweige der Brombeersträucher, die in die Fahrbahn hineinragten. Ivan hielt das Steuer mit zwei Fingern und betrachtete den Wald. Sein Freund Davor hatte es sich auf dem Beifahrersitz bequem gemacht und hielt den rechten Ellbogen aus dem Fenster.

– An dem Abend – sagte Davor – als ich meine Frau zum ersten Mal in den Arsch gevögelt habe, ist ihre Mutter gestorben. Zuerst habe ich ihr den Dickdarm gefüllt, und dann hat das Telefon geklingelt. Sie sagte nur andauernd: »Du widerst mich an!« Als wäre ich schuld gewesen.

Sie fuhren durch jenen Teil des Waldes, wo früher einmal eine Lungenheilanstalt gewesen war. Dieses Krankenhaus hatte ein bekannter Arzt für eine Schauspielerin gebaut, in die er jahrelang hoffnungslos verliebt gewesen war. Man erzählt, daß in den dreißiger Jahren auch die Füchse, die sich hier von den Abfällen aus der Krankenhausküche ernährten, tuberkulös waren.

– Und wie lange ist es her, daß deine Mutter gestorben ist?

– Fünfzehn Jahre – sagte Ivan. – Ich kann es noch immer nicht glauben. Ich werde damit einfach nicht fertig.

Dann schwiegen sie. Niemand wußte, warum. Ivan mußte an Huckleberry Finn denken und an dessen Abenteuer am Mississippi. Dieser heitere Sommertag sah aus, als hätte ihn Mark Twain erdacht. Vielleicht auch deshalb, weil sich die beiden wie Jungen fühlten.

– Ich weiß, daß du sie auch gevögelt hast! – sagte Davor auf einmal.

Ivan schwieg noch eine Zeitlang, als würde er sich auf die Straße und die Kurven konzentrieren.

– Soweit ich weiß – sagte er endlich, nachdem er nachgedacht hatte – hast du mich eingeladen, es zu dritt zu machen. Du wolltest es, als wir skilaufen waren.

– Ja – sagte Davor – ich wollte es. Ich meine, ich wollte, daß du sie vögelst, wenn ich auch dabei bin. Meines Wissens war ich, als es passierte, aber nicht dabei.

– Nein – sagte Ivan, den Blick noch immer auf die Straße gerichtet. – Aber es ist, als wärst du dabeigewesen.

Die beiden verband eine ziemlich feste Männerfreundschaft. Solche Gespräche konnten sie nur vertiefen. Eine spröde Frauenstimme in den Lautsprechern sang Fado, portugiesische Volkslieder, zu denen sich die Menschen in den Vorstädten Lissabons oft umbringen.

Sie waren schon nahe dem Gipfel. Eichen und Buchen waren von Tannen abgelöst worden, durch die die Sonne schwerer hindurchdrang. Die Luft wurde scharf und kühl. Es war dieselbe Luft, die den Tuberkulösen geholfen hatte, länger zu leben.

Ivan hielt vor einem länglichen Gebäude, das einmal gelb gewesen war, und sie stiegen aus. Sie hatten einen der Pavillons der Lungenheilstätte vor sich, von wo aus sich ein schöner Blick auf die Stadt bot. Hier blieben gewöhnlich die Liebespaare stehen und sahen der Sonne zu, wenn sie tief unter ihnen im Nebel versank.

– Mir war klar, daß sie mich nicht mehr liebte – sagte Davor – als sie aufhörte, mein Sperma zu schlucken. Wir waren oben im Dachgeschoß, ich hatte den Kamin eingeheizt, ich hatte es gern, wenn das Feuer brannte, während sie mir einen blies. Als ich fertig war, behielt sie das Sperma im Mund und rannte aufs Klo. Ich fragte sie, warum sie es nicht hinuntergeschluckt hätte, und sie sagte, es sei diesmal bitter. Wieso bitter? fragte ich. Ich war naiv. Seitdem hat sie es nie wieder geschluckt, und ich wußte, daß es vorbei war.

Ivan faßte Davor am Unterarm. Er bemühte sich, einen festen, männlichen Druck auszuüben.

– Bist du unglücklich? – fragte er.

Davor weinte. Er hockte oberhalb des Abgrunds und weinte in der Stille. Die Tränen rannen ihm übers Kinn.

– Das tut nichts zur Sache – brachte er stammelnd hervor. – Ich habe dir vergeben.

Es war ein ganz ungewöhnliches Bild: Ein Mann weinte in einer Pose, die für die große Notdurft vorgesehen ist, und unten, am Boden des Abgrunds, die Stadt.

Später, als sie auf dem schmalen Bergpfad zu einer Dependance der Lungenheilstätte spazierten, waren diese Tränen etwas, was beide so rasch wie möglich vergessen wollten.

– Es tut mir nur leid, daß ich ihr erlaubt habe, die Bilder zu behalten – sagte er.

– Wenn deine Welt einstürzt – sagte Ivan – rettest du keine Kleinigkeiten.

Sie standen genau über der kleinen Lichtung, auf der sich der am weitesten entfernte Krankenhauspavillon befand. Sie setzten sich jeder auf einen Baumstumpf und sahen hinunter auf den sonnenbeschienenen Platz. Das war gut. Dieses Sitzen, die Luft und der gemäßigte Optimismus, der sich erst einstellen sollte. Und dann bemerkten sie den Maler. Er seinerseits hatte sie anscheinend nicht wahrgenommen. Er stand vor der Staffelei und sah zu dem Häuschen auf der Lichtung hinüber, das aus dieser Entfernung idyllisch wirkte. Schwerlich hätte irgend jemand darin die Baracke wiedererkannt, in der die Tuberkulösen gestorben waren. Der Maler, mit glattrasiertem Kopf, in einem gelben, imprägnierten Overall, wie ihn die Fischer auf den Schleppnetzbooten tragen, war mit der Arbeit an seinem Bild beschäftigt. Abwechselnd sah er zum Pavillon und auf sein Bild und trug mit kurzen Strichen die Farbe auf die Leinwand auf.

– So etwas habe ich schon lange nicht mehr gesehen – flüsterte Davor. – Ich habe geglaubt, Landschaften würden heutzutage nach Fotografien gearbeitet.

Genau in diesem Augenblick tat der Maler etwas Seltsames. Er nahm einen leeren Joghurtbecher, trat ein wenig zurück, öffnete seinen Schlitz und urinierte in das Gefäß. Genaugenommen ließ er nur zwei, drei Strahlen hinein, den Rest überließ er großzügig der Erde.

– Ich scheiß' mich an, der ist ja total abgefuckt – flüsterte Ivan. Jetzt hatten sie einen wichtigen Grund, sich so zu verhalten, daß sie unbemerkt blieben.

Der Maler war in der Zwischenzeit an seine Staffelei zurückgekehrt, hatte eine Tube gelber Farbe genommen, sie in den Urin ausgedrückt und das Ganze durchgerührt. Er setzte dem Bild die gelben Töne der Sonne und der Erde auf dem schmalen Gebirgspfad hinzu. Dann machte er das gleiche mit Grün. Jetzt standen auf dem Tischchen neben der Staffelei zwei Becher, in denen der Urin mit den Farben des Sonnenspektrums vermischt war. Er setzte nun auch Grüntöne auf das Bild: Laub, Gras, frische grünliche Schatten auf dem Häuschen. Ivan und Davor hielten den Atem an, während er, unweit der Staffelei, den kompliziert konstruierten Overall herunterließ, um kacken zu können. Er kackte andächtig, den Rücken zu ihnen, den Blick ins Tal gekehrt.

– Ihm scheint das Braun ausgegangen zu sein – flüsterte Davor.

Als die ganze Kacke draußen war, wischte sich der Maler sorgfältig den Hintern. Er verbrauchte eine ganze Rolle Toilettenpapier, den Blick noch immer auf die Stadt im Tal gerichtet, als rächte er sich an ihr.

– Sieh nur, wie viel Papier! – flüsterte Davor. Seine Stimmung hatte sich wieder gehoben.

Der Maler zog sich an, kehrte zur Staffelei zurück, faßte den

Pinsel, nahm ein wenig Kacke auf und drückte dann einen Tropfen irgendeiner Farbe drauf. Es lag eine gewisse Heiligkeit in dem, war er tat. Wie sich dieser ganze Dreck in die Heiterkeit einer Landschaft verwandelte, als würde er von der Erde aufgesogen und in Schönheit zurückverwandelt, das kam einem Wunder gleich.

– Der Typ ist ja total verrückt – flüsterte Davor begeistert – warum tut er das alles?

– Das müssen wir ihn wohl selbst fragen – sagte Ivan, der von seinem Baumstumpf aufgestanden war und auf den Maler zuging, der jetzt den Himmel und die Wolken malte. Das Weiß vermischte er mit Spucke.

Der Maler war überhaupt nicht verwundert, als er sie bemerkte. Als wäre er sich die ganze Zeit über ihrer Anwesenheit bewußt gewesen.

– Passen Sie auf, daß Sie nicht in die Kacke treten! – sagte er. Er machte einen liebenswürdigen Eindruck. Im übrigen war er viel älter, als er auf den ersten Blick gewirkt hatte. Daß sein Kopf glattrasiert war, versetzte ihn irgendwohin außerhalb der Zeit.

– Ein schönes Bild – bemerkte Davor verwirrt. Offenbar wußte er nicht, was er sagen sollte. Ivan stand vor der Staffelei und studierte die groben Striche in Ölfarbe. Der Geruch von Terpentin vermischte sich mit dem unangenehmen jener anderen Substanzen, die in die Farbe eingerührt waren.

– Warum Urin? – fragte Davor endlich. Er bemühte sich, so lässig wie möglich zu klingen.

– Wie die Antwort ausfällt, hängt davon ab – sagte der Maler – ob Sie bereit sind, sie zu hören. Viele sind es nicht.

Noch immer kehrte er ihnen teilweise seinen Rücken zu und unterbrach seine Arbeit nicht. Einen Pinsel, einen dünneren, hielt er im Mund und ein paar andere in den Händen. Er sah aus wie ein Mann, den es nicht kümmert, was die anderen denken.

– Ich denke, er verarscht uns – sagte Davor. Die anfängliche Verwirrtheit schien plötzlich verschwunden zu sein, und von irgendwoher meldete sich Arroganz.

– Er verarscht uns nicht, er ist nur sehr beschäftigt – sagte Ivan. Komm, Alter – fuhr er fort – willst du uns sagen, weshalb du in die Farbe pinkelst?

– Weil ich als junger Mann Illusionen hatte – sagte er. – Da hast du das Weshalb.

Er schien sich Ivan zuzuwenden. – Dein Freund ist nicht bereit, es zu hören.

– Ich bin bereit – sagte Davor. Es lag so etwas wie pathetischer Ernst in seinen Worten.

– Wenn ich es ihm sage – meinte der Maler – bricht er dann in Tränen aus?

– Das Schwein! Er hat gesehen, wie ich geweint habe.

– Und ihr habt gesehen, wie ich geschissen habe – sagte der Maler – und ich mach' keine Szene deshalb. Euch interessiert, warum ich in die Farbe pinkle? So mache ich Bilder zum Verkaufen. Als ich jung war, hatte ich Illusionen. Ich habe nicht gemalt, sondern Performances und Installationen gemacht. Ich habe direkt an das Bewußtsein appelliert. Aber hier ist den Leuten das Bewußtsein scheißegal, sie wollen Bilder. Also gut, dann verkaufe ich ihnen eben Bilder. Kitsch. Wald, Häuschen, Wolken.

– Und alles vollgeschissen und vollgepinkelt – meldete sich Davor.

– Das habe ich in einem Buch gelesen – sagte der Maler. Er hatte mit der Arbeit aufgehört und sich ganz ihnen zugekehrt. Sein Overall war an der Vorderseite voller Farbflecken. – Dort steht, daß ein österreichischer Expressionist, Max Jacob, mit abstoßenden Körperflüssigkeiten süßliche Kitschbildchen gemalt und diese dann für viel Geld an die Kleinbürger verkauft habe.

Das mache ich auch. Die Bilder lösen sich mit der Zeit auf. Die Farbe fällt ab. Die Kacke arbeitet.

– Malen Sie auch Portraits? – schoß Ivan heraus. Er wirkte völlig ernst.

– Landschaften verkaufen sich besser. Aber manchmal male ich auch Portraits – fügte der Mann hinzu – auf Bestellung.

Eine Wolke machte etwas mit der Sonne, und die Intensität der Farben in der Natur veränderte sich plötzlich. Das Bild wirkte jetzt, in dieser momentanen Verfinsterung, unwirklich. Für einen Moment existierte die Sonne nur auf der Leinwand.

– Können Sie uns da reinbringen? – fragte Ivan.

– Was hast du vor? – meldete sich Davor. – Wovon redest du?

– Ich rede davon – sagte er – daß er uns in das Bild reinbringt.

Und dann wandte er sich an den Maler: – Wir werden es Ihnen bezahlen, wenn sie uns dort bei dem Häuschen dazumalen.

– Kein Problem – sagte der Maler. – Stellen Sie sich bei der Tür auf, und ich werde Sie dazumalen. Das ist überhaupt kein Problem.

– Du bist total durchgeknallt – sagte Davor, aber die Idee schien ihm doch zu gefallen. Er dachte nicht mehr an seine Frau. Sie postierten sich neben der Tür des Tuberkulosepavillons. Zwei Freunde in idyllischer Landschaft.

– Wollen Sie, daß ich Sie hiermit male? – deutete der Maler diskret auf die Becher mit dem Urin.

– Okay – sagte Ivan. – Die Pisse geht in Ordnung.

Und der Maler machte sich ans Werk. Sie konnten nicht sehen, was er tat, aber sie wußten, daß das, wie sich jetzt der Dreck in Heiterkeit verwandelte, als würde er von der Leinwand aufgesogen und in Schönheit zurückverwandelt, einem Wunder gleichkam.

In der Zwischenzeit war die Sonne wieder herausgekommen.

III. Der Tierkalender

1.

Wenn Sonja allnachmittäglich durch den Gang des alten Trakts der Heilanstalt von Warmbad Stubica hastete, mußte sie an dem völlig paralysierten Mädchen vorbei. Die Kleine saß regungslos in ihrem Spezialstuhl von ganz ungewöhnlicher mechanischer Konstruktion. Manchmal schob die Schwester sie vom Fenster weg, damit die starken Sonnenstrahlen nicht ihre Augen beschädigten. Dann mußte Sonja an moderne Skulpturen denken. Die Gelenkigkeit der Aluminiumkonstruktion stand in evidentem Mißverhältnis zur Verkrampftheit des Mädchenkörpers. Sie erinnerte an ein Mobile von Henry Moore und an seinen obsessiven Wunsch, die Bewegung zu beherrschen.

Nachdem die Ordensschwester sie gefüttert hatte, las sie ihr vor. Sonja hörte nie, was, vermutlich Stellen aus der Bibel, aber ihr gefiel die Idee, daß sie ihr aus dem »Dekameron« vorlesen könnte. Die Erzählung von dem falschen Engel Gabriel, der nachts eine Venezianerin besucht. Etwas Heiteres läge in dieser rührenden Begegnung: der falsche Engel und das gelähmte Mädchen ... Das hatte etwas von überirdischer Erotik, die keiner Gelenkigkeit bedurfte.

– Hast du die Kleine im Gang gesehen, die Gelähmte? – fragte die Mutter, die nach der Amputation ihres rechten Beines als Rekonvaleszentin im Warmbad war.

– Was ist mit ihr?

– Sie stehlen ihr die Höschen!

Die Sache war höchst unglaubwürdig. Doch die Mutter war hartnäckig und blieb bei ihrer Behauptung.

– Das hat mir Schwester Anđelija erzählt – sagte sie – die, die sie füttert. Jeden zweiten oder dritten Tag verschwindet ein

Höschen. Wenn sie sie ihr nicht aus dem Raum für Schmutzwäsche stehlen, ziehen sie sie der Ärmsten aus, während sie schläft. Paralysiert, wie sie ist, spürt sie es wahrscheinlich nicht.

– Das ist ja interessant – sagte Sonja.

– Die Menschen sind Schweine – sagte die Mutter.

Nachdem sie sich mit dem Mädchen angefreundet hatte, kaufte sie ihr jeden Tag eine Tafel Schokolade. Die Kleine hieß Maria und war siebzehn, was man ihr nicht ansah. Als Sonja endlich ihr Grauen bezwungen hatte, sah sie Maria interessiert zu, wie sie mit ihrer einen teilweise beweglichen Hand geschickt die Verpackung der Schokolade mit Motiven aus dem Tierreich abstreifte und das Bildchen in der Tasche ihres kurzen Bademantels verschwinden ließ. Es wurde geradezu ein Ritual: Sie reichte ihr das Täfelchen und wartete, welches Tier zum Vorschein kam. Für eine Person, für die alle Tage gleich sind, mußten sich die Bilder wie zu einem Kalender fügen. Sie stellte sich vor: Statt 14. April – sibirische Ente, statt 15. April – australisches Schnabeltier.

– Hast du gehört? – sagte die Mutter ein andermal. – Sie haben ihr wieder das Höschen gestohlen. Aber ich weiß, wer das tut. Ich habe schon längst jemanden in Verdacht. Und das Schwein will nicht die sauberen aus ihrem Schrank, sondern nur die schmutzigen.

– Sibirisches Ferkel – sagte Sonja grimmig. Das stellte die Mutter zufrieden.

Als sie sich an diesem Nachmittag von ihrer Mutter auf der Terrasse des Bistros Salambo, das von den Unbeweglichen im Rollstuhl gerne angesteuert wurde, verabschiedete, beobachtete sie etwas Merkwürdiges. Ein unrasierter älterer Mann in einer fleckigen Hose aus billigem Stoff und einer abgewetzten Jacke sagte etwas zu Maria, die vor der Fontäne geparkt war und mit jener einzig möglichen Handbewegung die Tauben fütterte. Der Mann flüsterte ihr etwas zu, als machte er ihr ein zweifelhaftes

Angebot. Er sah aus, als wäre er Alkoholiker. Maria wirkte ziemlich uninteressiert, sie konzentrierte sich auf die Vögel. Es schien ihr Spaß zu bereiten, die Vogelnahrung auf die stille Wasseroberfläche zu werfen und dabei den Tauben zuzusehen, wie sie vom Brunnenrand aus machtlos die Körnerhäufchen beäugten, die sich in unerreichbare schwimmende Inselchen verwandelten.

– Das ist das Schwein, von dem ich dir erzählt habe – sagte die Mutter. – Er führt sie seit kurzem nachmittags zum Spaziergang aus. Ich weiß nicht, woher er plötzlich kommt, aber es geht das Gerücht, er habe auch schon kleine Mädchen angefaßt, wenn hier die Sommerschwimmschule war.

Als er bemerkte, daß sie ihn beobachteten, suchte der Mann rasch das Weite.

– Du mußt zugeben, daß das verdächtig ist – sagte die Mutter.

– Das gebe ich zu – bestätigte Sonja. Und wirklich, hier gab es etwas Rätselhaftes.

– Wie immer du es nimmst – fuhr die Mutter fort – die Männer sind Tiere. Und auch dieser dein ...

– Wir wollen jetzt nicht darüber sprechen, Mama – sagte Sonja gereizt. – Ich muß gehen, ich muß morgen früh raus.

2.

Am Nachmittag darauf, als sie auf dem Weg zu ihrer Mutter war, bat sie ein junger Mann, dem beide Beine amputiert waren, so daß er in seinem Rollstuhl ungewöhnlich kurz aussah, ihn über den Kiesweg auf die kleine Erhöhung im Park oberhalb der Heilanstalt zu schieben. Sie tat ihm den Gefallen, und während sie ihn schob, kam er ihr ziemlich leicht vor. Sie hätte nie gedacht, daß so viel Gewicht in den Beinen steckt. Etwas später sah sie ihn, wie er höchst genußvoll bergab sauste und schrie: – Aus dem Weeeeeeg!

Sie und ihre Mutter saßen auf einer Parkbank. Die Mutter hatte jetzt Stöcke, sie trug eine Prothese und lernte gehen. Es stand indessen wesentlich schlechter um sie als in den vorangegangenen Wochen.

– So amüsiert er sich tagelang – erzählte die Mutter. – Er bittet die Leute, ihn auf die Anhöhe zu schieben, und dann läßt er sich runterrollen. Das ist hier für ihn die einzige Unterhaltung. Er erzählt, ihm habe, als er noch ein Baby war, eine Muttersau die Beine abgefressen.* Ich glaube eher, daß es bei einem Verkehrsunfall passiert ist.

Später fing die Mutter an, über Sonjas Mann Davor zu reden. Wie immer sprach sie von Davor voller Haß, aber Sonja ließ sie reden. Auf seltsame Weise half das der Mutter, sicherer zu gehen. Jetzt spazierten sie unter den alten Kiefern, von wo aus sie die Becken mit dem heißen Wasser sehen konnten.

– Geh hinter mir, Sonjalein – sagte die Mutter. – Sollte ich auf den Rücken fallen.

So gelangten sie wieder zu dem Brunnen, wo Maria in ihrem modernistischen Rollstuhl saß. Die Sonne ging gerade unter und verlieh den Gegenständen und der Landschaft einen orangefarbenen Ton, und Maria fütterte wieder die Tauben. Wieder standen die Vögel machtlos am Brunnenrand und starrten sehnsüchtig auf die Wasseroberfläche voller Samenkörner. Doch jetzt saß der junge Mann ohne Beine in seinem Stuhl neben ihr. Offensichtlich hatte er an diesem Tag genug vom Hinunterrollen. Auch er sah den Vögeln zu, und beide schwiegen. Man hätte an Liebe denken können, aber Sonja war überzeugt davon, daß

* Wenn der Autor hier auf Vladan Desnicas Roman *Zimsko ljetovanje* anspielt, muß es der Übersetzer ausbaden, d. Ü.

das unmöglich war. Die beiden sahen aus wie zwei kleine Tierchen unterschiedlicher Gattung, zwischen denen es nur Freundschaft geben konnte.

– Warte hier! – sagte sie zu ihrer Mutter. – Ich will der Kleinen die Schokolade bringen.

Als sie näherkam, sah sie, daß der junge Mann irgendwo ein weißes Kuvert herauszog und es unauffällig in die Tasche von Marias Bademantel gleiten ließ. Es hatte ausgesehen wie ein Liebesbrief, aber Sonja war sich sicher, daß Liebe unter derartigen Umständen sehr fern war. Sie hätte gern gewußt, was in dem Kuvert war.

3.

– Die Kleine hat überhaupt keine Höschen mehr – sagte die Mutter zu Sonja, als sie zwei Tage später wieder in der Heilanstalt erschien. – Das hat Schwester Anđelija festgestellt, als wir Maria zur großen Notdurft brachten. Und jetzt hat ihr die Schwester, stell dir vor, ihre Unterhose geliehen, damit die Kleine eine hat, bis sie ihr neue gekauft haben.

– Und wer kauft sie ihr?

– Die Schwestern aus dem Krankenhaus, die besorgen sie ihr, unten im Kaufhaus.

Die Sache war zugegebenermaßen merkwürdig. Manchmal, im Bus, ertappte sich Sonja bei dem Gedanken an diese Höschen und die ganze seltsame Geschichte. Wenn dann der Bus in das Städtchen einbog, fühlte sie sich, als wäre sie in eine TV-Serie geraten und als erwarteten sie hier neue Folgen.

An diesem Abend kam sie zu dem Schluß, daß in bezug auf Marias Höschen etwas unternommen werden mußte. Sie hatte nämlich gerade diesen unrasierten Menschen im Gang gesehen, wie er vorsichtig nach links und rechts schaute und dann unauffällig in Marias Zimmer schlüpfte. Er hinterließ den schweren Geruch von Alkohol. Zu dieser Zeit hätte Maria beim Brunnen sein sollen, aber Sonja erinnerte sich nicht, sie dort gesehen zu haben. Sie schlich zur Tür und wollte sie gerade aufreißen, um das Schwein auf frischer Tat zu ertappen, als sie aus dem Zimmer Sprechen hörte. Sie erkannte Marias Stimme.

– Bitte, nimm es! Ich brauche es nicht – sagte Maria.

Der Mann lehnte hartnäckig ab, dieses Etwas zu nehmen.

– Ich kann es nicht annehmen – sagte er. – Das ist nicht in Ordnung.

– Glaub mir – sagte Maria – ich weiß, was ich tue. Komm, nimm auch das Album, die Schwester hat alle Bildchen eingeklebt. Man kann es an die Firma Kraš schicken, und dann kriegt man Süßigkeiten für Kinder.

Jetzt waren aus dem Inneren des Raumes raschelnde Geräusche zu hören, als würde der Mann in etwas blättern.

Als er herauskam, hielt er das Album aus dem Tierreich unter der Achsel und in den Händen ein paar bläuliche Geldscheine, die er langsam zählte. Gleich nach ihm ging die Schwester ins Zimmer, auf dem Wagen die Gefäße mit dem Abendessen.

4.

Am Montag wurde es spürbar wärmer, und in der Luft lag der Duft des späten Frühlings. Als sie die ersten Male ihre Mutter besuchte, waren gerade die Forsythien und die ersten Schlüsselblumen herausgekommen, und jetzt standen schon die Rosen in Blüte. Bevor sie zum Zimmer ihrer Mutter ging, suchte sie Doktor Bernstein auf, und der zeigte ihr die Befunde. Ihr fiel eine merkwürdige Parallele auf. Je dicker die ärztliche Dokumentation ihrer Mutter wurde, je mehr sich die Papiere häuften, desto magerer wurde diese selber. Ihr Schlüsselbein trat hervor, sie ähnelte sich auf den Fotografien von vor dreißig und mehr Jahren. Als würde die Jugend jetzt in dieser ironischen Form zurückkehren.

Sie traf sie im Zimmer an, wie sie in ihrem Rollstuhl im Sitzen schlief. Ihr Mund stand offen, und in den Winkeln hatte sich Speichel gesammelt. In ihrem Schoß lag das Buch, das sie gerade las. Agatha Christie, »Tod auf dem Nil«. Heute abend hatte sie nicht die Kraft für einen Spaziergang, auch die Farbe ihrer Haut hatte sich irgendwie verändert. Das versprach nichts Gutes.

– Schieb mich zum Platz – sagte die Mutter zu ihr. – Vielleicht treffen wir dort jemanden.

Der Platz war der Ort, von dem die Krankenhausflure in fünf Richtungen ausgingen, er wirkte wie ein unregelmäßiger Stern. Auf dieser Gabelung, deren Nordwand durch ein Mosaik mit Zagrebmotiv geschmückt war, trafen sich die immobilen Kranken, plauderten, unterhielten sich und lachten manchmal. Am häufigsten lachten sie über sich selbst, als würden sie etwas rechtfertigen.

An diesem Abend war jedoch niemand auf dem Platz, und so machten sie sich auf eine ziellose Fahrt durch das Labyrinth dieser theresianischen Heilanstalt. Langsam wurde es dunkel. Plötzlich erblickten sie an einem kleineren Knotenpunkt den Schatten von Marias Spezialrollstuhl. Sie hörten auch ein ihnen irgendwie bekanntes Geräusch, aber als sie zu Maria kamen, schlief sie. Oder es schien zumindest so.

– Hast du das gehört? – fragte die Mutter mit schwacher Stimme.

– Als hätte sich jemand im Rollstuhl entfernt – sagte Sonja. Es war zweifellos das Geräusch von nicht geschmierten Rädern gewesen.

Als sie zu der Stelle kamen, wo der Gang eine Biegung machte, sahen sie Schwester Anđelija, die den Wagen mit dem Essen schob. Alles wirkte normal.

5.

Als sie am nächsten Tag in das Zimmer ihrer Mutter trat, stand Doktor Bernstein an deren Bett und instruierte die Schwester, die der Mutter gerade eine Infusion anlegte. Sie erschrak. Noch mehr, als sie Doktor Bernstein sagen hörte, daß die Operation erfolgreich gewesen sei und die Wunde »prima« verheile. Genau so drückte er sich aus. Wahrscheinlich glaubte er in dem Moment selbst daran. Dann aber, als er Sonjas erschrockenen Blick sah, sagte er, Gangräne sei eine Krankheit des »ganzen Körpers« und nicht nur eines Beines, jenes abgenommenen, und Komplikationen seien immer möglich. Die Mutter war bleich und schien zum Gewicht einer Zwanzigjährigen zurückgekehrt zu sein. Ihre Haut indessen hatte kein Verständnis für derartige Gewichtsoszillationen und hing jetzt herab unter sehr phantasievoller Faltenbildung. Ein Maler hätte in einem abstrakten Bild viel daraus machen können.

Den ganzen Nachmittag und einen Großteil des Abends verbrachte Sonja am Bett ihrer Mutter. Die Mutter durfte sich wegen der Infusion nicht viel bewegen und wiederholte ständig, sie habe einen süßen Geschmack im Mund. An der Art, wie sie sprach, war zu erkennen, daß sie die Kraft verließ. Gegen Abend kam die Schwester und wechselte die Flasche.

– Es wird alles gut werden, gnädige Frau – sagte sie zu Sonja und faßte sie an der Schulter. Es war ein kurzer, aber fester Druck, der, ihren Worten zum Trotz, besagte, daß nicht alles gut werden konnte. Die Mutter war eingeschlafen.

Gegen neun Uhr beschloß Sonja, sich ein wenig die Beine zu

vertreten. Außerdem fiel ihr ein, daß sie noch die Schokolade für Maria in der Tasche hatte. Obwohl sie mittlerweile wußte, daß das gelähmte Mädchen viel älter war, als es wirkte, kaufte sie ihm weiterhin Schokolade. Wer weiß, warum. Sie irrte durch die Gänge der Heilanstalt, konnte Maria aber nicht finden. Sie schaute auch in den Lesesaal und blieb dann einige Zeit dort. Zwischen den Zeitungen und Zeitschriften entdeckte sie auch ein paar pornographische Magazine, die vermutlich die Männer aus der Heilanstalt bestellt hatten.

Endlich, als sie schon aufgegeben hatte, entdeckte sie den jungen Mann ohne Beine, wie er in seinem Rollstuhl in Richtung Zimmer ihrer Mutter raste. Mit beiden Händen war er mit den Rädern seines Gefährts beschäftigt, und in seinem Schoß lag etwas Eingewickeltes.

– Ich habe mich beeilt, um Sie noch hier anzutreffen – sagte er, als wäre er aus irgendeinem Grunde erleichtert. – Ich habe eine Bitte. Können Sie dies hier bitte für mich aufgeben? Ich habe heute die Zusteller versäumt. Unten bei der Haltestelle, das Amt ist bis halb zehn geöffnet.

Er reichte ihr ein kleineres Päckchen aus braunem Papier, das an den Ecken mit Klebestreifen befestigt war. Um das Päckchen herum war kreuzweise eine dünne Schnur gebunden.

– Kein Problem – sagte sie abwesend und übernahm das Päckchen. Der junge Mann bedankte sich und rollte langsam davon. Dabei konnte sie sehen, wie ihm der Schweiß den geschorenen Nacken hinunterrann.

Sie kehrte ins Zimmer ihrer Mutter zurück, und als sie sah, daß die alte Frau noch schlief, nahm sie ihre Handtasche und machte sich auf zur Post. In dem Päckchen, das sie in der Hand hielt, war etwas Weiches, das unter der Hand seine Form veränderte. Darauf stand die Adresse von irgend jemandem, doch es gab keine Angabe des Absenders.

Nichts an diesem Päckchen war verdächtig gewesen, aber es ging ihr einfach nicht aus dem Sinn. Der Bindfaden, mit dem es verschnürt war, die Adresse und das Wachssiegel, das ein schläfriger Beamter, dem an der rechten Hand der Mittelfinger fehlte, aufgedrückt hatte.

Sie mußte auch im Bahnhofsrestaurant daran denken, wo sie mehr als eine Stunde zuzubringen hatte, bis zum Nachtbus nach Zagreb. Eine Gruppe einheimischer Säufer stritt sich am Tresen über die Aufstellung der Fußballnationalmannschaft, und ein paar Halbwüchsige, Teenager, spielten in der Ecke Billard. Am Rand des Billardtisches, neben einem Aschenbecher, waren Coca-Cola-Dosen symmetrisch so aufgereiht, daß der Abstand zwischen den einzelnen Büchsen gleich war. Ihr kam der Gedanke, an welchen obskuren Orten sich Symmetrie zeigte. Für die Burschen, die Billard übten, bezeichneten die leeren Dosen offensichtlich die Stellen, wo die Kugel gegen die Bande stoßen mußte, um in einer bestimmten Richtung zurückgeworfen zu werden. Indem sie das Spiel beobachtete, konnte sie auf hervorragende Weise die Zeit bis zur Abfahrt des Busses totschlagen. Und dann hörte sie eine Stimme: – Gnädige Frau, hätten Sie vielleicht etwas Kleingeld? Ich brauche es für den Bus nach Hause.

Vor ihr stand der unrasierte Säufer, den sie zwei Tage zuvor aus Marias Zimmer hatte kommen sehen. Noch immer hatte er das Album mit den Bildchen aus dem Tierreich unter die Achsel geklemmt. Und ohne um Erlaubnis zu fragen, setzte er sich an ihren Tisch. Er stank nach etwas Säuerlichem.

– Ich habe hier ein Album von Kraš – sagte er. – Ich gebe es Ihnen für wenig Geld, denn ich muß heim. Meine Kinder warten auf mich, und natürlich auch meine Alte.

Ekel erfaßte sie. Sie nahm das Album und begann darin zu blättern. Sie war es, die die Mehrzahl der Tierbildchen, die hier eingeklebt waren, gekauft hatte, und in diesem Album, das wußte sie, waren alle jene Tage dokumentiert, jene Nachmittage, die sie im Krankenhaus mit ihrer Mutter verbracht hatte. Sie gab ihm ein paar Geldscheine und behielt das Album.

Als der Kellner kam, vertrieb er den Betrunkenen. Er war nicht grob mit ihm, er sagte nur in ernstem Ton, er solle verschwinden.

– Hör auf, die gnädige Frau zu stören – sagte er und stellte die zweite Tasse Tee vor sie hin. – Er hat hier eine Tochter, in der Heilanstalt – fuhr er fort, wie um ihn zu entschuldigen – paralysiert. Die Kleine bekommt ein kleines Stipendium. Von ihr leiht er sich Geld, und dann trinkt er. Manchmal verschwindet er für ein paar Monate, aber er taucht immer wieder auf. Er hat Grund dazu, ich würde es auch an seiner Stelle.

Der Kellner war ein realistischer Mensch. Er wußte, wie die Wirklichkeit aussah.

6.

Als sie in Zagreb ausgestiegen war, hatte sie am Kiosk eines jener Porno-Kontaktmagazine gesehen, die ihr auch im Lesesaal der Heilanstalt aufgefallen waren. Etwas in ihr hatte sie bewogen, es zu kaufen, und nun trug sie es über den Branimir-Platz nach Hause. Die Luft roch nach Hustensirup, wie sie ihn als kleines Mädchen genommen hatte. Wer weiß, aus welcher Entfernung dieser Duft kam? Sie blieb unter einer Straßenlaterne stehen und holte das Magazin heraus. Eine bestimmte Neugier trieb sie, es sich möglichst rasch anzusehen. Auf den ersten Seiten waren Fotos in Farbe. Frauen in verschiedenen Posen warben für sich selbst. Einige waren von hinten abgebildet, einige von vorne, die unteren Lippen weit geöffnet. Sie boten alles: oral, anal, Piß und Kaviar. Sie wußte nicht, was das war, Kaviar. Es war auf jeden

Fall nicht das, was sie interessierte. Sie blätterte weiter und kam zu den Textanzeigen. Es gab alles mögliche: Paare suchten Paare, Frauen gutsituierte Herren, und etliche Männer andere Männer oder Frauen, je nach Geschmack. Und dann fand sie endlich, was sie gesucht hatte: »Mädchen, Mannequinerscheinung, überläßt gutsituierten Herren getragene Unterwäsche, gegen Entschädigung.« Etwas weiter eine ähnliche Anzeige, vielleicht vom selben Absender: »Wenn du meine schmutzigen Höschen lecken möchtest, melde dich unter Chiffre ... Preis: 50 DM.«

Es war an der Zeit, gründlich über all die Geschehnisse nachzudenken. Ihr fielen die Tauben mit ihren sehnsüchtigen Blicken ein. Etwas Schreckliches, aber zugleich tief Tröstliches verbarg sich in dieser Distanz zwischen den Vögeln und der Nahrung auf der ruhigen Wasseroberfläche. Hatte Maria etwa ein Spezialalbum mit Wesen, von denen sie weder Gesicht noch Gattung, sehr wohl aber die Hausnummer kannte? Oder war das, was hier vorging, eine Verkettung böser Zufälle? Wie im übrigen alles um uns herum?

Allein die Möglichkeit, daß das paralysierte Mädchen auf diese Weise seine Behinderung überwand, glich einem Wunder.

IV. Fünf vor dreihundert

Das Wort *nada* hat in der spanischen Sprache eine völlig andere Bedeutung als dieselbe Lautgruppe im Kroatischen (»Hoffnung«) und bedeutet »nichts«. Bis zu Nikolas Tod hatte sich niemand von ihnen, den Kollegen aus der ehemaligen Klasse, Gedanken über diese Scheinsymmetrie gemacht. Nikola war bei einem Frontalzusammenstoß auf der Straße zwischen Zagreb und Ljubljana umgekommen. Er war in einen Sattelschlepper hineingekracht, und da man ihn nicht zur Gänze aus dem zusammengepreßten Blech herausziehen konnte, hat der Abschleppdienst gleich das ganze Automobil zusammen mit den eingeklemmten Teilen des Körpers zur Totenhalle in Otočec an der Krka transportiert.

Zu dem Zeitpunkt, als Nik starb, war schon das zweite Jahr Krieg. Die Frau, bei der Davor, Sonja, Ivan und noch ein paar andere den Kranz kauften, sagte, man empfinde es als merkwürdig, aber auch im Krieg stürbe man bei Verkehrsunfällen.

Am Tag der Beisetzung fiel ein starker Herbstregen. Sie trafen sich vor der Totenhalle auf dem Mirogoj, eine Viertelstunde vor Beginn der Zeremonie. Ivan und Sonja waren mit dem Taxi gekommen. Davor hatte lange um die Totenhalle kreisen müssen, bis er einen Parkplatz fand, und schloß sich ihnen an, indem er sich ebenfalls unter Ivans riesigen Schirm stellte. Da waren auch Mac, Nadica Penezič und noch ein paar Kollegen aus Niks ehemaliger Klasse. Alle standen eng aneinandergerückt unter den Schirmen. Alle hatten Erfahrungen mit Beisetzungen, doch dies war das erste Mal, daß im Sarg jemand von ihnen lag. Das stiftete Verwirrung.

– Jetzt gibt es uns auch in der Hölle – sagte Davor, um dieses unangenehme Schweigen irgendwie zu brechen.

– Red keinen Scheiß! – sagte Sonja. – Ein Mensch ist gestorben. Da kannst du vielleicht etwas Respekt zeigen.

– Wißt ihr, daß er fünf vor zweihundert gestorben ist? – fing Davor wieder an. Das war offensichtlich ein wichtiges Detail.

– Ist er nicht – meldete sich Ivan. – Es war fünf vor dreihundert. Ich erinnere mich genau. Schließlich habe ich als letzter mit ihm gesprochen.

– Wann hast du mit ihm gesprochen?

– Am Mittwoch. Er wollte gerade verreisen. Das ist aber nicht wichtig. Die Hauptsache ist, daß er im Leben eine ganze Menge gevögelt hat.

– Dreihundert Weiber ist eine schöne Zahl – sagte Davor, wobei er Sonja herausfordernd ansah, die von einem Bein aufs andere trat. Ihre schwarzen Stöckelschuhe ließen das Wasser durch.

– Das einzige, was ich ihm übelnehme, ist, daß er nie eine Schwarze gevögelt hat.

Der Regen nahm keine Ende, und noch immer trafen Leute ein und sammelten sich zu kleinen Gruppen. Darunter viele Frauen, die einander die Hand gaben. In aller Stille.

– Man sieht, daß ein großer Vögler gestorben ist – sagte jemand hinter ihrem Rücken.

Gerade als die Totengräber den Sarg aus der Totenhalle heraustrugen und Niks schöne Frau würdevoll oben auf der Treppe vor dem Eingang stand, heulte die Alarmsirene auf. Das war ein Luftangriff, der dritte in Folge am selben Tag und einer der zahlreichen in diesem verregneten Herbst. Unter den Menschen brach Panik aus. Einige liefen zu ihrem Auto, quetschten sich hinein und fuhren weg. Andere versuchten Haltung zu bewahren, aber die Dinge ringsum ließen es nicht zu. Das waren zumeist ältere Leute.

Eine Handvoll von ihnen, die Freunde aus der Klasse, folgte dem Holzpfeil mit der Aufschrift: Bunker. Der Weg führte sie irgendwohin hinter die Totenhalle, zum Hintereingang, durch den vermutlich die Särge hineingebracht wurden. Hier stießen sie auf einen Mann in Totengräberuniform und Gummistiefeln.

– Der Bunker? – fragte Sonja. – Ist der da drinnen?

Der Mann deutete mit der Hand auf eine Tür: – Er ist unten. Dort, wo sich die Kühlschränke befinden.

Sie stiegen eine sehr schmale Metalltreppe hinunter, die von verschmierter Erde rutschig war. Je tiefer sie hinabstiegen, desto kälter wurde es, und wenn sie sprachen, kam weißer Atem aus ihrem Mund. Ivan rieb eine Hand an der anderen, wie es der

Mann im »Himmel über Berlin« macht, wenn er dem ehemaligen Engel die menschlichen Werte zeigt.

Der Raum, in dem sie sich wiederfanden, roch nach feuchtem Kiefernholz. Hier gab es noch einen unbekannten, aber fast angenehmen Geruch. Etwas wie Terpentin zum Verdünnen von Ölfarben. Sie befanden sich in einer Art Vorhalle, von der aus man den Raum mit den Kühlschränken betrat. Dort war eine ganze Wandseite voller großer Schubladen aus rostfreiem Stahl, in denen bei entsprechender Temperatur tote Menschen lagen.

Als sie eintraten, waren in dem Raum schon andere, die hier Unterschlupf gesucht hatten. Ivan, Sonja, Davor, Mac, Nadica Penezič, alle fanden sich plötzlich in einer sehr seltsamen Situation wieder.

– Sieh mal – flüsterte Davor. Auch Niks Witwe kam ungeschickt die Treppe herabgestiegen. Ihr Schwager hielt sie am Unterarm, und hinter ihnen trippelte ein Kind. Ein Mädchen von etwa fünf Jahren. Sonja sprang hinzu, und nun führten sie zu zweit Niks Witwe zur nächsten Wand. Die Frau schien durch irgend etwas betäubt zu sein. Das war an ihren verlangsamten Bewegungen zu erkennen. Vermutlich handelte es sich um ein Sedativum. Zuerst stand sie mit dem Rücken an die Wand gelehnt, völlig abwesend, in ihrem Pelz aus schwarzem Astrachan, und dann ließ sie sich hinunter in die Hocke. Das Kind, das jetzt in ihrer Höhe war, hielt sich an ihrer Schulter fest. Als wäre sie das einzige Feste, an dem man sich in diesem Augenblick halten konnte.

– Weiß jemand, worauf sie jetzt zielen? – fragte jemand. Er gehörte zu einer anderen Beerdigung. Sie warteten. Es dauerte lange. Mehr als eine Stunde. Kälte und Feuchtigkeit wurden langsam unerträglich. Der Mann von der anderen Beerdigung erzählte von seinem Neffen, den die Tschetniks irgendwo auf der Banija gehäutet hatten. Sie hatten ihm die Haut bis zu den Knien abgezogen, und jetzt waren sie gezwungen, ihn so zu begraben, ohne Haut.

Plötzlich hörten sie Detonationen. Dort in der Unterwelt war es, als käme der Klang von irgendwo unten, aus einem großen akustischen Saal unter ihnen. Dann betraten auch zwei Männer in Totengräberuniform den Raum. Einer von ihnen hatte eine Flasche Schnaps bei sich.

– Sie schießen auf den Fernsehturm auf dem Sljeme – sagte er. – Hier, das habe ich mitgebracht, damit wir uns ein bißchen aufwärmen können.

Er reichte Ivan die Flasche, und der nahm einen großen Schluck. Die Flasche kreiste. Bei der ersten Runde lehnte Niks Witwe ab, aber als sich die Flasche zum zweiten Mal in ihren Händen befand, schob sie sich den ganzen Flaschenhals ungeschickt in den Mund, als würde sie ein männliches Glied nehmen, und nahm einen Zug. Das verunstaltete ihr Gesicht.

Mit der Zeit brachte der Schnaps alle in Stimmung. Auch die Witwe. Der Alkohol hatte sich irgendwie mit dem Sedativum vermischt, und sie wurde jetzt redselig. Zuerst sprach sie zusammenhanglos von verschiedenen Dingen, dann erwähnte sie das Wort *nada*. Es hatte mit den Geschehnissen um Niks Tod zu tun. Es lag irgendein Geheimnis dahinter. Etwas mit diesem Tod war nicht so, wie es sein sollte.

An jenem Abend, als er weggefahren war, erzählte sie, hatte sie die Kleine sehr früh ins Bett gebracht, sich einen großen Amaro eingeschenkt und sich vor den Fernseher gesetzt. Sie fühlte sich gut. Wie eine Frau in den besten Jahren, deren Mann langsam, aber sicher aufgehört hat, sie mit anderen Frauen zu betrügen. Wer weiß, weshalb das so war, aber es war so. Die Leute im Bunker, die sich miteinander unterhalten hatten, schwiegen jetzt. Die Frau, deren Mann verunglückt war, fuhr fort. Im Fernsehen war irgendeine Serie gelaufen, eine von jenen endlosen spanischen Seifenopern. Sie war eingeschlafen. Gegen zehn wurde sie von der Nachbarin angerufen, die ihr sagte, daß es regnete und daß sie die Wäsche abnehmen solle. So war sie wach geworden. Es kam ihr seltsam vor, daß sich Nik nicht schon aus Ljubljana gemeldet hatte. Er hatte nie länger als zwei Stunden dorthin gebraucht. Vielleicht hatte sie das Telefon nicht gehört, dachte sie, aber das war keine überzeugende Erklärung. Jetzt begann sie sich Sorgen zu machen.

Sie schenkte sich noch einen Amaro ein und versuchte sich auf eine Sendung über die Pyramiden zu konzentrieren, die sie indessen nicht zu interessieren vermochten. Sie mußte über Nik nachdenken. Darüber, wieviel Schmerz er ihr in diesen zehn Jahren Ehe zugefügt hatte. Und auch darüber, daß sie ihn vielleicht gerade deshalb so liebte, wie er war. Aus der Hausapotheke nahm sie zwei gelbe Beruhigungstabletten und stürzte ihren Drink hinunter. Eine Stunde später rief die Nachbarin wieder an.

– Entschuldige, daß ich so spät anrufe, aber du hast die Wäsche nicht abgenommen. Draußen gießt es.

Jetzt schlug die Sorge in Panik um. Wie auch immer er sein mochte, oder vielleicht gerade deshalb. Jedenfalls meldete sich Nik von seinen Reisen regelmäßig zu Hause. Manchmal hatte sie im Hintergrund rätselhafte Geräusche aus seinem Hotelzimmer gehört, wie zum Beispiel das Rauschen einer Dusche, aber er hatte sich immer gemeldet. Als erstes rief sie ihren Schwager an. Manchmal hatte er sich auch bei ihm gemeldet. Sie hatten bei gemeinsamen Geschäften miteinander zu tun gehabt. Der Schwager versuchte sie mit schläfriger Stimme zu überzeugen, daß alles in Ordnung sei, daß ihrem Mann bei diesem Regen vermutlich das Auto eingegangen sei und er sich von nirgends melden könne.

Es verging eine weitere Stunde, und sie kippte noch ein paar Drinks. Ab und zu ging sie in das Zimmer ihrer Tochter, um sie anzusehen, während sie schlief. Das beruhigte sie. Etwas später rief sie Sonja an. Sonja lebte seit ihrer Scheidung in einer kleinen Mietwohnung in Neu-Zagreb. Auch sie hatte nicht einschlafen können, und so redeten sie miteinander. Sie zogen über die Männer her und mußten sogar lachen. Das war wie eine Art Pause, eine Erholung inmitten der Sorge.

– Mach dir keine Sorgen – hatte Sonja am Ende ihres Gesprächs gemeint – es wird alles gut.

Im Bunker kreiste noch immer die Schnapsflasche. Niks Witwe nahm ein paar kräftige Züge, wie übrigens auch an jenem Abend, als sie nach dem Gespräch mit Sonja noch zwei Drinks kippte. In der Zwischenzeit hatte ihr Schwager angerufen, um sich zu erkundigen, ob sich Nik gemeldet habe. Seine Stimme klang diesmal nicht müde und wirkte irgendwie besorgt. Das versetzte sie in Panik. Sie wußte, daß etwas geschehen war. Rasch rief sie Ivan an. Sie fürchtete, ihn zu wecken, aber bei ihm war irgendeine Gesellschaft: Sie konnte Musik hören, Stimmen, Lachen. Das war gegen ein Uhr nachts gewesen. Sie war schrecklich in Sorge und bat ihn, die Krankenhäuser oder die Polizei anzurufen. – Ich habe nicht die Kraft dazu – sagte sie.

Ivan, der schon immer ein Optimist war, konnte sie etwas beruhigen und versprach ihr, daß er sich melden würde, sobald er die Krankenhäuser mit Notaufnahme überprüft habe. Das war relativ rasch getan. Schon zehn Minuten später rief er wieder an.

– Im Unfallkrankenhaus ist er nicht, und auch in keinem anderen Zagreber Krankenhaus – sagte er. Etwas anderes wüßten sie nicht. Vermutlich sei es eine Autopanne, und er werde sich bestimmt bald melden.

Während Ivan redete, konnte sie Frauenlachen aus dem Raum hinter ihm hören. Sie wußte nicht, ob das ein gutes oder ein schlechtes Zeichen war. In der Zwischenzeit rief sie noch ein paarmal Sonja an, dann Ivan, und beide versuchten sie zu beruhigen.

Gegen zwei trat sie auf den Balkon. Der Regen hatte aufgehört, und sie konnte, erzählte sie, die Sterne am heiteren Herbsthimmel gut sehen. Ihre Wäsche hing noch immer dort, vom Regen getränkt. Sie sah jetzt zum Himmel. Sie erinnerte sich an Ivan, der ihr einmal in einer ähnlichen Situation gesagt hatte: – Wenn ich so zum Himmel hinaufsehe, wundere ich mich über die Menschen, die nicht religiös sind.

Daran mußte sie denken. Könnte sie jetzt, in ihrem fünfunddreißigsten Lebensjahr, plötzlich religiös werden? Bis zu diesem Abend hatte sie nie bemerkt, wie sehr Ivans Stimme der von Nik glich.

So erzählte die Witwe des Mannes, der bei fünf vor dreihundert umgekommen war, und die Menschen hörten ihr zu. Es war wie in der guten alten Zeit, vor dem Fernsehen, als man gemeinsam Geschichten hörte.

Und dann, dort auf dem Balkon, hörte sie das Telefon. Sie hastete ins Zimmer. Es war Nik. Zuerst erkannte sie seine Stimme nicht.

– Was ist mit deiner Stimme? – fragte sie. Da weinte sie schon. Die Spannung war plötzlich in einen Tränenstrom umgeschlagen. Er erklärte ihr, daß sein Auto einen Defekt habe und er stundenlang im Regen auf den Abschleppdienst habe warten müssen. Er klang heiser und wie von Fieber geschüttelt. Gerade sei der Wagen gekommen, und sie hätten sein Auto zu einer Mechanikerwerkstatt gebracht. Er rufe von einem Motel aus an, wo er baden und übernachten werde, am Morgen könne er das Auto abholen. Sie nahm noch einen Drink und legte sich dann beruhigt ins Bett.

Am Morgen wachte sie früher auf als sonst. Ein sonniger Herbsttag war angebrochen, und die Regentropfen auf den Bäumen und der Balkonbrüstung glitzerten. Das Mädchen schlief noch, als sie, so erzählte sie, die Türglocke hörte. Es war die

Nachbarin. Gemeinsam tranken sie Kaffee und lachten über das Geschehen der vergangenen Nacht und über die regengetränkte Wäsche. Und dann hielt vor dem Haus ein Polizeiwagen.

Der Polizist, der ihr die unheilvolle Nachricht überbrachte, sagte, ihr Mann sei auf der Straße nach Ljubljana bei der Ortschaft Otočec an der Krka verunglückt, kurz nach Mitternacht. Er drückte ihr sein Mitgefühl aus und bat sie, den Körper zu identifizieren. Später, als der erste Schock vorüber war, versuchte sie die Ereignisse zu rekonstruieren. Das linderte auf gewisse Weise den Schmerz. Dem amtlichen Bericht, erzählte sie, habe sie entnommen, daß das Unglück ein paar Minuten nach zwölf geschehen war, aber Nik hatte sich gegen zwei Uhr gemeldet. Außerdem befand sich das Motel an der Straße nach Ljubljana, von wo er sich gemeldet hatte, gut dreißig Kilometer hinter der Kurve, wo ihn der Sattelschlepper erwischt hatte. Die Dinge wurden immer seltsamer. Wieder überprüfte sie die Angaben bei der slowenischen Polizei, und die versicherte ihr, daß es keinen Irrtum geben könne. Dann erinnerte sie sich seiner merkwürdigen Stimme, des flimmernden Sternenhimmels, ihrer Tränen. Und in ihr meldete sich etwas, was sie bisher nicht gespürt hatte, etwas Riesiges, das ihr, so sagte sie, die Kraft zum Weiterleben geben würde. Da war sie, diese *nada*, diese Hoffnung.

Die Menschen rings um die Frau in Schwarz schwiegen. Die Stille wurde nur durch ihren raschelnden Versuch gestört, aus der hockenden Stellung aufzustehen, in der sie vermutlich schon steif geworden war. Ihr Schwager sprang ihr wieder zu Hilfe, aber sie schob ihn sanft weg.

– Ich schaff' es allein – sagte sie. Und obwohl sie noch immer schwankte, war ihr Gang jetzt sicherer.

– Paßt auf die Kleine auf – sagte sie – ich muß mich übergeben.

Als sie die metallene Wendeltreppe hinaufstieg, waren die Kalkreste auf ihrem schwarzen Astrachan zu sehen. Niemand sprach sie darauf an, niemand drehte sich nach ihr um, um den Mantel zu säubern. Alle waren wie erstarrt, Menschen von verschiedenen Beisetzungen, durch einen merkwürdigen Zufall vermischt. Ivan, Mac und Davor standen in einer Ecke, offensichtlich mit ihren Gedanken beschäftigt. Sonja sah ihr nach, als würde sie sich in diesem Moment an etwas erinnern.

– Ivan – sagte sie schließlich – ihr habt an dem Abend bei dir Preferance gespielt. Habt ihr viel getrunken?

– Ist das jetzt wichtig?

– Ich glaube nämlich – sagte Sonja – daß jemand von euch Idioten an diesem Abend mit dem Telefon gespielt hat.

– Du bist ja krank. Du bist total durchgeknallt – grinste Davor. – Du gehörst ja ins Irrenhaus.

– Ich bin nicht krank, sondern ich kenne euch Scheißkerle, wenn ihr euch besauft.

Ivan trafen diese Worte wie ein Schlag. Er wußte als einziger, daß er in dieser Nacht, nach seinem letzten Gespräch mit Niks Frau, das Telefon ausgesteckt hatte. Wenn wirklich jemand telefoniert hatte, dann nicht aus seiner Wohnung. Oder er hatte ein Mobiltelefon benutzt. Ein Mobiltelefon war natürlich immer eine Möglichkeit.

Mac versuchte die Situation zu beruhigen. Die Leute von den anderen Beerdigungen sahen verwundert zu ihnen herüber.

– Weshalb sollte jemand von uns so etwas tun?

– Um sie zu beruhigen – sagte Sonja. – Damit sie nicht anruft und stört, wenn ihr mit euren Huren sauft. Genau deshalb.

In diesem Augenblick hörten sie einen heulenden Ton, der das Ende des Luftalarms verkündete. Wie nach einem Intermezzo begannen die Menschen zu den Beisetzungen zurückzukehren. Sie stiegen in aller Stille hinauf, um endlich das zu verrichten, weswegen sie gekommen waren.

Als sie schließlich am Grab standen, war die Grube voller

Wasser. Wie ein kleines Becken. Man wußte nicht, ob es Wasser von unten war, Grundwasser, oder eines, das vom Himmel gekommen war, Regenwasser. Ivan sah die vier Totengräber – sie sahen aus wie die vier Evangelisten –, wie sie mit Hilfe von Gurten stümperhaft den Sarg hinunterließen. Dort auf dem See, vor zwanzig Jahren, als er zum ersten Mal dem Tod begegnet war oder zumindest seiner überzeugenden Vorankündigung, hatte sich Ivan einen Mann mit aufgemaltem Clowngesicht vorgestellt, wie er im Eis einbricht und im stahlgrauen Wasser verschwindet. Während er zusah, wie Niks Sarg langsam in dieser bräunlichen Flüssigkeit versank, die Ähnlichkeit mit dem Urin eines Nierenkranken hatte, mußte er daran denken, wie sehr doch gerade der menschliche Körper dazu geschaffen ist zu versinken, ungeachtet zeitweiliger illusorischer Arm- und Beinschwünge, die wir manchmal optimistisch Schwimmen nennen.

Und die Seele? Über die Seele galt es gründlich nachzudenken. Es war interessant zu sehen, wie sich von Zeit zu Zeit das Wunder zeigte, maskiert hinter der schmutzigen Farbe des Chaos.

Berührung eines Engels

1. Der Engel auf dem Klo

Die Welt ist zum Glück so eingerichtet, daß selbst der Geruch von Hundedreck schöne Erinnerungen wachrufen kann. Das erklärte uns an einem praktischen Beispiel unser Kollege aus Geographie während der kleinen Pause, im Professorenklo. Wie er, auf dem linken Fuß vor dem Waschbecken balancierend, den Absatz seines rechten Schuhs abwusch, erinnerte er sich, rein geographisch, eines kleinen Inselchens, eines steinigen Ufers, eines Kiefernwäldchens und der geschiedenen Slowenin Anja, deren Körperformation er in jenem fernen Sommer erforscht hatte, während die Duftkulisse von Hundedreck vervollständigt wurde.

– Ein Dankeschön an die Stadtverwaltung – sagte er – die die Straßen nicht reinigt und uns dadurch schöne Erinnerungen ermöglicht.

Am Morgen war er nämlich vor der Schule in ein Andenken getreten, das der Cocker des Nachbarn hinterlassen hatte.

– Wenn du genau überlegst – sagte der Kollege aus Kroatisch, der gedrungene Dichter – ist jede Nostalgie mit Dreck verbunden.

Die beiden, der Geograph, hochgewachsen und mager, und

der Kroate, klein und rundlich, sahen aus wie der Ritter von der traurigen Gestalt und sein Schildknappe.

– Nur weiß man nicht, wer von ihnen der Verrücktere ist! – lautete der diesbezügliche Kommentar des dritten Kollegen, seines Zeichens Professor der Philosophie. Der Philosoph hieß bei uns Pan, nach dem Gott der Wälder und Felder, aber eigentlich ähnelte er mehr einem Aborigine. Mit der breiten Nase, dem dichten Lockenhaar und dem Bart hätte er in australischen TV-Serien mitspielen können. Sein Geheimnis blieb, wie er die Laute S und Š tadellos aussprach, obwohl ihm die Vorderzähne fehlten, was er geradezu stolz und mit einer Selbstverständlichkeit hinnahm, als gehörten Philosophie und Parodontose seit jeher zusammen. Und so plauderten wir vier im Klo, die Klassenbücher unterm Arm, obwohl es längst geklingelt hatte. Eigentlich versteckten wir uns vor dem Direktor, weil wir noch keine Lust hatten, in den Unterricht zu gehen.

Plötzlich hörten wir aus einer der Kabinen das Rascheln von Papier und erschraken. Angstvoll sahen wir uns an und dachten alle dasselbe: Der Direktor, getarnt als eine von der großen Notdurft heimgesuchte Person, spionierte uns nach. Kurz darauf war jedoch das Rauschen des Wassers aus dem Wasserkasten zu hören, und in der Tür der Kabine zeigte sich der Kollege aus Chemie. Wangen und Glatze strahlten vor Glück. In der einen Hand hielt er ebenfalls das Klassenbuch, in der anderen eine Rolle Toilettenpapier, weiß wie ein Brautkleid.

– Leute! – wandte er sich mit freudig erregter Stimme zu uns. – Heute morgen gibt es Papier auf dem Klo.

Und alle sahen wir ihn ungläubig an. Schon zwei Jahre lang hatten wir bei den Sitzungen des Lehrerkollegiums darauf hingewiesen, daß es im Professorenklo kein Toilettenpapier gab und daß die Kinder, wenn sie uns auf den Gängen mit Rollen und Päckchen sahen, sofort wußten, wohin wir unterwegs waren. Das erweckte in ihnen elementare Glücksgefühle. Der Direktor, der diesem Problem jedesmal mit vollem Ernst gegenübertrat, sagte entschuldigend, das Ministerium schicke kein Geld für Toilettenpapier und er lege uns, entsprechend dem Ethos unseres pädagogischen Berufsstandes, rigoroses Sparen nahe.

Doch jetzt war das Papier plötzlich da. Wundersam weiß und leer, genauso wie die Seele der Kinder, die wir erzogen. Langsam, ehrfurchtsvoll berührten wir das weiche, seidige Material und konnten noch immer unseren Augen nicht trauen.

– Wie die Berührung eines Engels – schloß der Kollege Aborigine und fuhr sich mit dem Papier über das Gesicht.

Er dachte natürlich an jene Werbung, die eine wunderschöne junge Frau in Schwarz zeigte, wie sie mit einem Papiertaschentuch eine Träne wegwischte und dann, begleitet von einer Klavierpassage von Satie, auf dieses feuchte Papier sah, als erblicke sie darauf eine ihr teure Person. Eine angenehme Stimme aus dem Fernseher sagte: »Paloma – wie die Berührung eines Engels!«

– Das ist zwar eine Werbung für Taschentücher – sagte der Kollege Philosoph – aber sie gilt sicher auch für das Scheißpapier desselben Erzeugers.

2. Die Untersuchung

An jenem bedeutsamen Tag, dem 30. September 1995, entwikkelte sich im Lehrerzimmer eine lebhafte Diskussion. Der Direktor, durch sachliche Darstellungen in die Enge getrieben, mußte zugeben, daß er die Bereitstellung der inkriminierten Rolle im Klo nicht angeordnet hatte, da das Ministerium bis zu diesem Tag kein Geld für die laufenden Ausgaben überwiesen hatte. In der großen Pause hielt das Lehrerkollegium eine informelle Sitzung ab, bei der das Problem besprochen wurde, in voller

Ernsthaftigkeit übrigens. Fast alle Kollegen beteiligten sich an der Diskussion, und man gelangte zum Schluß, daß niemand von uns das Papier dort hingelegt hatte.

– Wir haben es mit einem mysteriösen Donator zu tun – flüsterte mir der Kollege Aborigine zu, ganz aufgeregt vor Glück, weil sich in der Schule endlich ein Mysterium ereignet hatte und das Leben, wenigstens für kurze Zeit, so war wie ein Film.

– Wer hat warum das Papier da hingelegt? – fragten wir uns gegenseitig.

– Manitu aus der Muschel – kommentierte der Geograph.

– Oder Unsere heilige Frau vom Papiere – ergänzte der rundliche Dichter.

Die Diskussion schien außer Kontrolle zu geraten. Der Herr Religionslehrer, ein Laientheologe, sah in der segensreichen Erscheinung des Engelspapiers eine dreiste Provokation. Für ihn sei, so betonte er, diese Erscheinung mit jenen Kräften in unseren Reihen in Verbindung zu bringen, die sich nicht mit der neuen Macht im Staate und der geistigen Erneuerung abfinden könnten und die alle Mittel nützten, um auf Mängel dieser Macht hinzuweisen und sie als Systemfehler bloßzustellen.

– Ich glaube, es stecken die Wahlen dahinter – meinte der Kollege aus Chemie, ehemaliger Kommunist und Entdecker des Papiers. – Wie ihr euch sicher erinnert: Stehen Wahlen vor der Tür, gibt es plötzlich auch Papier. Jedenfalls reimt es sich.

– Um die Scheiße wegzuwischen – kommentierte jemand.

– Mit dieser Provokation – donnerte der Theologe weiter – wollen diese Kräfte zum Ausdruck bringen, daß die Regierung die Bildung stiefmütterlich behandelt und dem Schulwesen nicht genügend Papier gibt. Aber wir, liebe Kollegen, wissen, daß das Problem woanders liegt.

Wir wissen natürlich alle, daß das Problem im Arsch liegt, der gewischt werden will. Und das mindestens einmal täglich.

Der Direktor beschloß die Diskussion, indem er einen Untersuchungsausschuß ins Leben rief. Aufgabe dieses Ausschusses, dessen Präsident Don Quijote wurde, war es zu untersuchen, wer warum und unter welchen Umständen Toilettenpapier der Marke Paloma ins Professorenklo geschmuggelt und so alte Wunden aufgerissen hatte, zu einem Zeitpunkt, wo wir uns alle schon mit der Tatsache abgefunden hatten, daß es kein Papier gab und daß wir es selbst mitbringen mußten, wenn wir uns in der Schule die große Notdurft gönnen wollten.

Am nächsten Morgen gab es wieder Papier. Und zwar eine neue Rolle, denn die vom Vortag war schon bis zum Ende der vierten Stunde freudig aufgebraucht worden. Vor dem Unterricht traf ich den Direktor und den Kollegen Aborigine im Klo an, wie sie besorgt auf die neue, schneeweiße Rolle starrten.

– Die spaßen nicht – sagte der Direktor mit einiger Verzweiflung in der Stimme.

– Vielleicht ist die Sache ja gar nicht so schlimm – tröstete ihn der Kollege australischer Philosoph. – Wenn wir sie als gute Tat nehmen, könnte sie die Moral der ganzen Menschheit heben.

Der Direktor gab sich nicht zufrieden. Ich konnte ihn verstehen. Solange auch nur der geringste Schatten eines Verdachts auf Provokation bestand, durfte man sich nicht dem Genuß des Engelspapiers hingeben. Deshalb wandte er sich an mich: – Fero, intern verpflichte ich Sie beide, mir den Papierprovokateur zu bringen. Lebendig oder tot.

Jetzt gab es in der Schule zwei Organe zur Durchführung der Untersuchung: den Untersuchungsausschuß und seinen internen Unterausschuß.

– Willkommen im Klo-Geheimdienst! – rief Kollege Aborigine aus, als der Direktor die Tür hinter sich geschlossen und uns mit der inkriminierten Erscheinung allein gelassen hatte.

3. Figuren

Das Sonnenlicht am nächsten Morgen hatte etwas Herbstliches. Ich beobachtete, wie die bleichsüchtige Sonne in das graue Dunkel des Gebäudes eindrang und schräge Fensterformen auf den Steinboden malte. Schon sehr früh fand ich mich in der kleinen Loggia ein, die auf den Balkon hinausführt, von wo aus ich unbemerkt die Eingänge ins Klo, ins Lehrerzimmer, ins Sekretariat und in die Gymnasialbibliothek ganz unten am Schluß des Ganges im Auge hatte. Ich war vor allen anderen gekommen, um jenen Ort zu untersuchen, wohin alle zu Fuß gehen, außer der Kollegin aus Kunst, die hinfuhr. In einem Rollstuhl, weil sie nach einem Verkehrsunfall teilweise gelähmt geblieben ist. Ungeachtet der Freundschaft und des Mitgefühls mußte ich auch sie unter die Verdächtigen reihen, was mir, ich gebe es zu, schwerfiel. Der Vers einer herrlichen und klugen Dichterin lautet:

> Allen Spitzeln dieser Welt teile ich mit:
> Am schwersten ist es, einen Unbeweglichen zu verfolgen!*

Den Ort des Verbrechens untersuchte ich detailliert, alle seine finsteren Ecken, die Abteilung mit den Pissoirs und die Abteilung mit den Muscheln. Selbst in die Wasserkästen schaute ich hinein. Aber nichts. Gerade als ich der Ordnung halber das Milchglasfenster öffnen wollte, aus dem wir im vergangenen System an Feiertagen die Fahnen hinausgehängt hatten, damit man die staatlichen Hoheitszeichen auch von der Hofseite aus sehen konnte, drang vom Gang ein merkwürdiges Geräusch herein. Ich lief rasch hinaus, damit man mich nicht auf dem Klo antreffen und vielleicht noch der Papierdiversion beschuldigen würde.

* Aus einem Gedicht von Božica Zoko, Hrvoje Pejaković gewidmet.

Ich hörte einen Schlüssel im Schloß und dann das Öffnen der Eingangstür, und bald sah ich auch den blonden Schopf der Putzfrau, die in der Teeküche verschwand, um den Professoren den Morgenkaffee zu bereiten. Dann herrschte völlige Stille, wodurch der Husten, der plötzlich auf der Treppe zu hören war, besonders dämonisch wirkte. Dieses Geräusch bedeutete, daß der alte Soziologieprofessor zur Arbeit kam. In der letzten Zeit hustete er unkontrolliert, vor allem morgens. Als er im Lehrerzimmer verschwunden war, trudelten allmählich auch die anderen ein: die Sekretärin, dann *Frau* Matić, die Deutschprofessorin, der Direktor, die Italienischlektorin, die von den spitzzüngigen Kolleginnen boshaft Lautwandel C zu K genannt wurde, und schließlich die Bibliothekarin, Frau Weiss, eine vollbusige Dame mit Haarknoten. Um acht Uhr war die Mehrzahl der Professoren schon eingetroffen, aber niemand hatte das Klo betreten. Als würden alle aus irgendeinem Grund diesen Raum meiden. Selbst meine Klo-Kollegen gingen ohne Säumen und ohne Morgenunterhaltung direkt zum Unterricht.

Als die meisten der Professoren in den Klassen verschwunden waren, ereignete sich etwas Merkwürdiges. Ich sah den pausbakkigen Kroatisch-Kollegen, Sancho Pansa, wie er mit irgendeinem Papier in der Hand aus dem Büro des Direktors kam und ins Sekretariat ging. Dann hörte ich aus dem Sekretariat eine hysterische Frauenstimme im Falsett und sah Kollegen Sancho, wie er herausstürzte und wieder im Büro des Direktors verschwand. Dort hielt er sich relativ kurz auf, und als er erneut herauskam, strebte er der Bibliothek zu, wobei er noch immer das Blatt Papier in der Hand hielt, vermutlich ein Dokument. Vielleicht liest er ihnen seine Gedichte vor, dachte ich, und sie werfen ihn hinaus.

Erst gegen halb zehn, unmittelbar vor der großen Pause, konnte ich Lautwandel C zu K sehen, wie sie zum Klo eilte. Sie war eine hübsche Schwarzhaarige, eine gebürtige Italienerin, üppig an allen Stellen, wo es nötig war, und schlank dort, wo Üppigkeit nicht erforderlich war. Sie verschwand im Klo, stürzte wieder heraus und lief zum Lehrerzimmer. Ich konnte hören, wie sie rief: – Leute, im WC gibt es wieder Papier!

Nach der sechsten Stunde traf ich Kollegen Aborigine, der gerade aufmerksam den Stundenplan studierte.

– Ich bin überzeugt, daß die Antwort auf unsere Fragen hier steckt – sagte er.

Ich informierte ihn über die Ereignisse vom Morgen und über das seltsame Benehmen des Direktors, Sancho Pansas, der Sekretärin und von Frau Weiss aus der Bibliothek.

– Vielleicht ist einer von ihnen für die Geschichte mit dem Papier verantwortlich – sagte ich.

Er sah mich mit kühlem Gesichtsausdruck an, ohne meinen Worten besonderes Gewicht beizumessen.

– Von denen ist es keiner – sagte er. – Die würden kein Geld für Scheißpapier ausgeben, und zwar deshalb nicht, weil sie untereinander zerstritten sind und derjenige, der es kaufen würde, damit rechnen müßte, daß sich mit seinem Papier auch die feindliche Seite abwischt. Die Pädagogin ist mit der Sekretärin zerstritten, die Sekretärin mit der Bibliothekarin, und alle drei mit dem Direktor, und sie kommunizieren nur auf schriftlichem Wege, und da der eine die Handschrift des anderen nicht lesen kann, haben sie eine fünfte, neutrale Partei engagiert, damit sie ihnen die Nachrichten vorliest.

4. Nächtliche Falle

In dieser Nacht beschlossen Kollege Aborigine, Don Quijote und ich, zur Zeit des regelmäßigen Nachtdienstes eine Falle aufzustellen. Da ich an diesem Tag unmittelbar vor der Papiererscheinung niemanden gesehen hatte, der beim Betreten der Toilette irgend etwas Verdächtiges bei sich trug, mutmaßten wir, daß die Rolle bereits irgendwo im Klo versteckt gewesen sein mußte. Das konnte nur eines bedeuten: Der Verursacher versteckte das hinterliche Papier nachts im inkriminierten Raum, und wenn er zur Arbeit kam, steckte er es nur noch auf den Halter neben dem Keramikthron. Also war eine entsprechende Aktion gefordert. Im letzten Augenblick gesellte sich auch Lautwandel C zu K zu uns.

– Damit ihr weibliche Verstärkung habt – sagte sie.

Unter Anwendung einer ausgeklügelten Taktik verteilten wir uns an strategischen Stellen längs des Ganges vor dem Klo, vor dem Lehrerzimmer und neben dem Biologiekabinett, von wo aus man den ganzen bestrichenen Raum des Schulinneren überblikken konnte. Lautwandel C zu K betonte, daß sie Angst vor der Dunkelheit habe und den Nachtdienst mit jemandem zusammen machen müsse. Sofort entwickelte sich eine lebhafte Diskussion darüber, mit wem das sein solle, sie selbst hielt sich allerdings abseits und war irgendwie unentschlossen.

Kollege Quijote schlug ihr vor, den Nachtdienst mit ihm zu machen, denn wo er stand, vor dem Lehrerzimmer, würden zwei benötigt. Von dort aus nämlich seien zwei parallele Gänge zu kontrollieren, und das könne eine einzige Person nicht. Ich wiederum sagte, ich hätte nichts dagegen, aber auch an meinem Standort würden zwei benötigt, und das gleiche sagte auch der Kollege Philosoph. Endlich, nach längerer Diskussion, wurde einstimmig beschlossen, daß Lautwandel C zu K mit jedem ein wenig Nachtdienst machen solle. Der Kollege von der traurigen Gestalt wurde noch trauriger. Erst als wir die Frage der gerechten Distribution von Lautwandel C zu K gelöst hatten, begaben wir uns jeder auf seinen Posten. Wir waren guter Laune und riefen einander halblaut Schwerzworte zu, bis Kollegin Lautwandel endlich sagte: – Ihr macht Späße, dabei ist das hier wie der Anfang eines Horrorfilms!

Sogleich versank jeder in seine Gedanken. Die Stille und das bläuliche Licht der Straßenbeleuchtung ließen die Räume der leeren Schule ein wenig gespenstisch erscheinen. Die Geräusche von draußen wurden immer spärlicher, wie auch die Passanten, die, von Kettenhundegebell begleitet, in diesen späten Stunden zu ihren Häusern zurückkehrten. Eine Zeitlang konnte ich noch hören, wie sich Lautwandel C zu K und Kollege Aborigine unterhielten, doch dann wurde es auch dort ruhig. Aus einer fröhlichen Gruppe hatten wir uns in vier einsame Personen verwandelt, die verloren im Halbdunkel ein fragwürdiges Unternehmen zur Durchführung brachten.

Plötzlich hörte ich ein schwaches Geräusch. Als würde leise eine Tür geöffnet und geschlossen. Dann war für ein paar Augenblicke nichts zu hören, und ich dachte schon, ich hätte es mir nur eingebildet, oder es wäre von draußen gekommen, verstärkt durch die nächtliche Stille. Doch dann war es wieder da. Diesmal so, als würde jemand einen Plastikmülleimer über einen Steinboden ziehen. Nun wurde die Sache ernst. Angespannt lauschte ich, als mich plötzlich jemand an den Bizeps faßte. Es war Lautwandel C zu K, halb wahnsinnig vor Angst.

– Da drüben geht etwas vor – flüsterte sie. – Quijote meldet sich nicht.

Bald kam auch Kollege Aborigine angerannt. Er war außer Atem und sehr aufgeregt.

– Das gefällt mir nicht – sagte er.

Ich versuchte die beiden zu beruhigen und rief schließlich: – Quijote! Heeeeej! Melde dich!

Das Geräusch wiederholte sich, diesmal war es etwas lauter und deutlicher, und dann hörten wir Worte: – He, Leute, keine Panik. Ich bin's!

Als wir die Stimme des Kollegen von der traurigen Gestalt hörten, waren wir beruhigt.

– Ihr könnt die Kollegin herschicken, sie soll zu mir herüberkommen – sagte er weiter. – Ich habe einen Witz für sie.

– Traust du dich allein? – fragte Aborigine. Seine Fürsorge kam mir übertrieben vor. Lautwandel war indessen schon in die Richtung losgegangen, aus der Quijotes Stimme gekommen war.

– Das gefällt mir nicht – flüsterte er. – Hast du gesehen, wie seine Augen gefunkelt haben, als er kapiert hat, daß er nicht mit ihr allein Nachtdienst machen wird?

Natürlich hatte ich es gesehen, und es war mir merkwürdig vorgekommen. Es waren die Augen eines Irren gewesen.

Und dann hörten wir einen Schrei. Hoch, abgerissen, wie der eines Tieres.

– Halte durch, Kleine! – rief der australische Philosoph und rannte in Richtung Schrei. Und ich rannte hinter ihm her. In sicherer Entfernung.

Im nächsten Moment rannten wir in der Dunkelheit gegen ein Skelett, das vom schwachen Licht der Straßenlampe beschienen wurde. Darunter, in einer der Garderoben, krümmte sich Lautwandel C zu K und schluchzte.

– Wer hat Goofy rausgeschleppt? – rief der australische Philosoph mit ernster Stimme. – Warst du das, Quijote?

Goofy war unser zerlegbares Hausskelett aus dem Biologiekabinett. Vor langer Zeit, lange vor uns, hatte es jemand Goofy genannt, weil es angeblich dem Skelett Walt Disneys ähnelte. Es hatte auch einen kleinen aufgemalten Schnurrbart. Aborigine wiederholte: – Quijote, mach keinen Scheiß, komm raus!

Erst jetzt hörten wir das laute Lachen des Geographen. Der Mensch, dem der Geruch von Hundedreck schöne Erlebnisse in Erinnerung rief, kicherte hysterisch wie die Irren im Film. Endlich kam er zu uns heraus, prustend: – Ihr habt euch vollgeschissen, he?

– Du hast die Dame vollgeschissen – stieß der Kollege Philosoph hervor. Lautwandel C zu K heulte noch immer Rotz und Wasser.

– Du bist krank – jammerte sie schluchzend.

Aborigine war inzwischen an das Skelett herangetreten, hatte den linken Hüftknochen ausgehängt und ihn der Italienerin in die kleine Hand gelegt.

– Wenn dir der Affe zu nahe kommt – sagte er und zeigte auf Don Quijote – schlag mit dem *femoris* zu!

So wurde Goofy zur Waffe.

Trotzdem fuhren wir mit dem Nachtdienst fort. Kollegin Lautwandel, die eine Stinkwut auf Don Quijote hatte, kauerte jetzt mit dem Kollegen Philosoph vor dem Lehrerzimmer. Der Ritter von der traurigen Gestalt wiederum, einsehend, daß er ziemlich schlecht dastand, hatte sich diskret mit Goofy ins Biologiekabinett zurückgezogen.

– Soll er ihn jetzt an den Brüsten kneifen! – kommentierte Lautwandel C zu K beleidigt. Noch immer hielt sie den großen Knochen Goofys in der Hand.

Wieder herrschte Stille, und ich versank in Gedanken. Ich erinnerte mich, wie wir hier, im Schulhof, eines ähnlichen, aber fernen Abends mit einem blinden Jungen Verstecken gespielt hatten. Wir hatten ihm gesagt, daß es dunkel sei und wir gleich wären wie er, da wir auch nichts sähen, dabei schien der Mond. Wir sahen, wie der blinde Junge, der die Augen nicht zuzumachen brauchte, während er abzählte, vergebens nach uns suchte und gegen Büsche und Mülltonnen stieß. Irgendwie war es eine schöne Erinnerung. Und so vergingen langsam die Stunden dieser seltsamen Nacht.

Irgendwann hörte ich unten im Erdgeschoß das Geräusch eines Schlüssels, der sich im Schloß der Eingangstür drehte. Die Italienerin und Aborigine waren rasch bei mir. Wir hörten, wie die Tür langsam aufging und eine Zeit offen blieb, doch dann diskret geschlossen wurde. Jetzt drangen Stimmen zu uns herauf.

– Sie sind zu mehreren – sagte Kollege Aborigine.

Auch Don Quijote hatte sich wieder zu uns gesellt. In der Hand hielt er Goofys zweiten Hüftknochen.

– Was ist? – flüsterte Lautwandel C zu K. – Hast du etwa auch die Hosen voll?

Der Philosoph forderte die beiden mit auf die Lippen gelegtem Zeigefinger auf zu schweigen. Die Stimmen von unten wurden immer leiser.

– Sie gehen in den Keller hinunter – flüsterte er. – Quijote, bleib du hier beim WC, wir gehen ihnen nach.

– Ich würde lieber mit euch kommen – sagte der Kollege von der traurigen Gestalt. Aborigine, der Philosoph, drehte sich zu ihm um und meinte mit der Stimme des geborenen Führers, beruhigend und autoritär: – Jemand muß vor dem Klo Wache halten. Das wirst du tun, denn du hast uns verarscht!

Nun gingen wir vorsichtig hinunter.

Es war nicht schwer, die Stimmen in der Stille des leeren Gebäudes zu verfolgen. Bald hatten wir herausgehört, daß die eine männlich und die andere weiblich war. Die männliche war uns bekannt. Doch erst als im Saal für Körperertüchtigung ein diskretes Licht anging, sagte Kollege Aborigine: – Das ist Šime, der Leibeserzieher. Er bringt sich wieder Schülerinnen mit.

– Gehen wir näher ran! – sagte die Kollegin Italienerin. Wir gingen langsam auf den Saal zu, aus dem die Stimmen zu hören waren. Als wir näherkamen, verstummten sie plötzlich, und eine Zeitlang herrschte eine nur durch Rascheln gestörte Stille. Und dann hörte man von drinnen, wie etwas rhythmisch gegen die Wand stieß.

– Die Sprungmatte – sagte Lautwandel C zu K.

Die Stöße waren immer noch zu vernehmen.

– Als würde ein Stammler im Morsealphabet sprechen – bemerkte Kollege Philosoph.

Noch eine Zeitlang lauschten wir in aller Stille diesem poetischen Klatschen, dann begaben wir uns wieder nach oben. Was Kollege Šime da trieb, hatte mit der Erscheinung des Engelpapiers auf dem Professorenklo offensichtlich nichts zu tun.

Je weiter die Nacht voranschritt, desto unaufmerksamer wurden wir, weil wir immer weniger daran glaubten, daß der Verdächtige auftauchen würde. Der Morgen fand mich zusammengekauert in einem der Sessel im Lehrerzimmer. Einige Kollegen waren schon eingetroffen und hatten uns schlafend vorgefunden. Sie hatten das vermutlich gar nicht als seltsam empfunden, zumal wir jeden Morgen ohnehin kollektiv müde waren. Der Duft von heißem Kaffee verbreitete sich im Lehrerzimmer, die Geräuschkulisse bildete das Hüsteln des Kollegen aus Soziologie, und auf dem Tisch lagen Goofys Hüftknochen. Kurz nach dem ersten Klingeln kam Frau Weiss, die Bibliothekarin, hereingestürzt und rief: – Leute, das Papier ist wieder da!

5. Das Problem

Die ersten Tage der Woche traten wir mit der Untersuchung auf der Stelle. Das war um so problematischer, als auf mysteriöse Weise jeden Morgen eine Rolle schneeweißen Papiers im Lehrerklo auftauchte, was bei den Professoren Lachen und gute Laune hervorrief, bei der Verwaltung hingegen Angst und Mißtrauen.

Der Kollege Aborigine Philosoph und ich kamen zu dem Schluß, daß der Direktor in keinem Fall zu den Verdächtigen gehörte, denn er hätte keine Gelegenheit ausgelassen, das Ministerium zu loben, sollte es Geld auch für die Darmbedürfnisse der Lehrer bewilligt haben, und er selbst war natürlich viel zu geizig für eine so edle Aktion. Wenn die Rolle feinsten Palomapapiers vier Kuna kostete, bedeutete das achtundzwanzig Kuna wöchentlich oder hundertzwölf monatlich. Davon konnte man mindestens drei Kilo Fleisch kaufen, und von drei Kilo Fleisch konnte man, Sparsamkeit vorausgesetzt, sechs Mittagessen für drei Personen bereiten, was fast ein Viertel des Monats abdeckte. Der Direktor war definitiv nicht der Gesuchte, schloß Kollege Aborigine.

Das Papier wurde wahrscheinlich auch nicht vom alten Soziologieprofessor dort hingelegt, einem Philosophen und ehemaligen Parteimitglied, dessen jetziger Direktor ihn aus Rache die Zeitung holen ließ. Und zwar die katholische. Dem Alten war das natürlich peinlich, und so tat er, wenn er vom Kiosk wegging, als läse er. Er schlug die Zeitung auf, als interessierte sie ihn, und ging würdevoll, erhobenen Hauptes in die Stimme des Konzils vertieft, den Gang hinunter, in das Büro des Direktors und kam ohne Zeitung zurück. Mit leeren Händen und leerem Herzen. Auch er hätte das Scheißpapier nicht dorthin getan, denn damit hätte sich natürlich auch der Direktor abgewischt. Niemals hätte es der alte Kommunist ertragen, wenn ihm der alte Katholik statt der anderen Wange auch noch den nackten Hintern hingehalten hätte.

Es war auffällig, daß Kollege Quijote, der Geograph, und Sancho Pansa, der Dichter, einander immer im Klo antrafen. Fast jeden Tag begegneten sie sich zufällig und kamen zusammen wieder heraus, und es wirkte, als kämen sie aus der Lektüre für die zweite Klasse. Kollege Aborigine behauptete, sie seien nicht übertrieben verdächtig, würden aber häufig zur selben Zeit urinieren, da sie an einer Entzündung derselben Herkunft litten. Natürlich wisse er auch, daß die Entzündung ihren Ursprung bei Lautwandel C zu K habe.

– Kameraden in Trichomonas – kommentierte ich. – Und woher hat die Italienerin ihren Namen?

– Hast du gehört, wie die mit den Frauen flötet? Cara! Cara dies und cara das, sie schmeichelt sich bei ihren Kolleginnen ein, und wenn die sie mit ihrem Mann bekanntmachen, verwandelt sie C in K, cara in *kara**. Die hat mit allen Ehemännern des Fremdsprachenaktivs gevögelt. Und die müssen jetzt alle ständig pinkeln. Aber auch die Kollegen hat sie nicht verschont.

– Sie hat sich uns an jenem Abend aufgedrängt – sagte ich. – Hätte sie einen Grund, das Papier dort hinzutun?

– Nein – sagte Aborigine. – Die ist viel zu narzißtisch, um an etwas anderes zu denken als an sich selbst. Um Arschpapier für den Nächsten kümmert die sich bestimmt nicht.

So konnten wir nach allen Investigationen, Observationen und Konklusionen bis zum Ende der Woche die Mehrzahl der Kollegen Schritt um Schritt als Verdächtige ausschließen. Die Sache wurde immer komplizierter.

Am Freitag berief der Direktor eine Sitzung des Lehrerkollegiums ein. Der einzige Tagesordnungspunkt betraf die systematische Untersuchung samt Röntgenaufnahme der Lunge. Er betonte, daß unser Ministerium für die Gesundheit der Beschäftigten Sorge trage und daß die Untersuchung am Montag in unserem medizinischen Stadtteilzentrum durchgeführt werde.

6. Die Bilder

Am Montag morgen, während wir mit gläsernen Meßbechern vor dem urologischen Laboratorium warteten, stiegen Erinnerungen empor, und ich mußte daran denken, wie wir in der ersten Klasse des Gymnasiums einen schwulen Jungen, ihm mit dem Messer drohend, zwangen, Urin zu trinken. Ich war zwar

* Umgangssprachlich für Penis

nicht der, der das Messer hielt, aber ich war einer von denen, die lachten. Auch unser blinder Freund war dabei. Ich mußte beschreiben, was der machte, dem das Messer unterm Hals stand. – Jetzt – sagte ich – jetzt führt er den Becher an die Lippen ...

Der blinde Junge lachte hämisch.

– Jetzt hat er es runtergeschluckt, sein Magen krampft sich zusammen, er übergibt sich ...

Bald standen wir mit dem Meßbecher voll Urin vor einer anderen Tür, um ihn zur Analyse abzugeben. Der alte Kollege aus Soziologie hustete heftig und verschüttete dabei seinen Urin. Deshalb standen wir in sicherer Entfernung. Die Eltern von Schülern, die wegen Entschuldigungszetteln in die Ordination des Schularztes gekommen waren, grüßten uns höflich, unterhielten sich mit uns und taten so, als sähen sie die Behälter mit der gelben Flüssigkeit in unseren Händen nicht. Mehr konnten sie nicht für uns tun. Jetzt kam auch der Direktor. Um uns zu besuchen. Er blieb aus irgendeinem Grund vor dem Sichanstellen mit dem Glas voller Urin bewahrt.

– Obwohl es sich in einer schweren finanziellen Situation befindet – sagte er – hat das Ministerium beschlossen, alle in der Schule Tätigen zu einem Gesundheits-Check zu schicken, um noch einmal seiner permanenten Sorge um die Gesundheit der Beschäftigten Rechnung zu tragen. Gerade jetzt, wo es auch um das Gesundheitswesen schlecht steht, ist das natürlich eine bedeutende Extraausgabe für beide Ministerien.

Die Klangkulisse dieser kurzen Rede bildete das Hüsteln des alten Kollegen.

– Von wegen ... – flüsterte die Schwester, die herausgekommen war, um die Meßbecher einzusammeln. – Diese Untersuchung wird von einem Privatunternehmen gesponsert.

Das war etwas, worüber es nachzudenken galt. Die Information verbreitete sich rasch. Uns war nicht klar, welches Privatunternehmen Interesse haben konnte, uns einen Gesundheits-Check zu bezahlen. Seit wann war dem Großkapital an professoraler Gesundheit gelegen?

– All das sind Vorwahltricks – sagte der Kollege aus Chemie, zupfte ein Desinfektionstuch heraus und reichte es dem alten Soziologieprofessor, dessen Hände mit Urin bespritzt waren. – Das Großkapital hat sich mit den Machthabern verbunden.

Der rundliche Dichter Sancho erklärte, er kenne die Frau Doktor und werde von ihr erfahren, um welches Unternehmen es sich handle. Als er im Sprechzimmer verschwunden war, trat der Geograph, bei dem Hundedreck schöne Erinnerungen wachruft, zu mir und Kollege Aborigine und flüsterte: – Das hat sicher etwas mit dem Papier zu tun.

Aborigine war indessen mit seinen eigenen Gedanken beschäftigt. An seinem Gesicht sah man, daß es in ihm arbeitete und daß Quijotes Kommentar ihn kaum erreicht hatte.

– Ist euch aufgefallen – sagte er plötzlich – daß es, seit das Papier aufgetaucht ist, volle zwei Wochen hindurch überhaupt nicht geregnet hat?

Wir wußten nicht, was wir mit dieser Feststellung anfangen sollten. Offensichtlich wußte er es auch nicht. Er hatte nur laut gedacht. In der Zwischenzeit hatte Sancho das Untersuchungszimmer wieder verlassen. Sein Gesichtsausdruck besagte, daß er wußte, welches Unternehmen die Untersuchung bezahlte, er es aber aus irgendeinem Grunde nicht vor allen sagen durfte. Das war merkwürdig.

Sie stellten uns auf zum Lungenröntgen. Nachdem Lautwandel C zu K aufgerufen worden war, hörten wir den Techniker aus der Ordination, wie er fröhlich sagte: – Bitte entkleiden Sie sich bis zum Gürtel und legen Sie den Kopf hier drauf!

Das weckte beim männlichen Teil des Lehrerkollegiums aufregende Vorstellungen. Don Quijote und Sancho Pansa wechselten bedeutungsvolle Blicke. Dann wurde der Kollege aus Soziologie hineingerufen, und wir draußen konnten sein Husten hören. Jetzt kam Sancho Pansas großer Auftritt.

– Leute! – sagte er. Wir waren alle versammelt. – Die Untersuchung wurde nicht vom Ministerium bezahlt, sondern vom Unternehmen »Filagram«, das ist eine Firma, die Molkereien und Brauereien unterhält. Der Sohn des Besitzers geht angeblich auf unser Gymnasium und sitzt in der ersten Bank. Ihn stört, wenn der Soziologieprofessor hustet.

– Vielleicht spenden sie uns auch das Papier? – sagte der Geograph.

– Das glaube ich nicht – meldete sich der Philosoph – dazu haben sie keinen Grund. Das mit dem Papier ist eine kompliziertere Sache.

In der Zwischenzeit hatte der Kollege Soziologe das Lungenröntgen hinter sich und kam langsam aus dem Sprechzimmer heraus. Unser Schweigen war unüberhörbar.

Die Bilder unserer Lunge wurden äußerst schnell entwickelt. Mir kam es viel zu schnell vor, als daß sie von guter Qualität hätten sein können. Nun warteten wir mit diesen Aufnahmen in großen bräunlichen Umschlägen vor dem Sprechzimmer der Frau Doktor, die alle unsere Befunde begutachten und anschließend sagen sollte, was mit uns los war. Wir zogen die Zelluloidquadrate heraus und studierten sie, gegen das Licht gehalten. Auch gegenseitig besahen wir unsere Lungen. Mich und Kollegen Aborigine interessierte vor allem die Lunge von Lautwandel C zu K, während sich Sancho Pansa mit der Lunge der Bibliothekarin Weiss beschäftigte. Der Kollege aus Chemie fand einen Weg, wie er sich vor dem weiblichen Teil des Lehrerkollegiums hervortun konnte: Er las ihnen das Schicksal aus der Lungenaufnahme wie aus dem Kaffeesatz. Alle Kolleginnen drängten sich um ihn, aber auch wir Männer blieben nicht unbeeindruckt.

Auch uns interessierte, was für eine Zukunft sich in der Lunge verbarg. Lediglich der Soziologieprofessor zog sein Bild nicht heraus. Ruhig saß er da und beobachtete, was wir taten.

– Ich sehe einen Weg – erklärte der Chemiker und studierte die Lunge von Frau Weiss – und einen brünetten Mann.

– Das ist mein Verstorbener – sagte Frau Weiss, eine gut erhaltene Witwe von fünfzig Jahren, und alle mußten lachen. Auch Frau Weiss, deren riesige Brüste dabei bebten. Ich mußte daran denken, welch Wunder der Technik die Röntgenstrahlen doch waren, wenn sie durch solches Material zu dringen vermochten. Auch der alte Soziologieprofessor lachte.

– Und an diesem Bild sehe ich – wandte sich der Chemiker der frisch verheirateten Sekretärin zu – daß in Ihnen neues Leben sprießt.

Die junge Frau errötete.

– Du hast uns nicht gesagt, daß du schwanger bist – sagte Lautwechsel C zu K überrascht, sich dessen bewußt, daß sie den Mann der Sekretärin nun in Ruhe lassen mußte. – Du hättest nicht zum Röntgen dürfen!

– Er trifft es wirklich – sagte Frau Weiss mit Respekt.

– Er trifft es nicht! – meldete sich jetzt der alte Soziologieprofessor. – Er hat ein Telefongespräch mitgehört. Glaubt ihr denn, daß das Übernatürliche einfach so erscheint? Das muß reifen, dazu braucht es ein ganzes Leben.

Plötzlich galt unser aller Aufmerksamkeit seinen Worten, wie denen eines Propheten.

– Nehmen wir mal meine Frau und mich – fuhr er fort. – Wir liebten uns unser ganzes Leben. Wir hatten niemals Kinder, aber den Wunsch danach. Bei meiner Frau war er sogar sehr stark. Es war traurig, unsere Liebe zu sehen, wie sie ohne Kinder blieb. Und dann kam der Herbst des Lebens. Eines Sonntags spazierten wir um den vierten See im Maksimir. Es gab viele Kinder, und meine Frau wurde traurig. Eine schreckliche Leere tat sich wie ein schwarzes Loch mitten an diesem sonnigen Nachmittag auf. Das Leben wurde plötzlich sinnlos. Es war nur ein Augenblick, aber wir fühlten ihn beide sehr deutlich. Da sahen wir auf einer Bank einen Vater mit zwei männlichen Zwillingen. Die Zwillinge waren mongoloid. Ich mußte daran denken, daß ihr Vater die ruhige Oberfläche des Sees betreten, bis zur Mitte spazieren und ausspucken hätte können, ohne sich seine Knöchel naß zu machen. Gott hätte es ihm erlaubt. Meine Frau und ich sahen uns nur an, neben uns raste jemand auf einem Fahrrad vorüber, und plötzlich wurde uns beiden, ohne jedes Wort, klar, daß das, was wir gerade gesehen hatten, der Gipfel eines unvorstellbaren Grauens war. Wir gingen vorüber und drehten uns nicht um. Mir kam in den Sinn, daß wir uns vielleicht getäuscht hätten, denn für uns sahen alle Mongoloiden gleich aus. Vielleicht hatte der Mann im Park seinen Sohn und dessen Freund aus der Schule für behinderte Kinder ausgeführt. Das sagte ich zu meiner Frau.

– Es gibt keinen Zweifel, daß sie Zwillinge sind – sagte meine Frau. – Sie sind gleich angezogen, und auch ihre Gesichter sind identisch.

Als wir zurückkehrten, um dies zu überprüfen, waren sie nicht mehr da. Von da an verspürten wir eine gewisse Erleichterung, und meine Frau starb in Gelassenheit. Schon lange hatte sie an akuter Leukämie gelitten, ohne daß wir es wußten. Wir dachten, es wäre eine Virose. Damals habe ich begriffen, daß jener Alte, der Vater der Zwillinge, ein Engel gewesen ist.

In diesem Augenblick begann er zu keuchen und wild zu husten. Seine Lunge erzeugte ein tiefes explosives Geräusch, als käme es aus der Unterwelt. Lautwechsel C zu K lief sofort zu ihm hin und klopfte ihn auf den Rücken. Es half nichts, und die Farbe seines Gesichtes wechselte von Gelb zu Rot und von Rot zu Violett. Wie wenn die Sonne untergeht. Endlich beruhigte sich der Husten etwas, der Professor rannte ins Klo. Das erweckte die Aufmerksamkeit des Kollegen Aborigine. Es erschien ihm bedeutungsvoll. Nach kurzem Nachdenken erhellte sich sein Gesicht, und er sagte diskret: – Der Ärmste, es ist ihm entwischt.

Für einen Augenblick dachte ich, daß er sich darüber freue. Doch dem war nicht so.

– Nun weiß ich, wer das Papier dorthin tut! – erklärte er feierlich und deutete mit dem Kopf zur Toilettentür. – Der Ärmste, er spannt sich an vor Husten, und dann kann er seinen Stuhl nicht kontrollieren. Und wenn ihm das in der Klasse passiert, kann er nicht zuerst ins Lehrerzimmer laufen, um Papier zu holen, deshalb hat er es irgendwo im Klo, von wo er es nur herauszuholen braucht.

– Und wie macht er das? – fragte ich. – Jeden habe ich aufmerksam verfolgt, so auch ihn. Ich habe nie gesehen, daß er in der Tasche oder sonstwo eine Rolle bei sich trug. Das hätte man gesehen, die Rolle ist nicht so klein.

– Wir haben das Wer und das Warum – sagte der Philosoph. – Jetzt müssen wir noch das Wie in Erfahrung bringen.

– Die Sache ist mir nicht geheuer – sagte Kollegin Lautwandel C zu K. – Wir haben es mit Magie zu tun.

– Oder mit einem Wunder – sagte der Chemiker, Materialist und ehemaliger Kommunist.

Wir schwiegen in mystischer Kontemplation. Ich bin überzeugt, daß jeder von uns in dem Augenblick an ein Wunder dachte. Nach einiger Zeit meldete sich der Geograph.

– Und warum wollte er uns nicht die Aufnahme seiner Lunge zeigen?

Frau Weiss fingerte aus dem großen braunen Kuvert rasch das Zelluloidbild der Lunge des Alten heraus und hielt es gegen das Licht. Das war ein Schock! Auf dem Bild war nichts, absolut nichts. Nur ein durchsichtiges Weiß, das an Licht erinnerte.

– Er hat keine Lunge – sagte jemand.

– Ich habe schon von solchen Fällen gehört – meldete sich der Kollege von der traurigen Gestalt. – Bei manchen Menschen verlieren sich die Lungenflügel scheinbar, sie wachsen ins Gewebe hinein und treten nach einiger Zeit durch die Schulterblätter aus. Sie werden zu richtigen Flügeln aus Federn und Flaum, wie bei einem Engel.

– Aber Leute, natürlich hat er eine Lunge, nur ist das Bild wahrscheinlich nicht gelungen – sagte Sancho Pansa. Er stand fest auf der Erde.

– Und warum sind unsere Bilder alle etwas geworden, nur seines nicht? – war die Frage vom Kollegen Quijote. Sie blieb in der Luft hängen, weil wir das Rauschen des Wassers aus dem Wasserkasten hörten. Würdevoll verließ der Soziologieprofessor jenen Ort, zu dem alle zu Fuß gehen, als kehrte er von einer Wallfahrt zurück.

Wir erwarteten ihn schweigend, und in dieser Stille erinnerte ich mich der Verse des Dichters Selim Arnaut aus Sarajevo: »Glauben an ein Wunder, Glauben an das Sichwundern, an den Vater, wenn er vom Abtritt kommt, an ein kleines Loch im Gürtel nahe Christus.«

7. Das Ende

Der Herbst kommt am leichtesten auf Beerdigungen. Seit meiner Jugend beobachte ich Ende September, wie Spätsommer und Herbst an einem einzigen Tag miteinander kämpfen, wobei die warmen Sonnenperioden und die herben Zeiten des kalten Windes aufeinanderprallen. Als sie den Sarg auf dem Wagen vor die Totenhalle hinausfuhren, kommentierte jemand: – Der Glückliche! Er hätte ohnehin nicht von der Professorenpension leben können.

Der alte Kollege aus Soziologie war genau eine Woche nach unserem kollektiven Besuch im Medizinischen Zentrum und drei Tage vor den allgemeinen Parlamentswahlen gestorben, an Lungenentzündung, die durch ein heimtückisches Karzinom in den Bronchien hervorgerufen worden war. Es war Freitag, und wir hatten nachmittags Schule. Die Beisetzung fand während der ersten beiden Stunden statt, und man kann sagen, daß sie groß und schön war. Es waren Kollegen aus anderen Schulen da, wir aus dem Lehrerkollegium und angeblich auch Kollegen aus seiner Maturaklasse, Jahrgang 1947, und die IVb sang sein Lieblingslied: »Emina« von Aleksa Šantić.

Nach der Beisetzung eilten wir in die Schule. Am Sonntag sollten die Wahlen stattfinden, und als einer der Wahlorte für unseren Stadtteil war die Aula des Gymnasiums vorgesehen. Der Direktor bestand darauf, daß wir das Vestibül in Ordnung brachten und die unnötigen Bildtafeln und die Kaffeeautomaten wegschafften. Diese Vorgänge mußten beaufsichtigt werden. Er eilte von Schülergruppe zu Schülergruppe, die die Fenster putzten und papierene Schmuckbänder anbrachten, als wäre Sylvester. Auf dem Gang trat ich zum Kollegen Aborigine, während unsere Schüler den Fußboden schrubbten.

– Hast du noch immer nicht herausgekriegt, wo der Alte, Friede seiner Seele, das Papier versteckt gehalten hat?

– Nein – sagte der Kollege Philosoph. – Glaub mir, dort gibt es keine Stelle, wo du auch nur eine Rolle verstecken könntest, geschweige denn zehn.

– Er hat sein Geheimnis mit ins Grab genommen – schloß ich traurig.

Als wir im Lehrerzimmer, während der großen Pause, gerade in aller Stille unseren Kaffee schlürften, erschien an der Tür unser Nachbar, Beamter im Außenministerium, Besitzer des Cockers, dessen Dreck schöne Erinnerungen hervorrief. Wohlwollend wandte er sich zum Direktor: – Meine Herren, die Fahne auf der Hofseite hat sich vom Wind eingerollt.

Das Problem war, daß wir auf der Hofseite gar keine Fahne hängen hatten. Wir sahen die eine an der Fassade zur Straße als ausreichend an. Wir hatten sie wegen des verstorbenen Kollegen auf halbmast setzen wollen, aber der Direktor hatte strenge Anweisungen aus dem Ministerium erhalten. Eine Fahne konnte man nur anläßlich des Todes eines hohen Staatsfunktionärs auf halbmast setzen, oder wenn ein Staatstrauertag ausgerufen wurde, der Wahltag jedenfalls war kein Trauertag. Wenigstens nicht für alle. So waren wir zu einem Kompromiß gezwungen: Die Fahne würde nicht auf halbmast stehen, aber der Schaft würde ein halber sein. Štijef, der Hauswart, hatte den Schaft durchgesägt, und so steckten wir ihn in die Halterung. Doch nun waren wir verunsichert.

– Wir ziehen die Fahne nie auf der Hofseite auf – sagte der Direktor – obwohl es auch dort eine Halterung für den Schaft gibt.

Kollege Aborigine überlegte einen Augenblick, dann schlug er sich mit der Hand gegen die Stirn: – Wieso bin ich nicht früher draufgekommen?

Er rannte zum Professorenklo. Rasch öffnete er das Fenster, das mattiert war, damit man von draußen nicht in den kleinen intimen Raum hineinsehen konnte, und fand den Stiel eines Besens an der Stelle, die für den Fahnenschaft gedacht war, und, auf diesen seltsamen Schaft aufgereiht, weiße Papierrollen. Wie ein nicht gesetztes Segel oder eine eingerollte weiße Fahne.

[Engel im Abseits]

1. Die Fußballer

Ich bin ungeplanterweise auf die Insel gekommen, um einen unerwarteten Tod zu beweinen und einem Kinderbegräbnis beizuwohnen. Ich habe auch einen Kranz gekauft (ein erbärmlicher Versuch, mit Blumen die Leere zu umrahmen) und bin mit diesem Kranz auf der Schulter, wie mit einem Kreuz, den steinernen Pfad zum Friedhof oben auf der Anhöhe hinaufgestiegen. Die Tochter meines Freundes ist gestorben. Ihr Sarg ist klein und weiß, nicht größer als die Verpackung eines Küchenboilers, und auf dem kleinen weißen Sarg ruht ein Kranz aus weißen Rosen mit einer weißen Schleife, auf der in goldenen Buchstaben steht: FÜR MIRNA VON MAMA UND PAPA. Aus dem weißen Sarg lugt weiße Spitze hervor, in die das sechsjährige Mädchen, wie bei der Taufe, eingehüllt ist. Gott liebt die Ironie, und das Weiß ist kein Zufall. Ihr Vater ist Fan von Hajduk Split.

In unserer Heimat sehen die Totenhallen alle gleich aus. Der Sarg wird von vier lackierten Eichengrazien gehalten, die nackt sind bis zum Gürtel, damit ihre Amazonenbrüste zur Geltung kommen, und die verstorbene Person liegt auf ihren Armen, als hätte sie gerade ein Tor geschossen und würde jetzt von ihnen ins Zentrum des Spielfeldes getragen, wo sie, statt das Agnus Dei zu singen, rufen werden:

WEISSE VOR!

Das Gesicht des Vaters hat ein Krampf verunstaltet, wie damals, als im fernen Jahr 1974 bei irgendeiner Europameisterschaft der Club von Poljud* den entscheidenden Treffer in die linke obere Ecke bekommen hatte. In der ersten Formation hatten damals die Götter der Schönen vom Poljud-Stadion gespielt: Jerković, Šurjak, Mužinić und Žungul. Alle vier fielen, als ob sie es verabredet hätten, auf die Knie und vergruben ihre Gesichter in den Fäusten. Und verharrten lange so.

Jemand aus dem Publikum rief: – Besser, dein Kind stirbt, als daß die Weißen verlieren!

Die Kleine ist jetzt ein Engel unter Engeln. Die Farbe ihrer Augen erinnerte zu Lebzeiten an jenes Hellblau, mit dem Kinderparten umrahmt werden. Das soll bei Kindern den Himmel bezeichnen.

– Wenn sie vor der ersten Menstruation sterben – erklärte uns unsere Lehrerin – gehen die Mädchen direkt in den Himmel. Die Ärmsten dürfen das Fegefeuer überspringen.

Das hatte ihr, angeblich, ein Pater in ihrem Dorf gesagt.

Den Sarg haben sie inzwischen vor die Totenhalle hinausgeschoben, wo bereits ein Mikrophon aufgestellt ist. Da geschieht etwas Merkwürdiges. Ein ergrauter Herr, den auf Deck der Fähre zu sehen ich die Ehre hatte, während wir auf die Insel zufuhren, hat eine Fußmatte mitgebracht und läßt sie diskret auf den Wagen neben dem Sarg gleiten.

* Stadtteil von Split und gleichnamiges Stadion

– Das ist der Leichenbegleiter – flüstert mir mein Nebenmann ins Ohr.

– Wie bitte?

– Der Leichenbegleiter – wiederholt er. – Der, der die Leichen begleitet. Wenn Sie bisher noch nichts von ihm gehört haben, werden Sie das sicher noch.

Ich nicke, als hätte ich verstanden, und richte meinen Blick auf die erhöhte Stelle, wo sich der Sarg befindet. Irgendwo von der Seite her kommt ein beleibter Franziskaner angewatschelt, dreht sich zum Sarg um, bekreuzigt sich, beugt sich übers Mikrophon und beginnt die Totenrede.

Doch es ist nichts zu hören!

Stille!

Der Franziskaner öffnet den Mund wie ein Seeungeheuer in der Fischkiste, aber es kommt keine Stimme heraus. Panisch kommt der Franziskanerbursche angerannt und beginnt am Mikrophon herumzufummeln, auf die Membrane zu klopfen und zu sprechen: Eins, eins, eins, als ob es auf der ganzen Welt keine Zwei gäbe. Oder Drei. Und der Franziskaner faltet die Hände und bittet die Technik um Erbarmen.

Endlich erbarmt sich das Teufelsgerät und überträgt die Worte des Geistlichen, und seine Stimme rollt hinweg über unsere Köpfe, über Weinberge und Parks. – Brüder und Schwestern! – donnert der Prophet. – In solchen Augenblicken fragen wir uns: »Wenn es einen Gott gibt, warum läßt er das Sterben eines Kindleins zu?«

Ein merkwürdiger Satz für einen Geistlichen. Wie wird er sich an höchster Stelle rechtfertigen, wenn er einmal dorthin gelangt?

Doch der listige Pater rechtfertigt sich schon im nächsten Satz und bleibt seinem himmlischen Arbeitgeber nichts schuldig:

– Auch der Tod, liebe Brüder und Schwestern ... ist von Gott. Unsere Schwester, unser kleines Mädchen, unser Engel – jetzt nestelt er wie unauffällig einen Zettel aus seiner Kutte, einen Spickzettel, wirft einen diskreten Franziskanerblick darauf und fährt fort – unsere MIRNA ruht jetzt unter den Engeln als einer von ihnen. Solange sie am Leben war, spielte sie in den Gassen und auf den Plätzen unserer Stadt, ihr fröhliches Stimmchen hallte in den Zimmern ihres Heimes wider ...

Und wie das priesterliche Gesicht diese kurze Abschiedsrede über ihr kurzes Leben hält, über Taufe, über Himmel- und Höllespiel und verschiedene Kindertorheiten, bricht das Publikum einträchtig in Weinen aus. Und da ist niemand, der keine Träne für den Seelenfrieden unserer Schwester Mirna vergießen würde, die im sechsten Lebensjahr an Leukämie gestorben ist. Möge ihr die Erde leicht sein.

2. Tomos Tränen
(oder: Wir alle sind Wasser)

Nach dem kathartischen Amen des Paters am Ende der Predigt wird eine gewisse Unruhe innerhalb der dieser Beisetzung beiwohnenden Menge spürbar, eine bestimmte Ungezwungenheit wie bei politischen Versammlungen, während man auf den folgenden Redner wartet. Geflüstert geht auch ein Name durch das Publikum: Tomo, Tomo, Tomooooo ... Aber nirgends ein Tomo.

– Er ist pinkeln gegangen – erklärt ein Intimus von Tomo. – Er kommt sofort. Da ist er schon.

Und wirklich, Tomo drängelt sich durch die Menge. Mit einem Tuch wischt er sich den Schweiß von der Stirn. Tomo, die Möwe, einst der Hübscheste von allen, unwiderstehlich für die Frauen, von ihm ging die Kunde, er habe »halb Europa gevögelt« und er werde es noch weit bringen, aber er wurde Fischer. Er hat Jesu Geschäft übernommen, er nährt die Gemeinde mit Sardellen. Er hat seine Kusine geheiratet und hat eine mongoloide Tochter. Er ist der nächste Redner.

Tomo bezieht Stellung vor dem Mikrophon. Er ist eine gebrochene Erscheinung. Auf dem Gesicht eine dunkle Ray Ban, damit man die Tränen nicht sieht, schwarze Krawatte auf verschwitztem Hemd: edles Wasser aus den Augen, stinkiges Wasser unter den Achseln. Und in der Ferne das Meer.

– Das menschliche Leben ist wie ein Fluß – beginnt er mit einer Stimme, die vor Nervosität zittert, weil ihm der ganze Ort zuhört. Die Fliegen summen, die Grillen melden sich aus dem Friedhofspark, und er, Tomo, ein einfacher Fischer, spricht vor seinem gesamten Renaissancestädtchen, das einmal, aber das ist lange her, auch zwei große Dichter hervorgebracht hat.

– Von der Quelle bis zur Mündung – fährt er fort – fliegt es dahin wie ein Wimpernschlag! Wenn wir einen Menschen begraben, geben wir Erde zu Erde. Wenn wir einen Seemann begraben, begraben wir ihn im Meer: Wasser zu Wasser. Wenn wir einen Fußballer begraben, begraben wir ihn auf freier Flur.

Im Publikum Schweigen.

Und peinliches Unbehagen.

Etwas stimmt hier nicht.

Jemand ruft ihm aufmunternd zu: Tomo! Linke Tasche. Linke Tasche!

Und wirklich, Tomo greift in Panik in die linke Tasche des Smokings, den ihm sein Schwager, ein Kellner, geliehen hat, und zieht ein Stück Papier hervor. Völlig durcheinander, starrt er darauf, als könne er es nicht fassen.

Der Mann neben mir sagt: – Das war die Rede für den verstorbenen Mrkela, den Fischer und Ortstorwart. Seine Beisetzung ist morgen. Beide Reden hat Pipo geschrieben, der Lehrer.

In seiner Verlegenheit murmelt Tomo Worte der Entschuldigung und nimmt den zweiten Zettel. Und die Stadt, die Heimat zweier Dichter, schweigt. Nur die Insekten sirren, setzen sich den Menschen aufs Gesicht und trinken ihren Schweiß.

Jetzt richtet sich Tomo auf, wischt sich die Augen hinter den dunklen Gläsern und hebt an zu rezitieren:

Nie wird der Tod die Erinnerung rauben,
noch kann das Dunkel dein Bild zerstören,
stets warst du und wirst es stets bleiben
in unsern Herzen und in unsren Seelen.

Nach dem Wort »Seelen« stimmt die Friedhofskapelle ihr Paradestück an: »Flieg, kleine Möwe«. Tomo steht noch immer vor seiner Stadt, hat die Brille abgenommen und weint. Offen.

Die Szene ist rührend, denn wir wissen, er weint seinetwegen. In den örtlichen Kneipen wird schon lange gemunkelt, daß er und seine Frau dem heiligen Ante Kerzen anzünden, auf daß ihre kleine Mongoloide möglichst bald sterbe. Sie haben ihr einen kleinen Ring des verstorbenen Onkels ans Ohr gehängt, ein Geschenk von vor ihrer Geburt, aber die Ärmste kann nicht einmal allein essen. Sie hat Appetit und könnte einen Ochsen verspeisen, aber dann macht sie ins Bett. Sie müssen sie in Windeln halten, obwohl sie schon sieben Jahre alt ist. Schwerstens retardiert. Und hier ist einem anderen die Tochter gestorben. Eine Ungerechtigkeit!

3. Der kleinste Schwanz in Europa

In jenen hellen Tagen im späten Mai, wenn die Touristensaison beginnt, zeigten wir den deutschen Urlauberinnen für eine Schachtel Opatija Mukis Schwanz. Das Gemächt des Debilen war durch eine Deformation geziert: Seine Testikel waren nicht aus dem Abdomen ausgetreten, und auch sein Glied war nicht länger als drei, vier Zentimeter. Ulrike aus Mainz, in die ich mich später verlieben sollte, während andere sie vögelten, sagte den epochalen Satz: »Das ist der kleinste Schwanz in Europa!«

Nach Tomo klettert nun dieser Muki auf die Bühne, der Ortstrottel und Bootsführer, der schon seit zehn Jahren in Rijeka die Prüfung abzulegen versucht, die ihm erlauben würde, ein Boot zu fahren, das er so, ohne Prüfung, schon seit fünfzehn Jahren fährt. Und dieser Muki, der im Ortshafen jodelt und so die deutschen Touristen anlockt, hat offensichtlich ebenfalls das Bedürfnis, sich von der kleinen Mirna zu verabschieden. Sein schwammiger Körper gleicht einem Teig in kurzen Hosen und Jugoplastik-Gummilatschen: Konfrontiert mit dem Mikrophon, bringt er das Publikum zum Lachen. Das dicke Gesicht mit dem mehrfachen Unterkinn und dem halbrunden Schnauzbart erinnert an gewisse Zeichnungen von Balzac. Und so balzacesk beginnt er auch. Er rollt einen Zettel aus wie eine Rolle Pergament und liest: – Diese junge Unglückliche gleicht einer Pflanze mit vergilbtem Laub, die gerade erst eingesetzt wurde in unwirtliches Erdreich. Hätte sie das Glück gehabt, das zwanzigste Lebensjahr zu erreichen, sie wäre zauberhaft geworden. Das Glück ist die Poesie der Frauen, und die Kleider sind ihr Schmuck ...

Und Mirnas Mutter, gerührt durch das gütige Wesen des Blöden, verfällt in eine Klagelitanei und droht zu Boden zu sinken, da springen zwei alte Weiber hinzu und stützen sie rechts und links wie zwei Karyatiden.

– Sein Schwanz ist klein, aber dafür hat er Mumm in den Knochen! – kommentiert jemand respektvoll.

Mukis Jodelrede ruft ein Schweigen der Bewunderung hervor. Viele Hände klopfen seinen verschwitzten Rücken, als er wie ein Held wieder in die Menge hinabsteigt, ein Cicerone unter den Debilen und eine Botschaft an das Volk: Für Herzensgüte braucht es keinen Verstand.

4. Renata

Die tragische Figur der verweinten Mutter mit den alten Weibern als tragenden Stützen ist plötzlich unserem Gesichtskreis entschwunden. Die Leute sehen einander verwundert an. Offensichtlich sind sie nicht an Kinderbegräbnisse gewöhnt, bei denen sich die Mutter unerwartet entfernt.

– Der Ärmsten wird schlecht geworden sein – sagt die Alte neben mir.

– Sie sind Arzt, nicht wahr? – sagt der, der den Leichenbegleiter kennt, und zieht mich am Ärmel. – Wir sollten nachsehen, was mit ihr ist.

Wir gehen um die Gruppe der Trauernden herum und gelangen hinter die kleine steinerne Totenhalle. Ein seltsamer Anblick: Mirnas Mutter sitzt in der Hocke, und die Frauen verbergen sie mit ihrem Körper. Den schwarzen Rock hat sie gelüpft, und man kann deutlich die weiße Unterwäsche sehen. Eine der Frauen hält sie an der Hand, wegen des Gleichgewichts vermutlich, und die andere reicht ihr Papiertaschentücher.

– Der Mensch weiß nie, wie sein Darm reagiert – meldet sich mein Führer zu Wort. Er sagt das wie entschuldigend.

Obwohl die alten Weiber sich bemühen, sie zu verdecken, trifft mein Blick den der Frau. Er zeigt keine Scham. Sie sieht mich mit ihren wasserblauen Augen an, die ich sehr gut kenne. So hat sie mich vor mehr als fünfzehn Jahren im Park der Villa Marjan angesehen, als wir noch ineinander verliebt waren. In jenem Jahr hatte sie gerade die Achtklassige beendet, und ich die zweite Gymnasium. An Renatas Seite erlebte ich eine wunderbare Jugendliebe und den ersten Zungenkuß, auf der Terrasse der Klinik für Asthmatiker.

Mit den ersten Regenfällen im September, als ich nach Zagreb zurückkehrte, kam die Katastrophe. Meine Mutter starb. Renata war während des ganzen schrecklich langen Jahres mein einziger Lichtblick, und ihre Briefe ein Grund zum Leben. Der Sommer, die seltsame Form der Insel auf der Landkarte, der Geruch des Sonnenöls, all das meldete sich als schmerzender Stich im Brustkorb eine Reihe grauer und völlig gleichförmiger Tage hindurch. Und dann kam der Sommer zurück, und ich sah meine Liebe wieder.

Sie war um einen Kopf größer als ich. In diesem einen Jahr war sie schrecklich in die Höhe geschossen und ich irgendwie bei meiner alten Größe geblieben. Trügerische Reize der Pubertät. Wir waren beide überrascht. Wir begrüßten uns, redeten miteinander, aber meine Liebe wurde zu einer Konserve und unverwirklichbar wie die zu einer Toten.

5. Der Leichenbegleiter

– Dieser Mann – sage ich zu meinem Nachbarn und Führer durch die hiesige Fauna – dieser Leichenbegleiter, hat er Mirnas Körper aus dem Krankenhaus von Rijeka hergebracht?

– Aber nein – sagt er. – Er ist Arzt. Mit dem Namen hänseln sie ihn nur. Er hat die Kleine behandelt, aber man erzählt, daß viele, die er behandelt hat, gestorben sind. Deshalb nennen sie ihn Leichenbegleiter.

– Und wer hat dann die Leiche hergebracht?

– Die Eltern. Sie haben sie, die Ärmste, begleitet. Es darf ja kein Sarg allein aufs Schiff, ohne lebenden Begleiter.

– Was tut er hier bei dem Begräbnis?

– Er ist hier, um sich von Mirna zu verabschieden, denn er war in ihre Mutter verliebt. Das war, als sie in Rijeka studiert hat.

– Und die Fußmatte?

– Sein Name ist Jungwirth, er stammt aus einer bekannten Ärztefamilie. Auf ihn entfiel seinerzeit die höchste Sterblichkeitsrate im Krankenhaus von Rijeka. Jetzt heißt er nur noch der Leichenbegleiter, weil er den Patienten die niederschmetternden Diagnosen mitteilt. Alle Kollegen aus dem Krankenhaus von Rijeka, aber sogar die aus Sušak, schicken ihm ihre Todkranken, damit er es ihnen sagt.

– Monströs!

– Meine Nichte arbeitet dort als Krankenschwester und weiß alles über diesen Jungwirth. Diagnosen mitzuteilen ist für ihn mit den Jahren zur Routine geworden, so daß er angefangen hat, sich einen Spaß daraus zu machen. Er habe von einem Zigeuner eine Fußmatte gekauft, eine gewöhnliche Jutematte, sagt meine Nichte, und sie innen vor die Tür gelegt. Wenn er nun einem Menschen sagt, dieser habe Krebs oder Leukämie, achtet er genau darauf, ob der Betreffende, verwirrt, wie er ist, seine Füße abstreift, wenn er das Sprechzimmer VERLÄSST. Er soll sogar eine Liste führen: Vor- und Familienname, Art und Stadium der Krankheit, eventuelle Prognosen, und ganz unten auf jeder Karteikarte stehe noch: ABGESTREIFT oder NICHT ABGESTREIFT. Meine Nichte sagt, daß die meisten ihre Schuhe abstreifen, vor allem die mit Metastasen. Das sei für sie eine Art Reinigung.

– He du, wenn du dem zuhörst, bist du noch verrückter als er – sagt die Alte neben meinem Nachbarn. – Der lügt, wenn er nur den Mund aufmacht.

– Hör nicht auf die Alte – flüstert mir mein Nachbar zu. – Sie ärgert sich nur, weil sie es nicht weiß. Da ist noch etwas. Früher einmal war er ja verliebt in Renata, Mirnas Mutter, und es hat ihn sehr getroffen, als er sie in seiner Ordination sehen mußte. Er mußte ihr die schreckliche Diagnose ihre Kindes mitteilen: fortgeschrittene Leukämie. Da gibt es keine Hilfe. Nicht mehr als sechs Monate. Und dann ließ er zu, daß auch sie, so verweint wie sie war, ihre Schuhe abstreifte. Und zwar machte sie das ziemlich lange, sie scheuerte sie an der Juteunterlage richtig ab. Das tat ihm weh: die Frau zu sehen, die er einst geliebt hatte, wie sie sich verabschiedete. An allem war die Fußmatte schuld. Jetzt möchte er sie zusammen mit der Kleinen begraben, als würde er den bösen Teil seiner selbst beisetzen.

6. Der Vater

Der Wunsch meines Freundes, des Vaters des verstorbenen Mädchens, war es gewesen, daß das Kind ein Junge würde. Daß sie sich gemeinsam am Frühling hätten erfreuen können, wenn die Fußballmeisterschaft beginnt, daß er ihn zumindest einmal zum Poljudstadion hätte mitnehmen können, um dem begnadeten Zoran Vujović zuzusehen, wie er im gegnerischen Strafraum agiert. Was wird mit ihr geschehen in den Weiten des Himmels, wo alle möglichen Wünsche erfüllt werden? Wird ihr ein kleiner Pimmel wachsen?

Der Vater des verstorbenen Mädchens ist seiner Herkunft nach Deutscher, Sohn einer Ausländerin, die einen Insulaner geheiratet hat. Ich habe einmal beobachtet, mit wieviel Aufmerksamkeit und wie methodisch er seine Zehen wäscht, und mußte dabei an die Qualität deutscher Produkte denken. So war er auch später. Solide in jeder Hinsicht: Im Gymnasium hatte er niemals eine Wiederholungsprüfung, das Studium absolvierte er in der Mindestdauer, seinen Freunden gegenüber war er aufmerksam und Bekannten gegenüber liebenswürdig; er machte nie Dummheiten mit deutschen Touristinnen und, was das Wichtigste war, er masturbierte nicht.

Er spielte im Mittelfeld, obwohl manche meinten, er wäre als Stürmer besser. Im Spiel war er immer diszipliniert, überlegt und nicht heißblütig und leidenschaftlich, er fluchte nur in sich hinein, er spuckte nicht auf den Boden und fuchtelte nicht mit den Armen. Für viele war sein Verhalten auf dem Spielfeld der Beweis, daß er ein guter Mensch ist. Den Ball führte er sicher, mit großen Schritten, und seine Mitspieler erkannten von weitem, was er vorhatte. Von ihm kamen keine Überraschungen oder unlogischen Aktionen. Als Spieler war er ruhig, besonnen, rational.

Den Spitznamen Globus hat er einem T-Shirt zu verdanken, das er in der Saison 1978/1979 trug, mit einer aufgemalten lächelnden Erdkugel, die eine Hajduk-Kappe trug, und einem Schriftzug: CILI SVIT VOLI SPLIT!*

Dieses T-Shirt brachte ihm, der lokalen Überlieferung zufolge, bei Wetten auf der Insel Glück, auch damals, als im Sommer 1978 unsere Burschen bei der Meisterschaft der Kvarnerliga die Mannschaft von Mali Lošinj mit 7:1 besiegten. Als seine Frau mit der kleinen Mirna schwanger geworden war, war er sicher, daß er dieses T-Shirt seinem Sohn hinterlassen würde, so wie amerikanische Väter ihren Söhnen ihre Baseballschläger hinterlassen. Als ihm schließlich eine Tochter geboren wurde und ihn in der Konoba Alibaba die Nachricht erreichte, daß sie unwiderruflich und definitiv ein Mädchen war, unterbrach jemand das bleierne Schweigen mit dem erlösenden Satz: – Globus! Was ärgerst du dich? Heutzutage gibt es doch auch Frauenfußball.

* Die ganze Welt liebt Split!

7. Das Fatum

– Das ist Schicksal – sagt der Besitzer des Striptease-Clubs gerührt zu mir und sieht auf Mirnas kleinen Sarg.

– Ich bin nicht sicher, ob ich ans Schicksal glaube – sage ich.

– Haben Sie von der Frau gehört, die mitten in Auschwitz an Krebs gestorben ist? Sehen Sie, diese Frau ist der beste Beweis. Direkt neben den Gaskammern ging sie langsam hinüber in einer Baracke des Lagers C. Das habe ich in einem Buch von Christian Bernardac gelesen. Bei uns heißt es »Der neunte Kreis«*. Es beruht auf glaubwürdigen Zeugenaussagen. Die anderen Gefangenen ernährten sie mit einem Brei, den sie aus unverdauten Maiskörnern aus den SS-Latrinen zubereitet hatten.

– Und die Wächter haben sie nie gefunden?

– Nein. Sie ist eines natürlichen Todes gestorben. Sie hat Hitler, Goebbels und sie alle verarscht.

– Psssssssssssstttt! – ermahnt uns die Alte. – Was fluchen Sie beim Begräbnis eines Kindes? Gleich singt ihre Klasse ihr Lieblingslied.

Und wirklich, auf dem erhöhten Platz stellen sich die Kinder der Größe nach auf. Zuerst die Knaben, dann die Mädchen. Sie tragen weißes Hemd oder weiße Bluse und dunkelblaue Hose oder blauen Rock.

– Wer würde glauben, daß die alle eines Tages ...? – sagt der Besitzer des Striptease-Clubs. – Wer weiß, was das Schicksal bringt?

– Wie geht es Ihrer Mutter? – frage ich, nur um dieses unangenehme Thema zu beenden.

– Sie ist vor drei Jahren gestorben. Darmverschluß.

Und der Chor der Grundschule Ranko Marinković beginnt

* Christian Bernardac, L'Holocauste Oublie, Paris 1979

mit einem traurigen Lied aus dem Küstenland, das vom Abschied eines Seemanns und seiner Liebsten handelt. Dabei soll wohl Mirna der Seemann sein, und alle anderen die Liebste, die ihren Mariner auf die ungewisse Reise entläßt.

– Es gibt noch mehr solcher Fälle – flüstert mir der Besitzer des Striptease-Clubs zu. – Als ich beim Militär war, hat ein Hauptmann Radovanović einen Selbstmordversuch mit der Pistole unternommen. Im Dienst. Die Kugel durchdrang die Schläfe und trat aus dem Auge wieder heraus. Der Mann hat überlebt, seine Frau ist zu ihm zurückgekehrt, jetzt hat er Enkel und unterhält sie mit seinem Glasauge. Schicksal.

Inzwischen hat Mirnas Mutter ihre Notdurft verrichtet und ist stolz auf ihr Piedestal zurückgekehrt: hochgewachsen, blond, in würdevollem Schwarz. Ich muß intensiv darüber nachdenken, warum ich keine Frau lieben konnte, die so viel größer war als ich.

8. Die Engel

Jetzt singen die Kinder »La Cucaracha«. Warum gerade das? Das Lieblingslied von Mirnas Mutter, erinnere ich mich voller Nostalgie der verwehten Tage von Rab. Die fröhlichen Rhythmen tragen von irgendwoher eine Brise wie aus den Gebirgslandschaften Mexikos heran, wie in den Nachsaisonen auf der Terrasse des Hotels Imperial, als wir, zwischen krächzenden Pensionisten umherschlendernd, auf der Suche nach übriggebliebenen jungen deutschen Touristinnen waren. »La Cucaracha« hat uns alle zum Weinen gebracht, und wir schluchzen einträchtig, während die da oben einträchtig singen, und der Musikprofessor, ein gewisser Turkulin, den Rücken der Trauergemeinde zugekehrt, fuchtelt nur mit den Armen, denn die Kinder können das Lied ohnehin auswendig.

Doch plötzlich eine seltsame Unruhe.

Ein Mädchen aus der ersten Reihe hat sich hingekniet und streicht mit den Handflächen über den Steinboden. Seine Kolleginnen flüstern sich etwas zu, und das Lied bekommt dissonante Töne. Jetzt sind zwei weitere Mädchen in die Hocke gegangen und lassen ihre Finger über den Boden gleiten. Wie Leser einer in den Stein geprägten Brailleschrift. Ein Junge aus der letzten Reihe, der den ganzen Chor mit vorsichtigen Schritten umrundet hat, gesellt sich zu den Mädchen, die die Trittfläche streicheln. Dabei versuchen einige weiterzusingen, aber die Mehrzahl muß sich bemühen, das Lachen zu unterdrücken. Die Kindermünder schließen sich, und das Lied erstirbt vollständig und macht dem Hüsteln und Schluchzen der Anwesenden Platz. Eine Frau aus dem Publikum erklimmt die erhöhte Fläche und fragt die Kinder etwas. Die Leute flüstern: – Das Mädchen hat seine Linse verloren!

Man atmet auf, zwar ist der Augenblick unpassend, doch Linsen sind teuer. Und man muß sogar bis nach Rijeka, um welche zu kaufen. Ich erfahre, daß das die Mutter des Mädchens ist, das die Linse verloren hat, und sehe, wie die Frau beim Suchen hilft. Die anderen Kinder haben das als Aufforderung begriffen und sich auch hingekniet. Die weißen Hemdchen und dunkelblauen Hosen wimmeln um Mirnas Sarg herum, während Renata ins Leere starrt. Sie sieht die Kinderchen und ihre kleinen Probleme nicht. Sie hat sich, wir wollen ihr verzeihen, ein wenig in die Ewigkeit verschaut, als stünde sie hinter einer Milchglasscheibe.

Die Atmosphäre im Publikum wechselt. Einige Gesichter zeigen ein offenes Lächeln, andere versuchen einen Lachanfall zurückzuhalten. Natürlich erfolglos, als würden sie gegen Metastasen ankämpfen. Und alles gleicht einem Ballon, der sich unaufhaltsam mit Luft füllt und jetzt gleich platzen wird, als eine Kleine laut aufschreit: – Ich hab' sie!

Auf dem Fingerchen bringt sie etwas, das wir nicht sehen, von dem wir aber wissen, was es ist, und reicht es der Mutter der Unachtsamen. Diese breitet ein weißes Taschentuch aus, wickelt die Linse ein und kommt vorsichtig, übertrieben vorsichtig, die hohen Stöckel nicht gewohnt, zu uns Lachern herunter. Auch die Kinderchen in ungeordneten Häufchen um den Sarg herum lachen.

– Engel! – kommentiert die Alte neben mir. – Sie wissen nicht, daß das Sünde ist.

Aber auch von uns allen scheint etwas abgefallen zu sein und sich zwischen den Steinen und in der roten, von Friedhofsunkraut überwachsenen Erde versteckt zu haben. Unkraut vom Schlimmsten, denn wir wissen, wer es nährt.

9. Der Säger

Der offizielle Teil des Programms ist offensichtlich zu Ende, und es scheint keinen Redner mehr zu geben, da fehlt nur noch, daß die Friedhofskapelle den Trauermarsch anstimmt, damit sich endlich alles in Bewegung setzt, als ein zitteriger, unrasierter junger Mann, den niemand kennt, die erhöhte Stelle mit dem Mikrophon erklimmt. Oder wenigstens scheint es so.

– Das ist Ranko, der von Pipić, der ist nicht ganz dicht – sagt mein Nachbar, der offensichtlich in alle Inselgeheimnisse eingeweiht ist. Und jetzt erinnere ich mich. Ranko, Freund der Fremdenlegion, hat sich in der Welt herumgedrückt auf der Suche nach dem Krieg: Er trug Militärhemden, NATO-Kappen und mitten im Sommer die Stiefel amerikanischer Marines. Er spielte als erster Verteidiger.

Da, Ranko räuspert sich schon, er putzt seine Kehle für das erste Wort.

– Ihr Männer und Frauen! – beginnt er in epischer Manier. – Die kleine Mirna haben sie mit der Motorsäge durchgeschnitten. Die Ärmste hat gerade mit ihren Puppen gespielt, als sie kamen und sie mitnahmen, um sie zu zerschneiden.

Wir sind schockiert! Das Grauen steht den Anwesenden ins Gesicht geschrieben.

Ich werde das Bild des mit der Motorsäge durchgeschnittenen Mädchens nicht mehr los. Ein mit einer Motorsäge durchgeschnittenes Mädchen ist in erster Linie ungewöhnlich kurz. Wenn seit dem Schneiden einige Zeit vergangen ist, sieht es aus, als wäre es aus Plastik. Aus der Wirbelsäule schaut ihm noch ein Schwänzchen Rückenmark heraus, wie bei einem gebratenen Lamm. Und Ranko, dieser Strolch, fährt fort: – Die Kleine spielt im Garten, vor der Konoba, und da kommen SIE. Der eine hat eine Motorsäge, der andere Benzin. Sie ergreifen die Kleine, und der mit der Säge sagt: »Zwanzig Mark her, oder ich schneide!« Ich sage: »He Leute, Gott mit euch, ihr werdet doch kein getauftes Kind ... aber Mark habe ich keine.«

– Holt ihn da runter! – brüllt jemand aus dem Publikum.

– Ist sie denn nicht an schlechtem Blut gestorben? – fragt mich eine Alte ins Ohr. Verwirrt.

Aber Ranko läßt sich nicht verjagen. Er plappert weiter: – Sie legen die Kleine im Hof auf ein Brett. Die beiden halten sie, und der eine sagt, daß er jetzt seine Stihler anwirft. Er zieht an der Schnur, aber die Säge will nicht. »Gott stehe der Ärmsten bei«, sage ich zu mir und bete ein Vaterunser. Dann sagt der mit der Säge: »Stojan, gib Benzin!«

Der Direktor der psychiatrischen Klinik und noch ein Arzt drängen auf die Bühne. Sie packen den Säger unter den Armen und zerren ihn irgendwie hinunter.

– Ranko, beruhigen Sie sich – sagt der Doktor zu ihm. – Das haben Sie geträumt, Ranko, das ist nicht wahr.

– Es ist wahr. Es ist die Wahrheit – insistiert Ranko. – Nur die hier unten wissen nicht, daß es die Wahrheit ist.

– Wer um Gottes willen hat denn den rausgelassen? – ruft der Direktor der psychiatrischen Klinik. Es kommen noch mehr Leute, und sie bringen den Mann weg, er wird mehr getragen, als daß er selbst geht.

Danach Stille. Säuseln in den Pinienkronen und Zikaden.

10. Das Puzzle

Der würdevolle Trauerzug hat sich endlich in Bewegung gesetzt. Zuerst der Geistliche, dann die Kinderchen mit den Kränzen, die Blechmusikkapelle, dann der Wagen mit dem Sarg und hinter dem Sarg die Trauernden. Alles in vorschriftsmäßiger Reihenfolge: Zuerst die Männer, dann die Frauen, und erst hinter ihnen gemischt. Neben mir geht Mario Maskarin, ein Freund von früher, der geheiratet hat, geschieden wurde und wieder geheiratet hat.

– Da fütterst du sie und ziehst sie an – sagt er zu mir, während sein Blick auf dem Sarg ruht – erst die Windeln, dann der Brei, dann die Bilderbücher, dann die Schulbücher. Weißt du, was eine Schultasche kostet? Mit Katzenaugen? Und die Federtasche? Das sind gewaltige Gelder, mein Fero, riesige Summen. Und dann stirbt sie dir.

– Ich verstehe – sage ich. Und ich verstehe ihn wirklich. Er hat drei Kinder. Alle am Leben. Er hat es nicht leicht.

Jetzt meldet sich wieder die Fußmatte. Von der Erschütterung auf dem Wagen fällt sie, das dumme Ding, herunter. Ein Augenblick der Verwirrung, denn die Totengräber, die den Wagen schieben, wissen nicht, ob sie stehenbleiben sollen oder nicht. Das Problem wird inzwischen von einer kleinen Frau behoben, sportlich gekleidet: Jeans und schwarzes T-Shirt. Sie läuft hin und schiebt die Fußmatte an ihren Platz zurück, dann reiht sie sich diskret wieder in den Trauerzug ein.

– Ist das nicht deine ...? – kommt es von Maskarin bezüglich der kleinen Frau.

– Was, meine ...? – frage ich, obwohl ich weiß, was er meint.

– Hast du sie überhaupt gevögelt?

Sie war Witwe. Das ist alles, was ich damals von ihr wußte. Sie arbeitete in der Grundschule als Kroatischlehrerin.

– Ich dachte, sie wäre von der Insel weg – sagte Maskarin. – Erinnerst du dich, wie Pipić und ich sie bis zum Wahnsinn getrieben haben?

Ich erinnere mich, wie sollte ich nicht? sage ich zu mir selbst. Sie geriet ins Schwärmen, wenn sie uns Petrarca vorlas, während Pipić und Maskarin unter der Bank in ihre Taschentücher wichsten. Mich hatte sie gern, weil ich gute Aufsätze schrieb. Sie lud mich sogar nach Hause zum Tee ein und sagte, ich würde ein großer Dichter werden. Weiter als zu einem Küßchen haben wir es damals nicht gebracht, und ihren verstorbenen Mann hat sie kein einziges Mal erwähnt.

– Was ist mit ihrem Mann passiert? – frage ich.

– Er ist bei einem Eisenbahnunglück umgekommen. Zuerst war die Rede davon, daß man sie alle in einem Gemeinschaftsgrab beisetzen würde, in Zagreb, aber ihn haben sie doch irgendwie hergebracht. Er bestand nicht gerade aus einem Stück.

– Wie das?

– Sie redeten von einem Gemeinschaftsgrab, weil sie sie nicht mehr zusammensetzen konnten. Ein Bein hier, eine Hand dort, und keine Nase. Jetzt such mal eine Nase irgendwo an dem Gleis, wo die Nase vielleicht bis zum Markt auf dem Branimir* geflogen

* Platz in Zagreb mit Wochenmarkt

ist! Und da haben sie endlich alle Teile zusammen, zwei Arme und zwei Beine, die an den Füßen plötzlich verschiedene Schuhe tragen. Die Hosenbeine sind aber die gleichen. Entweder war der Betreffende verrückt und trug einfach, was ihm als erstes unter die Finger kam, oder es hatten sich zwei im Ausverkauf die gleiche Hose gekauft. Nichts da, sie schneiden ihm ein bißchen Haut vom Schienbein, und ab ins Zentrum zur Gewebebestimmung. »Wir sollten ihm die Schuhe ausziehen«, erinnert sich jemand von den Leichendoktoren, oben auf Šalata*. Und sie ziehen ihm die Schuhe aus. Wie das eine Bein kürzer ist: »Vielleicht ist es ja doch seines.« Sie ziehen ihm auch die Strümpfe aus. Am linken Fuß hat er keine Zehen, und am rechten fehlen zwei. In Wort und Zahl: zwei. Scheiß Zuckerkranker! Jeden Morgen hat er sich Insulin gespritzt, und in bestimmten Abständen haben sie ihm jeweils einen Zeh abgeschnitten. Wir rechnen: Wenn sich nach dem Abnehmen jedes Zehs der Zeitraum bis zur folgenden Amputation um ein Jahr verkürzt und wenn sie ihm den ersten Zeh abgenommen haben, als er fünfzehn war, den zweiten mit zwanzig – wie alt war er, als er verunglückte?

– Sie war nicht so alt – sage ich. Das ist alles, was ich zu ihrer Verteidigung sagen kann. Und vielleicht auch zu meiner eigenen.

– Bei der Identifizierung erkannte sie ihn nicht am Gesicht, das völlig verbrannt war, sondern an diesen verstümmelten Füßen. Deshalb trug er auch unterschiedliche Schuhe. Stell dir vor, jedesmal zwei Paar kaufen. Was für Kosten! Für sie war es leichter, als er hin war.

– Ich verstehe – sage ich. Und ich verstehe wirklich. Nicht nur wegen der Kosten.

Bevor sie die Insel verließ, trafen wir uns ein letztes Mal auf

* Anhöhe in Zagreb mit Krankenhaus

dem Škver bei Vela stina*. Es war Anfang September, und die Feigen reiften.

– Es muß sein – sagte sie und küßte mich auf die Stirn. Sie mußte sich auf die Zehen stellen, um sie mit den Lippen zu erreichen. Ich dachte, wie sich meine Mutter, würde sie noch leben, auch auf die Zehen stellen müßte, um mich zu küssen. Dann fing sie an zu weinen. Ich zog ein Tuch aus der Tasche und reichte es ihr. Das war unvorsichtig.

– Es ist naß – sagte sie. – Hast du geweint?

Als sie es ans Gesicht führte, um die Tränen abzuwischen, hielt sie für einen Moment inne und roch daran. Ich sah, wie sich ihre Nase krauste und wieder glättete, wie vor dem Niesen, und wie sie sich bemühte, die Herkunft des Geruchs zu bestimmen, der sich in diesem Stückchen Baumwolle versteckte.

– Du Schwein! – stieß sie endlich hervor. – Es riecht nach Sperma!

Und das Taschentuch, weggeworfen, flatterte auf den Steinboden.

»So weinen Männer«, wollte ich ihr damals beim Abschied sagen, ehrlich und offen, aber ich sagte nichts. Und als ihr Rücken schon ein schwarzes Pünktchen unter der Stadtbastei geworden war, stand ich noch immer an derselben Stelle und wußte, daß ich dieses Bild im Gedächtnis behalten würde, solange ich lebe.

11. Die Fotos

In der Zwischenzeit ist der Trauerzug an das offene Grab gelangt, hat sich ausgefächert und in einen unregelmäßigen Kreis verwandelt, dessen Zentrum wieder dieser umfangreiche Franziskaner

* Großer Felsen am *lungomare* von Rab

bildet. Die Totengräber, unter ihnen auch der betrunkene Antoni, der oft in die Hose näßt, beginnen an den Tauen herumzufummeln, als wollten sie ein Boot losmachen. Sie knüpfen einige metaphysische Knoten auf, und aus dem Publikum kann man wieder Schluchzen und Seufzen hören. Jetzt kommt der schwerste Augenblick: Der Sarg verschwindet langsam in der roten Erde. Die Grube ist wie für einen großen Menschen ausgehoben, und Mirnas kleiner Sarg wirkt hier seltsam. Als würden Seeräuber eine Schatztruhe hinablassen.

Der Franziskaner beginnt seine Rede. Zum zweiten Mal.

– Das Volk, das in der Finsternis wandelt, sieht ein großes Licht. Lesung aus dem Brief des Apostels Paulus an die Korinther ...

Als hätte seine Stimme die Wipfel der Friedhofszypressen zum Schwanken gebracht, bekreuzigen wir uns alle gehorsam: die Gläubigen und auch die anderen, die Skeptiker.

Mirnas Mutter hat für die Beisetzung einen Fotografen bestellt. Und der kreist in diesem erhabenen Augenblick um uns Trauernde herum und klickt mit seiner japanischen Schachtel. Täusche ich mich, oder klickt er tatsächlich mehr um die angeseheneren Persönlichkeiten herum? Den Apotheker, den Guardian des Franziskanerklosters, den Direktor der psychiatrischen Klinik, den Besitzer des Striptease-Clubs? Die hat er, soweit ich sehen kann, schon ein paarmal geknipst. Da beobachte ich, wie ein magerer Franziskaner vor der japanischen Blende flüchtet und sich hinter einigen breiten Trauerrücken versteckt. Jetzt erkenne ich auch das Gesicht: Das ist Pater Marijan, Schüler von Ambrosius Testen aus dem Kloster der heiligen Euphemia, ein Maler. Er erträgt Fotos nicht. Dabei nimmt auch er, da bin ich sicher, auf bestimmte Weise alles auf und merkt es sich. Die Verteilung der Leute, die Farben (den Kontrast zwischen der roten Erde und dem kleinen elfenbeinfarbenen Sarg), die Kleidung, die Konstellation der Wolken. Und wenn er in seine Zelle zurückkehrt, wird er es mit seiner Kinderhand malen, und alles wird aussehen wie die Zeichnung eines Achtjährigen. Mir scheint, daß alle hier die Dinge aufnehmen, im Gedächtnis behalten und Eindrücke sammeln wie Kinder Bildchen von Fußballspielern. Von so viel Aufnehmen kann einem direkt schlecht werden. Ich würde mich nicht wundern, würde ich im Schaufenster eines Fotogeschäfts auf der Insel die Fotos von der Beerdigung ausgestellt sehen. Vielleicht sogar mit dem Titel: »Auswahl 1992«. Die Inselauswahl hat nämlich gerade in diesem Jahr eine ihrer Sternstunden erlebt, als sie nach dem Ausscheiden der Mannschaft von Cres auch die von Lošinj mit 2:1 und 3:0 besiegte. Wir alle werden auf einen leeren Bogen Wandzeitung aufgeklebt und den Blicken ausgesetzt, wie in einem Album, aus dem unsere ernsten Gesichter voller Gewißheit in die Zukunft sehen.

Der Franziskaner ist in der Zwischenzeit mit den Worten zum Ende gekommen: – Jetzt wollen wir für den unter uns beten, der als erster unserer Schwester folgen wird!

Und alle halten die Köpfe gesenkt, murmeln ein Gebet und denken: »Ich doch wohl nicht.« Er klappt das Gebetbuch zusammen und sprengt Weihwasser, und einer der Totengräber bringt die Fußmatte vom Wagen und legt sie vor die Grube.

– Siehst du – sagt die Alte zu mir, die sich wieder neben mir eingefunden hat – der Papa der Kleinen hat an alles gedacht. Das ist, damit wir uns nicht die Schuhe dreckig machen.

Und tatsächlich. Die Trauernden treten heran, stellen sich auf die Matte und lassen Klumpen roter Erde auf den Sarg trommeln. Ich beobachte sie. Wenn sie ihren Klumpen werfen, streifen sie sich sorgfältig die Schuhe ab, als wollten sie den ansteckenden roten Staub loswerden, sich von sich selbst in der Rohform reinigen und hinausschwimmen in ein neues Leben. Vergebens! Wie das Ringelchen am Ohr des kleinen mongoloiden Mädchens.